有所思，
有所爱

《年度散文50篇》系列精选
生活风物篇

肖复兴 谢冕 张抗抗 等 著
陈建功 主编

北京时代华文书局

图书在版编目（CIP）数据

有所思，有所爱 / 肖复兴等著；陈建功主编 . -- 北京：北京时代华文书局，2024.9
ISBN 978-7-5699-5470-8

Ⅰ.①有… Ⅱ.①肖… ②陈… Ⅲ.①散文集－中国－当代 Ⅳ.① I267

中国国家版本馆 CIP 数据核字 (2024) 第 075872 号

YOU SUO SI，YOU SUO AI

出 版 人：陈　涛
项目策划：张洪波　余　玲
项目统筹：余　玲
特约编辑：胡　家
责任编辑：樊艳清
执行编辑：耿媛媛　王凤屏
装帧设计：po
内文排版：迟　稳
营销编辑：梁　希
责任印制：刘　银

出版发行：北京时代华文书局 http://www.bjsdsj.com.cn
　　　　　北京市东城区安定门外大街 138 号皇城国际大厦 A 座 8 层
　　　　　邮编：100011　电话：010-64263661　64261528
印　　刷：北京盛通印刷股份有限公司
开　　本：787 mm×1092 mm　1/32　　成品尺寸：130 mm×188 mm
印　　张：11.25　　　　　　　　　　字　　数：224 千字
版　　次：2024 年 9 月第 1 版　　　　印　　次：2024 年 9 月第 1 次印刷
定　　价：49.80 元

版权所有，侵权必究
本书如有印刷、装订等质量问题，本社负责调换，电话：010-64267955。

目录

有所爱	1
稻田的心	23
哑巴蝈蝈儿	39
时间说话	59
化作水相逢	69
腊肉	79
补袜记	87
生理期	95
每个人的傍晚都住着故乡的晚霞	113
杂志铺	121
朗月在天	139
细毛与茶	151
昙花绽放	161
有所思	167
登楼记	185
城市变奏曲	191
总有个地方现在是五点钟	205
舞台、商场及原野	219
雪夜航班	231
他乡且旧居	245

遗失了些什么在万寿寺	263
三片落叶	273
让我们活在电影里	287
大地的角落·稼穑	301
沙上的井	315
段医生家的墓葬	327
桑	345

有所爱

钱红莉

又名钱红丽,安徽枞阳人,出版有散文随笔《华丽一杯凉》《低眉》《风吹浮世》《诗经别意》《当我老了》《读画记》《一人食一粟米》等二十余部,曾获第18届百花文学奖,安徽文学院签约作家,现居合肥。

不过是挚爱

《三联生活周刊》前主编朱伟先生在咸鱼低价出售古典音乐CD。他的书房贴墙两排书柜，高及屋顶，存放的全是他收藏的CD，目测有几十万张之众。其中，可能还有珍贵的黑胶。

他是按照作曲家姓名字母顺序归纳收藏的，售卖亦如是。非常冷僻的作曲家阿贝尔的八张CD，第一天挂上网，便被抢了，并预告翌日再挂出中世纪法国神学家、哲学家、作曲家阿伯拉尔……

国内大约有一群古典音乐爱好者，人数颇为庞大。

刚来合肥落脚，曾与一同事有过不愉快……多年以后，当听说她专门飞去北京，听管风琴专场音乐会，自此对她刮目相看。一个热爱古典音乐的人，能有多讨厌，是不是？

某日，忽然意动，欲完成一部古典音乐随笔书稿。未及三分之一，不满意起来，从此搁笔，继续储备。一次，一朋友鼓励我给《爱乐》撰稿。因为敬畏，不便造次——古典音乐不过正在抚慰单薄的我。不比年轻时，不知天高地厚，任何专栏随便接，甚至半夜爬起看泰森的拳击比赛，就为了完成翌日的体育专栏。

无所畏惧的年纪，终于过去了，纵然值得怀念。

或许，一个人过度的自省，有时也是一种羁绊。

生命里不仅需要文学，也要有古典音乐，日月晨夕，鸟飞虫鸣，仿佛拓宽着精神世界的广度。

古典音乐，并非用来谛听，而是将自我整个融进去，汤汤洄洄，一颗心在音符中低沉、苍老，不问甜苦喜悲。

夜来，音箱里流淌着贝多芬的《三重协奏曲》，平凡的家仿佛一齐沐浴于光辉中了；当去到乡下，大片晚稻田飞金滴翠，声动如马勒的《大地之歌》……有时，听一首四十余分钟的交响曲，当最后一粒音符爬升至一定高度戛然而止，忽然热泪盈眶。我对德国指挥家阿巴多，怀着一份难言的宗教般的感情，但凡由他指挥的柴可夫斯基、拉赫玛尼诺夫，始终是最好的。当他去世，柏林爱乐乐团演奏《安魂曲》纪念他，许多未买到票的德国人茫然地站在剧院广场，眼神空虚，像极一群无依无靠的孩子，当真叫人难忘……

热爱古典音乐的人，仿佛比别人多活一辈子。

朱伟先生说："心爱物，身外物，散为聚，聚为散。"

读着，颇为悲凉。

一次，碰见一位同行，客气寒暄，不知怎么扯到书上。他说，谁谁去世后，藏书全被子女当废纸卖了，并说自己早把部分藏书捐去了乡村书屋。本来与他不熟，不承想几句话，一下拉近彼此距离。末了，他感叹，你说到底有什么意思啊……

书卷多情似故人，晨昏忧乐每相亲。大家不过是挚爱。

芮乃伟、江铸久夫妇，一直未要孩子。他们应是上海最安静的家庭，彼此日日打谱、长考，唯有清脆的落子声。芮乃伟曾说，早年出去打比赛，每次输棋后非常痛苦，当一个人留在房间，一点点地复盘，痛苦便会被化解……复盘过程中，一点点洞悉自己，知道到底输在哪儿，当然不那么锥心了。

如此痛苦，何以要共负一轭地坚持？也不过是挚爱。

天鹅湖南岸工地正在建造几幢大楼。我好奇，某日绕道跑去一探究竟，竟是市图书馆。独自高兴了很久很久，仿佛找到了晚年的依靠。这里距离我家仅仅三站车程——晚年的我，背一书包，一只放大镜、干粮若干、水杯一只，日日来泡这图书馆。

特意告知同事，彼此抚然。

可能是出于敬惜字纸的潜意识，这些年各方馈赠的文学杂志，早已将单位分到的一只铁皮柜堆满，总是不忍处理。

孩子大约也不太喜爱文学。近年，正储意提前清理些书籍。到临了，总不舍。现在，除非万不得已，尽量减少买书频率。家里的三间卧室和一个客厅，均有书架盘踞。这些书的命运，往后可能也会被挂到咸鱼，低价散给有缘人。

就是特别悲凉。

曾经，微博上有人贴出旧货市场买到的手写信，墨绿方格纸，纯蓝墨水字迹，工整雅致，略读些内容，揣测大抵写于20世纪五六十年代，是两地分居的一对夫妇，细细叙述对于彼此的思念以及生活日常。这么好的信，后人当废纸卖。这不被珍视的有着体温的书信。联想到书柜底层那一摞手写信。等我不在，孩子想必会一股脑儿烧掉，当风扬起灰。

这些书，这些信，这些古典音乐CD，纵然珍视，到末了，也一样都带不走，散便散了吧。

心爱物，也是身外物。

鲁迅先生说："此后如竟没有炬火，我便是唯一的光。"所有热爱文学、音乐、书信的人，也曾闪闪发光过。

谁遣花枝照古人

距家两三公里处，有一片菜地。

以往，每隔几日，我总喜欢逛逛，回来时仿佛沾了一身的灵气。久之，养成一种癖好。

一日，再去，菜地竟被碾平，变成千篇一律的草圃，失落得很。

郊区的菜地，作为一片农业文明的微缩景观，似乎保全了几欲失传的二十四节气，一年年地，两者彼此呼应着，一日日加深着人与自然的关系。"春初新韭，秋末晚菘"，这八个字里，不仅有美味，还有农时，以及四季的流转。

那片菜地，十余年来，日渐变成了我生活的根基，我的思绪唯有依靠它，才能开出一点点花来。土地，森林，花朵，飞鸟，山岚，河流……正是滋养人们灵气的源泉。

从事书写这门手艺，几同于挖井，徒手开掘，缓慢笨拙，非工业化的，一点一点深耕，累了，自然想起来这片菜地，修正自己，放空自己。

对于一个逐渐失根的人，它更是一种寄托。

一直喜欢按照农历生活，不时看看日历，对每月的两个节气给予关切。日子过到"立春"，纵然置身苦寒，但在精神意义上，也仿佛有了新生。今年的夏天，忽然被持续不断的高温拉长，直接覆盖掉立秋、处暑、白露、秋分，从37度的酷夏一夜过渡至深秋，迎来寒露、霜降。

辛丑年秋天，总归不像个秋天，没有了往年那种身着长袖衬衫的舒缓漫长，令一个农业文明里生长的躯体颇为不适。

近日，一切又都回来了，平凡的日子被寒露、霜降稳稳接住了。这样熟悉的持续感，让印刻于中国人骨子里的东西又一次重回秋寒，总归错不了，这长久地赋予人精神上的季节性安稳，让人的内心踏实，始终有一种恒定的东西在。

霜降前后的农历九月，应是起山芋、点油菜的时节。

最早厘清人与天地关系的，并非哲学家，而是农民。应时而种，应节而收，才是践行哲学的思想来源。

早前，我家附近这片菜地，同样精准地遵循着农时。往年这时日，山芋禾子被锄头扒拉到地角，扭成一只几米长的麻花，在秋风里滚着滚着，渐黄，渐枯……

夜读白谦慎《傅山的世界》。傅山一直主张"支离""丑拙"的美学观。他有一张册页：一根枯树，被拦腰折断，伤口处支棱着仿佛有痛，旁枝竟然有花，并非病梅，而是一株瘦桃。我曾在一座古寺见过一株半枯半新老桃树，一根树桩，分开两枝，一枝彻底枯了，另一枝上，新叶渐生、粉花华发，热闹与枯寂同在，望之，滋味殊异，唯独不见苦味。伫立良久，心里有波澜惊动，但总说不出来，那种视觉上的强烈刺激，早已超过了我以往审美的经验，就也说不出什么好来，一直难忘。直至夜观傅山册页。

秋风中的山芋禾子，亦如是，丑拙枯老，却又与人亲，与人近。

傅山在另一册页上题诗：古花如见古遗民，谁遣花枝照古人。

他所表达的，何以不是一份精神寄托？苏轼月夜找张怀民散步，也是寄托，好在他有伴，心意相通，孤独减少几分。

深秋后的土地，被装饰一新，窄窄一垄，一垄，又一垄，横七竖八，朴朴素素的，天地未开的原始性，有的被泼上水，撒了菜籽，盖上枯草。过几日，你记得去看，蹲下，轻轻把草拂开，凭空钻出无数乳白的芽，仿佛弱不禁风。这些芽，分别是青菜、芫荽、菠菜、茼蒿、萝卜……

再过几日，枯草被彻底揭去。每一黄昏去，它们就都变了模样——青菜秧蹿得最快，大约一周，泼上几瓢水，它们就都一齐在秋风中笑呵呵的了。确乎如此，每年深秋，我都听见青菜苗的笑声，婴儿般那么可爱，仿佛有着乳香的。

久蹲地头，风过一排排白杨树，哗啦哗啦，并非无边落木萧萧下的苍凉，我还是会想起成都诗人柏桦那首《望气》。这里的"气"，并非气息，而是"地气"。

忽想起露台空出的若干花盆。初春养的一株葫芦，开出许多花，只结成一只小葫芦。两株茄子、一株辣椒就都一齐枯了。

一齐拔了，松土，黝黑的肥沃的土，不如秧点蒜瓣吧。

我还养了一株马齿苋，枝枝蔓蔓的，匍匐于地，偏偏迟迟不开花，一日冷似一日，怕是再也收集不到它的种子就被提前冻死了。

一株黄种月季真顽强，趁着霜降来临前，又开出一朵花来。

我坐在小凳上，将所有土坷垃捏得细碎，蒜瓣剥去外衣，掰开，一瓣一瓣插进去，复轻拂一点浮土，将蒜瓣尖盖上，隔一日浇点水濡湿，不出三五日，便会抽出芽来。做完这些琐屑事，顺便将老梅树旁的拉秧草拔去，叶丛中早已花苞点点。年年如此，世间，还有什么比植物更守信的？再无。无端地让人心安，仿佛有了恒久依靠。

隔壁小区遍植鹅掌楸，一年年高大粗壮起来了，树冠下层的叶片渐黄，这种黄，并非失水的枯黄，而是富于生命力的黄，黄得蓬勃。城市绿化带转角处，总有雁来红，群群簇簇，相拥相依，何以有如此强壮的生命力？风一日日寒了，它们红得如此不羁热烈，用整个生命在红。还有葱兰，绿叶丛中点点的白，白得不被人辜负。年轻时，认为鸡冠花是最不好看的花，甚至粗拙老丑，如今透过中年的眼，反觉此花最具品质，倔强，顽强，凌寒不惧，纵然被嫌弃，照样有底气开花，多日不绝，犹如高山坠石的气魄，挺好，不容易。

人心的孤独，一年年被这些植物安慰着，久而久之，变得混沌，更加剧了精神上的依赖。唯独今年桂花，比往年迟了许些时，但，迟有迟的好，往年花香过于浓郁，熏得脑壳疼。今年因为天寒，香气淡淡浅浅，是"不来常思君"的迂回曲折。

近日，均是毛毛月，夜来散步，整个小区都笼在了似有若无的花香里，人在其中，仿佛飘浮于天上，有残山剩水的珍惜，甚为难得。这无所不在漫无边际的香气，宽窄疏密有度，禁不住攀折一枝，金桂已萎，是银桂。

把叶子剪了，放入插瓶，注满清水，一周不谢。深夜，香气渐拢，是暖香了，颇似凌寒中划一支火柴的暖。

孤寒与温静

用过晚餐，照常去小区木椅上坐一会儿，观观天象，听听秋声……我就是这样沉淀自己的。

大约6点，天已擦黑。前几日，大约农历十五吧，一轮明月悬于楼缝间，大而圆，仿佛初来世间的橘黄色，除了惊奇，也说不出什么，我就望着它，一直望着它。被自然之美击中后的涟漪，于心间起伏微漾。深秋的月色，亮而静，有亘古的意味。

咫尺处，一株无患子，整个树冠日渐黄下去，月色下仿佛燃烧起来了。也印证了一句古诗：窗里人将老，门前树欲秋。

昨夜，天上无月，唯余大朵白云。天穹幽蓝，衬得云格外白亮，望之良久。

秋天一日日深下去，像被神投入幽潭，不再忧心焦虑，人生的远景、近景，似一夜消失，唯余一颗心。白天，坐在阳台晒太阳，把被褥、枕头抱出晒晒。黄昏后，被阳光洗礼后的棉絮，像极北方老面发的馒头，松软而暄香。

四季里，唯秋冬两季的太阳饱含香气。

林间有风，天空澄澈透明，迎着光骑车，秋光让人睁不开眼。

买一布兜菜，经过一段步道，不得不徜徉一番。法国梧桐叶青黄相间，黄叶忽剌忽剌往下旋落，蝶一样轻盈。沟渠内大片芦苇，白絮茫茫。香蒲结了深咖色蒲棒。一年年里，红蓼繁了密了。芒草一齐黄了，又一齐枯了。夏枯草坚持在秋风里开紫色小花。水杉锈黄，垂柳浅黄……眼前一切，纵然萧瑟荒凉，但，却那么美——原来，自然的荒芜更见穿透力。深秋的萧瑟与盛夏的葳蕤，自是别样，皱纹皓首比之明眸皓齿，更见生命的力度与内涵。

深秋真是蕴藏深厚的一个时节，银杏、乌桕在秋光下，如若两个永恒的发光星体，衬着钴蓝的天，黄如赤子，红如赤子。

每年这个时候，特别向往回到乡下：那里最好有一条江，或者一条河，夹岸大片稻田。不远处的丘陵山冈上，荞麦地蜿蜒不竭。僻野的深秋更有气质，更见风骨——零落的草甸，荒凉的山冈，清澈的河流……一齐平铺于地上，风的走向不羁而无所牵绊。秋霜一日浓过一日了。清晨，伫立门前望远，田畈一派泠泠然。

忽然没什么事了。坐客厅阳光里，翻牧溪画册，看到《六柿图》，忽然感动起来……是这样的墨色，一瓣瓣，浅淡深浓。旧气，隔了千年递过来的旧气，尚有余温，是清灰里捂过的，底层的，日常的，谦卑的……

是牧溪的平凡打动了我。除了《六柿图》，还有《白菜图》。每日都会买一两斤白菜。入秋，菜有霜气，异常可口。

百菜不如白菜。牧溪笔下的白菜，正是"客来一味"，何以令人心悸？

"春初新韭，秋末晚菘"，这八个汉字里，埋伏着时序节令、人间烟火，以及一颗始终跳动着的温热的心。

牧溪感知到的，又是什么呢？

白菜晚菘图中那些墨色，已然旧了。旧的东西，总是珍贵的，厚重，凝练，内敛，欲言又止，留下一派清气，以及与生活隔了一层的凛冽之气。这所有的一切，皆源于秋气，荒凉之气。

我无法在盛夏的溽热里读懂牧溪，唯有深秋，一种无所不在的冽与寒,正是牧溪的精髓所系。他的《寒鸦图》那么孤独,甚至凄凉,何尝不在表达一颗心呢?屏蔽一切伧俗热闹,走向内心的明月深山。如此,孤独凄凉何以不是一份大自在?牧溪的燕子,犹如风中少年,一人独自飞,画幅上端稍微垂下几条树枝,是红柳吧,一样被墨色浸透了,纵是春草蔓生的三月,也是叫你守住了一份清寒。

每临深秋,我走在菜地,走在风里,走在湖边,不免想起牧溪《墨雁图》里一句题诗:西风吹水浪成堆。那份不请自来的寒凉,让人真切感知到,人与自然之间的那份两两相照,以及秋天老了芦花一夜白头的无可挽回。

我的望月,何尝不是那种物我之间的两两相照呢?

牧溪的僧人身份,注定了他的抽离感。到了20世纪初叶,另一画坛异数常玉,简直走向了牧溪的反面。

孤寒的反面,不正是温静吗?

常玉的温静无所不在。他的粉色系列,犹如婴儿安睡于夏帐之中,轻轻掀开一角,乳香铺天盖地。这是属于我个人的视觉上的通感了。

常玉大片未知的留白,构成了他艺术的夏帐,无数线条流畅比例失衡的马、骆驼、鹿、象、人,犹如亘古即在的婴儿。整个画面,像极西方圣婴们的受洗图卷,温柔,祥和,宁静。

一幅"嬉蝶"图,简直神品——背景一向是常玉派系的"粉"。白猫自粉色云堆间跃出,轻轻把一只灰蝶捉住了……那一刻，叫人仿佛知道了流水悁悁的意思，视觉上无限的冲击力，永远那么动人心魄，过后，又默默消弭于荒芜的时间中。

常玉的人体系列、动物系列，抑或瓶花系列，所表达的主题，无非时间的流逝，是将人抛荒于广漠的时间里而无能为力的消逝，流水一样的，一刻也不曾停止的消逝。

牧溪的抽离，常玉的浅淡，一遍遍体现于孤寒温静之中，像极这眼前的秋。

起舞

孩子每周去跳一次舞。

鉴于他内省的性格，给他选择了街舞。一开始，他非常抵触，每次去上课，简直像上刑。久之，慢慢克服。他胳膊长腿长，跳起舞来，非常有律动感。每次我接到他，都夸："你是班里跳得最好的！"他不屑："每个妈妈都认为自家孩子棒。"

他的性格随我，总是紧张而局促，我期望他在音乐中尽情释放自己，慢慢克服羞怯的毛病。秋游回来，一向内敛的他抨击某些同学欠缺教养，集体午餐时，一旦看见自己喜欢的菜，立即搬到自己面前，抢得菜撒了一桌……我则担心，他过分的教养束缚住自己，连肚子也填不饱。作为妈妈，我不忘提醒："你也不要过分斯文，该吃还是要吃。"他则白我一眼。

舞校离家十余分钟路程，可以步行来去。但，每周，我坚持去接。实则，我只是喜欢看着那些孩子跳舞。我家孩子性格古怪，他可以在家跳给我们看，但，在学校，但凡瞥见我站在门外隔着玻璃看，他便放不开，迅速冲过来，示意我离开。

每次去，我只偷窥他一眼，便去观摩别的班级了。

最喜欢拉丁舞种。三四个班，有的班跳伦巴，有的班则是恰恰。

一次，低年级班或许要考级，气氛非常紧张。女孩们皆化了妆，头发扎成揪揪竖在头顶；一个个饱满的额头，闪闪发亮，统一穿着浅粉色系芭蕾舞鞋，走起路来如一片云。

可能是教室不够，有一批孩子在走廊练舞：一二三，二二三，三哒哒，四哒哒——停！老师忽然抬高声调，那些孩子像突然被施了定型大法，双脚交叉，右手高高定格于头顶……一个高难度的动作。有些孩子重心不稳，风摆柳枝一样地摇晃。老师大声呵斥着，我看见孩子脸上扑的闪光粉簌簌往下落，乌溜溜的大眼睛扑闪扑闪，终于定住了，好惊险。

我是在走廊边缘看她们的，心里替孩子们捏把汗。大约两分钟之久，老师又开始调换别的动作练起来，转而再是一个"高八度"，又一个高难动作被定格于静止的时间中，与我近在咫尺的一对孩子，特别专注，每一个动作都那么协调，小手指，兰花一样翘过头顶，始终面带微笑。

开始放音乐，老师一声"起"，她们瞬间进入角色，露出八颗牙齿，将自己融入一段段旋律中，起舞，旋转，花一样绽开,融入,融入,再融入,慢慢把头低下,双脚收拢,昙花一样收敛身体,腾出右手,护在胸前,弯腰谢幕。真的好美。一群六七岁的孩子自律而自如。

末了,两位评委被校长请来,在走廊上看她们集体起舞录一段视频,接着还要去教室一个一个地跳。当日,大约所有科目的孩子都到了,不停地尖叫,匆忙的脚步,沸反盈天。可是,这一群孩子如此静定,留在走廊继续练习,不停地被定格于一个高难度动作之中……末了,老师提醒时间到,可以去教室准备了,别的孩子一下放松下来,小鹿一样蹿向自己的教室,唯有两个女孩一直沉浸在自己的动作中而浑然不觉。老师跑过来分别在她们稚嫩的肩上拍一下,才恍然大悟。这两位女孩的定力深深将我打动,她们可能是班级里最刻苦的孩子,小小年纪,于喧嚣中已然达到忘我之境,真是个好苗子。

常常,我不自觉地伫立拉丁舞教室门前。不过纯粹喜欢看那一班女孩的身姿——当音乐响起,她们的腰部瞬间有了律动感,两个一组边跳边旋转向前,一直跳到大镜子前,再匆匆跑回,接着跳,汗湿衣襟。那些漂亮的舞衣,连体的,上身布满豹纹,露出右肩,下身连体裤,纯黑,至脚踝处,开成一朵朵喇叭花,一个个小腰,盈盈一握。有的女孩,一根黑辫子拖至腰部,一齐随着音乐起舞……无比惊艳。一个动作重复无数次,大家不曾偷懒,半小时浑然不觉过去了。偶尔,个别女孩动作不到位,老师无情地点名批评,只见她双手将脸捂住,不让别人看见自己的尴尬，维护着小小的自尊。学校校长亲自上阵示范动作，见孩子们不甚到位，然后，让她们集体停下，静静观摩老师的动作，随着节律，老师不停地旋转，自教室这头到那头，再从那头到这头……校长说，看见了吧，这才是最标准的动作，你们就练吧。

另一间教室，一群大一些的女孩，她们在跳伦巴。一个个十二三岁，小荷才露尖尖角的年纪，舞蹈间隙，出来喝水、上洗手间，她们的背影，袅娜而美，如若一片云，也是一泓溪流，随时可与周边的人区别开来，她们不会含胸驼背，永远春风拂面的模样。跳舞的女孩，注定卓尔不群，有一种不羁的自由美、自信美。

孩子每周需要复习上周的舞蹈动作，传视频给老师。有时，没有音乐，他也可以跳出来，行云流水一样的身姿左右腾挪，真的好美。一个人自小学会与自己的身体相处，并很好地调动它的灵性，如此快乐地与音乐融合在一起，何其有幸。

腾讯连续录播了四五届街舞大赛。孩子每个暑期皆看得津津有味。我偶尔瞄几眼，大开眼界。近期有张艺兴——此人同样性格内敛，话不多，录《向往的生活》时还紧张，一味低头做饭。一旦上了舞台，整个人完成了蜕变，偏偏选择奔放的"狂派"，简直将身体燃烧起来了，与平素判若两人。

每周，我几乎都提前去观赏孩子们跳拉丁。如果我的孩子是一名女孩，也许五六岁便送去学了拉丁，让她通过跳舞，自小懂得自律的重要，懂得若要拥有什么，一定得千万倍地付出苦辛。跳舞的孩子都是非常自律的，不仅仅表现在饮食这一点上。这所学校所有的舞蹈老师，一个个像燕子一样轻盈，没有一丝赘肉，胸骨都看得见。

舞蹈真的可以重塑一个人的气质，举手投足，一颦一笑，皆不同，不庸俗，僵硬的身体被唤醒，一个精灵永远复活着，随时提醒你，挺胸，收腹，亮出天鹅般优雅的脖颈，展现着自信又美妙的身体。

舞蹈的孩子身体内还有一种倔强和自律因子。舞蹈出身的章子怡，她刚出道时，塑造《藏龙卧虎》中玉娇龙一角，面对周润发时桀骜不驯的眼神，及至负面新闻缠身时，再出演《一代宗师》中宫二一角，面对杀父师兄时眼神里的狠劲儿，同样得益于多年舞蹈的刻苦自律。

一个舞台上风光的人，她曾于人后付出多少汗水、艰辛？

楼上邻居家的独生女，也是舞蹈出身。早年，每当黄昏，女孩背一只巨大的包离开家，身后是她母亲抱于怀的哭得撕心裂肺的孩子。她这是去上午夜场的班吧。非常有气质的女子，黑发束起，随意挽一个髻，她耳后毛茸茸的碎发，迎着夕阳微风，宛如晃动的水晶珠链。我与她父亲，属同一系统，并非同一单位，故，我从未与她对过话，但，每次相遇，我都对她挤出笑意。慢慢地，她孩子上幼儿园了。偶尔，楼梯口或者小区遇见，我会与她母亲交谈几句，慢慢了解到：女孩嫁的是一个香港商人，一直两地分居着。后来，孩子到了入学年龄，他们全家四口搬去了深圳，为的是孩子读小学方便。每年腊月，这位男邻居都回合肥一趟。做什么呢？不过是贪恋合肥这边的香肠。说是，深圳香肠甜口，吃不惯。千里迢迢回老家，就为了灌几十斤香肠带去深圳。

去年疫情期间，男邻居忽然一个人回来长居，也不便问。他留下老伴帮女儿照顾外孙，自己独自回合肥过起逍遥日子。邻居也是个热情的人，楼梯口每见着我的孩子，都要彬彬有礼地招呼一声。大半年来，每到黄昏时分，我总见他收拾得整整齐齐外出，相互点个头，不便多问。也就特别好奇：他是做什么去呢？纵是酷夏，他也一身绅士打扮，黑皮鞋、黑裤子、黑T恤，且带一只巨大保温杯。

一直好奇了大半年。终于，在盛夏带孩子吃必胜客时，揭开谜底。

夜色下，距家不远的必胜客门前，一个广阔的广场，各色人群，各自为阵，一圈儿广场舞，一圈儿街舞，另一圈儿则是交谊舞了。我与孩子几乎同时发现了我们的男邻居——他比较搞怪地戴着口罩，正与一位女士跳着恰恰……别的男伴着装非常随意，还有穿大裤衩的，唯有他一身正装打扮，特别有仪式感。让人好生感慨，他可真会享受晚年生活啊。只是，他总戴着口罩，不憋闷吗？

我的邻居是老年人群中极少的热爱舞蹈者，许多像他如此年纪的人，大多热衷于坐在麻将桌上，或者被迫含饴弄孙，唯有他自深圳的外孙那儿挣脱回来，一夜一夜跳舞。

而少数民族，仿佛天生擅长舞蹈，比起汉族来，他们天性快乐得多。壮族有一种芦笙舞，大人们在宽敞的露天稻场集体而舞，连刚刚学步的幼童，也加入进来，他们天生会模仿。快乐时跳，悲伤时也跳。广西大山深处，资源匮乏，可是壮族人特别快乐。当年，我站在群山间，深感人类处境的荒凉，可是他们如此热爱生活，血液里自带乐天基因吧。

爵士发源于美国黑人族群——黑人身体的律动感，优于白人，同样基于对生命的热爱吧。南美民族的桑巴，一样感染人，只要跳起来了，有何悲伤可言？生命只在当下。何有永恒？永恒就在舞蹈中。

远古时代，汉族人杀牛宰羊，祭天祭地，悲者歌之，乐者舞之。到了唐，民族融合，华丽的羽裳舞，大约源于胡人传统。渐渐地，又含蓄起来了。至北宋，开始惨绝人寰地实施缠足，借以禁锢女性躯体。女性的血泪史一直延续至民国,方才结束。

当一双天足被浅粉缎面的舞鞋所包裹，两根带子交叉着绑于脚踝处，音乐响起，身体的律动被唤醒，人类舒展起自己的身体，又是多么快乐，犹如敦煌壁画的"飞天"，让身体达到无限自由。

每周，我按时伫立于舞蹈教室前，欣赏着女孩们那些富于韵味的身体，名画一样次第展开，绢质的，永不褪色，流动的，而又静止的，让灵魂有了洗礼，从而也变得轻盈起来了。原来，我们的身体是如此的美，宛如诗歌、散文，有内在的节奏，也有独特的语感，在音符中高开低走，一气呵成，眼前的一切似乎变得圆满。

  选自《湖南文学》2022年第1期

稻田的心

王洒

贵州仁怀人,中国作家协会会员,贵州省仁怀市作协主席。发表作品三百余万字,有散文集《泥土上,屋檐下》、纪实作品集《扶贫日记》等出版。

没有谁对父亲最好,唯有稻田。

没有谁让父亲最骄傲,唯有稻田。

在黔北仁怀大山里种了一辈子地的父亲认为,稻田有颗金子般的心,是它无私的奉献,才让父亲在艰难困苦的岁月里不至于有忍饥挨饿的卑微,才让父亲执掌的家庭在寂寂山村里活出了该有的光明。

稻田,是父亲的命根子。

壹

20世纪80年代初,父亲分到了像宝石般镶嵌在大山深处的稻田。稻田有的在山膀膀上,有的在山弯弯里,有的在山窝窝中,有的在山脚脚处,是根据远近、大小、肥瘦搭配后,在生产队的组织下抓阄分配的。

紧紧握住纸阄上的稻田,父亲哼起小曲儿,即刻回家向奶奶、母亲禀报。

百年木屋里,灶前的奶奶正往灶膛里送柴火,灶台后,母亲正往锅里烙干粑。等待分田的心情里,火光、炊烟,都成了眼前的欢腾。

"分了,分了,分了……"父亲闯进门,"龙井、肚肚儿、窝窝儿、莲莲儿、沟扁扁、水井湾、杉儿树、反背、新田、麻汤田。不多不少,整整十丘。"父亲像点孩子的名字,将分到的田一口气点给奶奶和母亲。

每个丘田,都有自己的名字,都有来历或故事,跟人一样,是有身世的,要善待。嚼着干粑,父亲嚼出每丘稻田的前世今生和一家人的未来。

贰

除夕夜开始,父亲就满是稻田的心事。

神龛前,父亲祭完祖先,就取祭祀用的少许饭食装进碗里封闭,随后放在神龛台上,等到元宵节时才取下来。这碗里,不知父亲装的是什么心愿。

我记事时就问父亲,父亲只一句:"今年庄稼哪样好,正月十五碗里找。"

难不成,神龛上的神秘碗,能长出庄稼?我不明白。

左等右等,元宵节来临。打开碗,父亲瞅了瞅,欣慰地抬眼朝向身旁的母亲:"今年,谷子最好,苞谷、麦子、高粱要次点儿。"母亲回笑:"好啊,老天爷在照顾我们嘞。"

十五天,神龛上碗里的饭食都霉变了,出现白、黄、红、绿等颜色。母亲解释,白色代表大米,黄色代表苞谷、麦子,红色代表高粱,绿色代表菜蔬……

我明白了。这是多么神奇的祈祷啊!

只要下雨,父亲总要侧耳倾听第一个春雷什么时候滚来——正月打雷坟堆堆,二月打雷谷堆堆,三月打雷谷壳飞。

好在,第一个春雷,总在农历的二月来临。二月春雷,像是父亲下田耕作仪式上的演奏。

观望天象、遵从时令耕作,是父亲作为一个农民最基本的素养。

清明前十天,父亲将年前买来的稻种,用温水浸泡一天一夜后,撒在提前准备好的温棚里。父亲一丝不苟,像呵护刚出生的孩子,不仅要用肥泥为它们垫"窝",还要盖一层有机质高的灰土"被子"。

约一周,芽出土。天热时,父亲要开棚散热、浇水,生怕它们"中暑";天冷时,父亲要封棚保暖,生怕它们"受凉"。

漫山遍野,绿意渐浓。温棚里,秧苗长得急。扛上犁耙,牵了水牛,父亲正式下田整治秧苗田。

父亲的秧苗田,年年定在肚肚儿。肚肚儿在一座山膀上,形状像一个壮汉的肚子,所以叫肚肚儿。秋收后,父亲一般不会将水放干,而是将它整治成冬水田,以便来年承担起培育秧苗的责任。

犁两遍并耙平后,父亲割来半人高的油麦、蚕豆、豌豆等青苗踩在泥里,为移栽来的秧苗提供营养。父亲形象地称,稻苗好比幼崽,只能喝奶。青苗快速腐烂后的肥力,就跟奶一样,稻苗才容易吸收。

秧苗田里,一厢一厢,平整的苗床全露出水面。厢与厢之间，是装满水的厢沟，作用是确保苗床和秧苗有充足的水。这是父亲多天工夫打造的。

秧苗田整治好后，秧苗已长到食指那么高，正是从温室移栽到野外的时候了。

起苗前，父亲要将温棚膜扯掉，让秧苗在阳光或风雨中独立成长三两天，然后才为它挪窝。经受过磨炼的苗子，到温室外才能抵御侵袭。

在几名农人的帮助下，秧苗移栽开始。弯起腰，脸朝苗床，屁股朝天，左肘靠在左膝盖上，右手指从左手取过幼小秧苗，一株一株，小苗被小心翼翼栽进苗床。此刻开始至秋天，父亲与农人们，千万次，要反复向稻田作揖；千万次，要反复与稻田商量；千万次，明白稻田从不亏待他们。

"布谷，布谷，收麦种谷……"山坡坡树丛里，布谷鸟催忙的口号声传来，父亲抬头就嚷："催啥子鬼，腰都忙断了还催？我们休息下，别理它。"

听了父亲的俏皮话，大伙儿乐了。坐在田坎上，吸起烟，父亲与农人们"打量"到的，是一片绿意盎然的稻田；感受到的，是唯有向稻田弯腰，而不曾向谁弯过腰的尊严。

叁

移栽完秧苗，父亲开始整治稻田。

抢收完头年轮作的油菜、小麦或蚕豆后，将近一个月时间里，父亲都在盼雨的日子中度过。

谷雨时分，春雨渐增。

夜雨中，父亲始终睡不踏实，不时探听屋外雨声。天亮了，雨还未停歇，父亲就迫不及待。"这雨，够整田了。"

戴上斗笠，披上蓑衣，扛上犁耙，牵上水牛，行于山路。父亲躬耕的身影，是山村春天特有的音符。

一夜春雨，稻田浸饱了水。山沟沟里，春水满怀热情朝稻田奔去。

田里，父亲枷起水牛。

耕牛在前，犁头在中，父亲在后。父亲一手扶住犁尾，一手高举撵牛棍，在他一声声"上、下、走、转、缩"的吆喝中，懂事的耕牛甩起尾巴朝前奔。犁铧过处，泥土翻滚，春水搅和，虫子呛出……有虫子，八哥、喜鹊、乌鸦也前来捧场，树丛中的布谷声和父亲的撵牛声，成了对唱的山歌。抢水整田，是黔北山区最具韵味儿的节奏。

遇上雨水偏少的年份，父亲与母亲还要半夜打起马灯迎雨整田。天亮时等我们醒来，一丘田已整治完毕。"雨足高田白，披蓑半夜耕；人牛力俱尽，东方殊未明。"抢水整田，是祖先留下来的时令记忆。

父亲是整田高手，一丘田，要反复犁十来次，每一次，都要走不同的犁径，尽可能保证泥底都犁过，那样泥底才结实，才稳水。每丘田的肥瘦不同,有机质土壤厚度不一,犁的深浅程度、泥水混合搅拌的次数也就不一样。稻田田坎,要用专门锤田坎的棒棒锤牢固,再用耙子扯田里的稠泥糊上。稻田四周,也要打理得干干净净,不让杂草烦了稻禾。父亲常言,这是出大米的地方,必须干净整洁。父亲打理的每一丘田都不漏水,母亲形容,水像装在碗里不漏一滴,除了天上的太阳,没有谁能奈何它。

祖传的整田技艺,总是要传下来的。

莲莲儿田里,父亲开始教我手艺。记忆深处,父亲从未教我学过什么,也从未要求我学什么,包括上学,你考零分还是满分,他都一个表情。倒是整田,他教得特别上心。父亲有几门手艺,村中他是有名的石匠,家中他是篾匠,为家中燃煤还当挖煤匠,为有酒喝还会烤酒。父亲觉得,有艺不孤身。整田,是父亲唯一留给我的技能。有田,能种地,什么时候都挨不了饿,这是父亲教我的最基本的谋生之道。

田全部整治好后,父亲便要求我们一篼一篼从牛圈里往田里背牛粪。"春天你背多少肥到田里,秋天就能背多少谷子回家——人不哄地皮,地不哄肚皮!"

肆

小满后,秧子已长到筷子那样高,眨眼工夫就要开始插秧。

头一天，父亲向母亲交代："晚上，把腊肉准备好，整点腊肉骨头和白金豆一起炖，吃饭才有滋味儿……蒸好麦粑，打几斤酒回来……"

第二天清晨，还未等父亲赶到秧苗田，帮忙的农人就已经到了。不用问路，不用带路，哪家的田在哪里，农人们闭上眼睛也能找得到。田，是他们最熟的朋友、最亲的人。

近二十个人，约莫十点钟，秧拔完了，又将秧子背到每一处丘田里。

此时，灶房里的母亲，已将饭菜倒腾得令人垂涎三尺。站在开阔处，我扯起喉咙喊向父亲和农人，让他们回家吃饭。饭桌上，父亲总爱劝两杯。小口喝着酒，大口吃着肉，农人们始终感觉不到大忙季节的疲惫。

饭后，父亲的"秧门"正式打开。

顺着田的朝向，两个人先拉绳子顺绳插秧定大行，行距大约两米，这两米范围就是一个人的插秧区域。大行里，依据窝距五寸、行距八寸的大概要领，每人再插七行，行行都要齐整。弯腰、伸腰、退步，历经数不清的姿势与动作，一丘波光荡漾的稻田，披上绿装。

伸伸腰，深吸清新暖风，父亲与农人们，品尝出稻田沁人心脾的滋味——"手把青秧插满田，低头便见水中天。六根清净方为道，退步原来是向前。"

时至傍晚，插秧结束，"秧门"关上。

屋内，暖色灯光下，父亲劝起累了一天的农人畅饮解乏。猜拳的声音，时断时续的小调，醉了山村，醉了初夏。农人醉意里，我看到他们手脚上，满是砂粒划破后的伤痕。这些引不起农人疼痛的道道口子，在他们粗犷豁达的性情里，成了无私稻田编织的勋章。

伍

插秧后，水，就成了父亲的头等事。

隔三岔五，父亲总往田坎上跑。雨天，担心雨水冲垮稻田；晴天，担心秧水被晒干。最让他焦虑的，还是夏天久旱无雨的日子。

为给稻田补水，父亲要到很远的地方抬抽水机抽水。十余台抽水机，很快将小池塘的水抽光。塘见底，仍不见雨，咋整？

盼雨，父亲望眼欲穿。傍晚，天边边泛起火烧云——早晨烧天不等黑，傍晚烧天等半月。雨，一时半会儿落不下地。

不能再等，必须找水。

为救肚肚儿田，父亲来到一个叫响水洞的地下水泉眼边等候。排队两天后，轮到父亲放水了。这时的肚肚儿，田坎边已经裂出小口，好在，它马上要解渴了。

那晚，父亲邀我跟他做伴。来到洞口处，我为父亲打上手电。借着手电光，父亲用锄头掏沟、分流、放水……

一个小时后,响水洞的地下水,叮叮咚咚流进稻田。稻田边微弱的手电光下,我看到父亲对着秧子的黝黑脸庞露出憨笑。

跟在父亲身后,我与父亲返回响水洞。响水洞外,父亲寻得一处岩壁平台。

攀到平台上,我与父亲依偎着,等待水静静地流淌,守候着稻田里的酣畅。不知什么时候,我睡着了。

等我醒来,身上盖的,是父亲带来的大衣,头枕着的是父亲的衣裳。抬起头,我看到满天星斗,还有两三百米外的父亲,口中衔着手电,双手正抓起泥巴糊已裂口的田坎。

为了稻田,为了家人,父亲不敢停歇。我没有呼唤父亲,泪水却被父亲深夜劳作的身影唤出眼底。

田中有水,稻子得救,薅秧必不可少。

大暑前,稻浪里,父亲照样弯着腰,用双手抓扯水草,用双手刨松稻子根部的泥,让其根须更发达,长的秧子才壮,结的穗子才丰实。

临近立秋,稻子经过父亲精心培育,开始抽穗了。

蛙声里,父亲在田坎上踱来踱去,心里有说不出的喜悦。扶起一窝水稻,父亲数了数,分蘖的稻子,整整二十根,每根抽出的穗,谷粒三百多。

将一根稻穗放在鼻子前,父亲闻了闻,真香,这稻花味儿,跟碗里的香气是一致的。记忆里,父亲从未亲吻过他的子女,可在稻田里,他要反复地闻、反复地亲吻。

白露左右，稻田里的稻穗弯腰向土。一株株弯腰的稻穗，是稻田给父亲还的礼，是给父亲最厚重的回报。

赚了！父亲说，这是世界上最牛的买卖。父亲在稻田里数万次弯腰，换来的是稻田百万级的谦恭回敬，换来的是父亲弯腰后挺直的腰身。父亲说，这人世间，只有稻田对他最好。稻田的心，才最真诚，才最无私，你对它虔诚，它必报你收成。

摘下一株，父亲在掌心揉搓起来。脱壳露出来的白米，让父亲的口腔与肠胃，溢出四季的香甜。

陆

转眼，收割季来了。

此时的父亲，总要骄傲地查寻、比较，看看谁家的稻子还高傲地站着，是否还有招惹蜜蜂的稻花。"白露不低头，割来喂老牛"！再看咱家的稻田，金灿灿的，沉甸甸的，微风拂过，沙沙低语。

自鸣得意的父亲等起晴天，准备秋收。

集镇老街，铁货铺里，还未等父亲开口，陈铁匠迎面就问："王大哥买镰刀吧？"何种季节，农人在小镇上的何种心思，都逃不脱陈铁匠的眼睛。

"是的，陈师。"

"几把？"

"五把。"

"好。今年谷子还行吧？"

"是行喽。风调雨顺，田儿争气，谷子太好，你这镰刀，怕要割坏嘞。"

"没事儿没事儿，我这镰刀质量保证，割坏了我赔。"

"谷子好，镰刀割坏了我也乐意，不要你赔……"

"哈哈哈……瞧你这大哥。"

父亲提了镰刀，再买块肉，神气十足往家赶。

第二天，趁着好天气，父亲又请来农人，一镰一镰，弯腰挥向稻子。稻田里历经春秋与风雨的水稻，一瞬间就被农人割进手中。它们一把一把被捆起来，又被晒在稻庄上。

稻庄上晒了两天后，乌云压过稻田。见我们抢收稻谷的奔跑，路过的农人，以及在村校上完课的老师，都纷纷赶来帮忙。你一抱、我一背、他一挑……雨还未下地，父亲的稻谷就被迎进堂屋。

父亲感激的方式，还是一杯酒、一碗肉。被死活留下来的农人和老师，猜拳自然少不了。秋雨声里，他们喊出一年的春夏秋冬、苦辣酸甜。旁边的父母亲，斟酒添菜，脸上掩饰不住颗粒归仓的神采。

柒

田间地头,催人春耕的布谷声再也听不到。把夏天撕扯得热气腾腾的知了,也许回归了泥土。秋分时节,只顾奉献的稻田,开始短暂休闲。门前的白杨,树叶开始发黄。

秋天越来越分明,可父亲,仍像春天一样奔忙。

金风细细,夜幕低垂,长庚星高挂。李支书家里,父亲正与支书商讨起卖米事宜。一家人的开销,全在谷里。

"现在急用钱不?"李支书问。

"不怎么急,就是想把卖米的消息放出去。"

"那好。现在卖,你晓得的,价格上不去,晚些时间价格上去了才出手。我记好你要卖米的事了。"

辞别李支书回家后,母亲念叨起来:"过几天赵大爷家娶儿媳妇,要送礼五块;买两个猪崽养殖,要花四五十;天凉了,要为孩子们添点衣裳……"

父亲将大米背到离家十多里的集镇上。

太阳偏西,仍无人问津。赶集人,街坊人,仿佛家家都不缺米。风调雨顺年景,大抵如此。

场散尽了,父亲只好将米存放在熟人店铺里,等下个场期再来卖。

那天下午,我从集镇的初中放学,正出校门口时,看到父亲远远地朝我招手。

一眼望去，父亲忽然苍老了许多。身上的涤卡布衣裳，脚上的解放鞋，已经发白。我感觉，他的腰身大不如前，单薄且不那么直，兴许这是侍弄稻田长期弯腰造成的。这是我刚刚会了与父亲年纪相仿的老师后，再瞧父亲时得出的结论。

从放学的人流中，我跑到父亲跟前："爸，你怎么在这儿？"

"还不是卖米嘛。没卖成，身上没钱嘞……饿不饿？要不，我找家熟人馆子，赊碗羊肉粉你吃。"

"不饿！爸，我们回家。"

父亲从衣兜里摸出一把瓜子递给我，这是他早上从家出发时带上的，为接我时给我解馋。父亲从早晨到现在，连水都没喝一口，肚子难道不饿，就不想用瓜子塞塞牙缝？

十多里路上，父亲的背影，在夕照中越来越瘦长。父亲给我揣的葵花籽，让我嗑出最深沉的记忆——父亲接我放学回家，从此再也没有了！

第二个场期，父亲低价卖了米，每斤七角八，比收谷前低二角五。父亲心痛好久，那可是好田种出来的好米啊！

步入深冬，买谷买米的人找上门来。看来，李支书的话，管用。

买谷买米人家，大都没田或少田，父亲理解没米的难处，赊欠，当是可以。不抬价格，去年多少，今年就多少。父亲处事，跟他种的稻谷相似，身上有芒，内心却跟米一般纯实。

一年又一年，一家人生计，全靠稻田。稻田，是父亲最为骄傲的、比儿子还要成器的家庭成员。

　　现如今,父亲已去世多年。难以实现机械化的山区稻田里,农人的耕作技艺仍在传承。母亲坚持父亲的观念,一定要我们成为爱田的人,万不可忘了它恩深义重的情分和农人的本分。

　　——稻田的心,就是我们的心!

选自《光明日报》2022年2月11日第14版

哑巴蝈蝈儿

淡巴菰

曾为媒体人、前驻美外交官,现为中国艺术研究院专业作家。出版《写给玄奘的情书》、"洛杉矶三部曲"等十余部图书。在《中国作家》《人民文学》《北京文学》等发表小说、散文若干。为《上海文学》撰写专栏。

1

"蝈——蝈——蝈……"没有指挥,这合唱声浪却如此有弹性,动听一如丝线轻拂金箔,从我身后传来,渐行渐近,由轻柔变得强健。

我愣怔了两秒,扭身回头看去,只见眼前金灿灿的一团,云朵一般,随着一辆自行车的前行飘然而至——那由上百只蝈蝈儿组成的流动乐队,正和谐欢快地唱着大自然的弦歌,它们带来的,似乎又不是歌声,而是一块散发着庄稼清香的碧绿田野。

看我驻足观望,那骑车的黑瘦汉子停下车,带着几分期待地笑着望向我。那是辆普通的自行车,后车架上支起了两根一米左右高的竹竿,那些笼子就是层层叠叠挂在这竹竿上的。也许是感觉到了突然的速度变化,一只只在那金色笼子里歌唱的"小歌手"都忽然噤声。但旋即,有几只鲁莽或迟钝的,又放开嗓子大声鸣唱那稔熟的旋律。

"二十块一只,三十块一对儿。"卖蝈蝈儿的这位不等我问就主动报价。

那是个五月的午后,我从北京回河北的小县城给父亲扫墓。父亲走了六年了,我当年不仅没能为他送葬,就连清明和祭日都鲜少有机会去拜祭他。反倒是在那小城生活的弟弟一家三口,从不落了给父亲送鲜花烧纸钱。

那天是父亲祭日，我们刚从墓地回到城里，弟弟两口子去停车，我和母亲慢慢往小区门口走。

"蝈蝈儿！"我有些兴奋地对母亲说，眼睛却继续望着那秫秸秆儿外皮编织成的金灿灿的蝈蝈儿笼。它们那么可爱，像一个个圆鼓鼓的婴儿的小拳头，又像八面开窗的小小城堡，每个后面都住着一个着绿衣白纱腆着大肚子的袖珍国王。

"活不了多久的，还是别买了吧。"父亲走后，母亲特别舍得花钱往家买花，栀子、茉莉、山茶，尽管许多中途夭折，至少每次都是奔着好花常开的结局去的。可这蝈蝈儿，在她看来即使不出意外，寿命也不过几个月，干脆别劳神为好。

"在大城市买不到的。养两只听听叫声多好。"从卖者的口音判断，他是县城西部紫荆关一带的山里人。那里的人说话舌头发直，不会发儿化音，管二叫"饿"。是我的家乡话已经不纯熟地道了吗？我有些纳闷他是如何看出我不是本乡本土人的。

尽管漂洋过海走过世界许多地方，但我打心底对中国的县城有一种故友般的亲近。它们就像一根根密密麻麻的血管，东西南北，阡陌纵横，网罗起中国的繁华都市与偏僻的毛细血管一般的乡村。我喜欢逛县城，即便交通混乱、尘土飞扬，即便那价格亲民的网红餐馆也不免饭菜粗糙、卫生可疑，我仍吃得香甜，睡得踏实。县城，有大城市往往缺乏的一样东西——地气，或者说，土地的气息。离农村近，县里的菜蔬瓜果是新采摘的；离农村近，鸡鸭鱼肉是刚宰杀的；离农村近，人们脸上的表情仍然是农业社会的——古朴实诚,即使狡黠都带着憨厚。

望着那人和那一笼笼的蝈蝈儿,我脑海里忽然闪现的是刚刚在墓地里探视过的父亲。父亲从部队到地方,一辈子跟写作打交道,虽然他从没出版过一部书。我记得当时在读大学,暑假回家,在宣传部门工作的父亲兴奋地告诉我,他写了一篇《蝈蝈儿唱响致富歌》的新闻,居然被某大报采用了,他很自豪地把那篇豆腐块文章剪贴在了他的笔记本里。

"您帮我挑两只吧。"说着我递给卖蝈蝈儿者三十块钱。我希冀这小小的蝈蝈儿鸣唱能把已经淡出我生命的乡野拉近些再近些,就像春天漫山遍野的不知名小花,夏天月光下一块有着圆滚滚果实的瓜地,秋天挂着灯笼一般橙黄柿子的山林,冬天一望无垠的雪野,它们是自然的使者,是我永远走不出的乡愁。

"挑俩欢实的!"我母亲不放心地叮嘱。

"没问题!"是因为做成一笔小小的生意吗?那汉子开心地笑了,以至于鱼尾纹深深地堆在了眼角。我相信他还没我岁数大,但常年的田间劳作让他比实际年龄苍老许多。

"这不是二壮吗?金家庄的?"母亲先是迟疑后是坚定地望着那汉子说。

"哎呀,看我这眼神,三姑奶奶,我还真没认出你来。我是二壮!有两年没去看你老人家了。"二壮说着,笑纹堆满了黑瘦的脸。

"你不是一直跑运输吗,怎么卖起了蝈蝈儿?"母亲与其说是好奇，不如说是忧心，即使对这七拐八绕的远房亲戚。

二壮把车梯支好，双手从那车把上解放出来，立在那儿苦笑着倒出了一肚子委屈。他跑了十来年长途，主要是运送石材去南方，起早贪黑，着实赚了点儿钱，不仅把房子翻盖一新，还把两个孩子送进了大学。没承想三年前兴起了企业集资热潮，有外地资本介入本乡那个有着千年香火的庙会，政府领导都出席了热闹的揭幕仪式。百分之二十甚至三十的利息返还，让许多乡民把一辈子的积蓄都投了进去。二壮先试探着投了十万，还真如期得到了利息，尝到了甜头的他，不仅投入了跑车以来的所有积蓄，还以车为抵押去银行贷了款。"我有俩大学生要供，父母还都一身病……还是怪我，忒冒失咧。项目黄了，人家投资方卷铺盖走人了，可把我们这些小老百姓坑苦了。村里有好几个老人投进去了儿女孝敬的养老钱，出事儿后受不了打击，死了两个，听说有一个是喝农药自杀的。"

母亲和我都听得唏嘘连连。

我忽然有点儿心酸，想着是否再给他十块钱，可是又感觉真那样做似乎很矫情，有居高临下施舍的嫌疑。我揣在口袋里的手，终究还是没有伸出来。

二壮取出一把生着锈的剪刀，颇费了点劲儿才从那一团高挂的笼子中剪下两个，像剪断了两个音符，那歌声似乎陡然间弱了一些。

倒是母亲，侧过脸悄声跟我说："既是乡亲，就别在乎那十块钱了吧，你再给他十块。"

"这哪儿行？不要不要。按说这蝈蝈儿就应该送给你们，哪儿还能多收？"那十块钱在二壮和母亲之间来回拉扯着。最后，他坚决地塞回了母亲的衣服口袋。

我又问了几句蝈蝈儿的饮食习性后，拎着那两个金色的小拳头和母亲往家走。"他小时候我就见过，不过三两岁，长得浓眉大眼挺好看的。现在成了小老头了。唉，人哪！"母亲边说边叹息。

到家第一件事就是进厨房切了些胡萝卜条，从那只有筷子头大小的洞口塞进笼子。蝈蝈儿们先是惊慌地躲避着，两只前腿胡乱地挥着。很快，也许是嗅到了食物的气味，它们开始不客气地大啃这送上门来的美食，两颗白色门牙快速运动着，鼓鼓的眼睛好像对一切都视而不见，反倒是头顶长长的触须机敏地探测着周围的环境。

我把它们挂在客厅向阳的窗子把手上。阳光斜照进来，洒在笼子和两个小家伙身上，它们一动不动，像两只翠玉雕出的案头清供。

吃晚饭时，母亲又说起二壮的遭遇。弟妹有些难为情地说："我没敢告诉你们，我爸爸就是这样的受害者之一。我和我哥给他的钱他都攒着，原先还打五毛一块的麻将，自从有了这高利息集资以来，他愣是戒了麻将和烟酒，可是那五万块钱彻底打了水漂儿，他一趟趟去找当时让他投资的人，我哥也替他出过面，都没要回来一分钱。人都跑了，去哪儿要？"我们听得又是一脸诧异，母亲大叹世道不公欺负老实人。

虽然谁也没说什么，我知道屋里四个人都在留心静待那蝈蝈儿的叫声，可直到第二天早上，屋里安静得像没有它们一样。

"不会是有毛病的吧？二壮不是干这行的，他也不懂，你当时还不如自己挑两只大的呢。我看有一只特别弱，也就比蛐蛐儿大一点儿。"母亲虽看似有经验地抱怨我，那语气却是谨慎小心的。有人说，人老了，不管年轻时多么强势，都会变得怕自己的孩子。尤其是父亲去世后，母亲似乎有意地把自己以前的锋芒都收敛了起来，不再像过去那样爱打主意，她越发专心称职地做个"糊涂"老太太。

弟弟一向心细，说这蝈蝈儿也许在适应新环境。一向有洁癖的弟妹则问我是否把萝卜洗干净了。

天气阴着，还下起了雨。不便出门，除了帮母亲做饭，我开始仔细观察平生第一次近距离接触的这小生灵。别看不叫，它们饭量不小，刚放进去的吃食，不管是水果还是蔬菜，不挑不拣，没一会儿就被两颗大门牙啃食进胖胖的肚子。笼子下面的窗台上，则是食物残渣和粪便的混合雨点儿。

吃饱了，它们就趴在笼子里，禅定般地发呆。

我亦开始寻思，这两个蝈蝈儿明显是有问题啊！

两天后，在我准备离开家回北京的晚上，半夜里，我忽然听到了那金属音质的歌声："蝈——蝈——蝈……"

声调不高，时间也不长，不足一分钟的样子，然后就又是长时间的寂静。

早上吃饭，全家人似乎都有点儿兴奋，至少，蝈蝈儿会叫！

回北京的车程也不过一个半小时，这两位坐在副驾座位上的歌手，商量好了一般，谁都没吭一声。

2

"蝈蝈儿！"儿子正在家上网课，一年前他被美国一所大学录取了读研，因为疫情，签证多次被拒，只能昼夜颠倒在家接受远程教育，被我弟弟戏称上的是"最昂贵的函授大学"。

俯身凑近了，从镜片后打量那蝈蝈儿笼子片刻，他只说了句："看着挺傻！"就又埋头继续钻研他的 Python（一种计算机编程语言）去了。

晚上，侄子下班回家，来不及换鞋，也兴奋地去客厅向南的窗边看蝈蝈儿。20岁的他在省城读了个大专，不想回到小县城托关系找铁饭碗或者考公务员，而是到了北京，在一家全国连锁服装品牌的门店当导购。自小因为不爱读书，他父母一直担心他的前途。好在沾了中国高校都在扩招的光，他去读了个市场营销专科，快毕业时，正巧有几家企业去学校招销售人员，阳光帅气的他喜欢服装行业，顺利通过面试就来北京当起了导购。

我打心底喜欢侄子，虽然他自小不喜读书，却善解人意、情商极高。记得当年他不过七八岁，暑假来北京住了一夏天。每逢我那开始叛逆的儿子与我顶撞对峙，在中间斡旋平息战事的都是这小家伙。他的手法其实也很简单，不过是跑过来悄悄跟皱着眉头的姑姑说："我哥知道错了，只是不好意思承认。姑姑原谅他吧。"又到一边儿跟生闷气的哥哥说："我姑姑原谅你了，说只要你下次别再摔门顶嘴。哥你去跟她道个歉吧，我就常跟我妈道歉。"

"姑姑，这蝈蝈儿让我想起我爷爷。我记得上幼儿园时，他去农村下乡，给我带回来一只，那笼子和这个一模一样。"侄子自小跟爷爷亲，读小学时，每逢因为做不出简单的数学题被他气恼的父母责骂甚至掌掴，都是爷爷在一旁护着他。

"你们哥俩每人认养一只吧。"那晚吃过晚饭，俩孩子在厨房洗碗，我进去给蝈蝈儿切黄瓜条。那本来不小的厨房好像一下子很逼仄，看着身边两个身高都一米八的大小伙儿，我不由惊叹着时光的流逝——似乎只是一眨眼，那两个虎头虎脑有着一脸婴儿肥的小胖子，都已经长成了朝气蓬勃的青年。我爱他们，不仅因为他们是我的亲人，还因为这看似长在蜜罐里的孩子，心碎地和我一起经历了失亲之痛，甚至替我面对了死神的狰狞。听我母亲说，我父亲走的那天，哭得眼睛红肿的两个孩子在火葬场一块一块捡拾起（外）祖父火化后的遗骨。送葬那天，也是他们俩，一人打幡一人捧着骨灰盒，把他们挚爱的有血有肉的亲人送到另一个世界。似乎从那时起,这两个只有十几岁的孩子就忽然长大成人了。

不同于自小就浓眉大眼的儿子,我侄子小时候很不起眼儿,像一块没长开的小枣核儿,冬天总穿一件碎皮子拼接成的夹克,我总笑他像一块滚动着的酱牛肉。如今,他越发像年轻时好看俊雅的爷爷。他自小虽不善学业,却极富审美眼光,再不起眼的衣物,经他的手搭配,都显得格外有味道,是那种不事张扬的别致和悦目,难怪读中学时他就常被小姑娘递纸条写情书。

"让我哥先挑,剩下的归我。"侄子仍一如从前的懂事。儿子认领了挂红绳的,取名闹闹。侄子接受了另一只,取名周董,源自他最崇敬的歌手周杰伦,连他的微信头像一直都是周杰伦的各种照片。听我问起,他认真地说:"我佩服他,不光因为他有演技和音乐才华,还因为他特别敬业,几乎没有绯闻,是个对员工、对家人有责任心的男人。"

侄子虽然是典型的北漂打工者,每天八小时迎来送往买或不买的客人,有时站得脚疼,非但不抱怨,还总是一脸快乐。他崇敬会写书的姑姑,甚至连洗脚水都不嫌弃,"姑姑你泡过脚的中药水别倒掉,我再加壶开水也泡泡"。他希望血压高的父亲戒掉烟酒,也跟我说:"姑姑你说说我爸,他听你的。"

在北京我不时与熟识的文友相约聚会吃饭,偶尔会让儿子和侄子参加。在名作家面前,侄子亦不卑不亢,彬彬有礼,我看得出他很放松坦然地享受那样的时光，我难以想象，这就是那个当初来北京搞不清坐地铁的方向，还需要他哥去长途汽车站接的少年。

他不时跟我聊聊在店里的见闻与感受："有些人穿得像有钱人，素质却很差，试一堆衣服和鞋子，扔在那儿扭头就离开。而有些人会放回盒子里或衣架上，还谢谢我们的服务。买不买其实并不是我们最在乎的，而是这些人的态度。每个人的劳动都应该受到尊重。"他也跟我聊人生："目前我挺满足的，有工资收入，有宿舍可住，同事相处得很好，还能见识形形色色的人。我感觉这一年来我学到的东西不比在学校少。"他甚至还在网上结识了一个乌克兰女孩，俩人不时借助词典打字分享各自的生活。"我并不想找外国女朋友，只不过希望了解一下这个世界上的人都怎么生活着。"他给我看过那女孩在冰天雪地里欢快地笑着的照片，很可爱的姑娘。

我告诉他美国有些人在零售店里做一辈子导购，因为具备了足够的专业知识，也非常受人尊重。

"我不想太多设计未来，想得太多太远反而容易焦虑。我现在能养活自己儿，把能做的做好，每一天都挺快乐。"他有时回来住，还会买上件打折的衣物，或袜子，或睡衣给我和他哥哥。

"每当我心情不好或焦虑不安时都会想想他。他的简单快乐挺让我减压的。"儿子实话实说，对这位小他四岁却碰巧出生日是一天的弟弟，他一向亲如手足，自小到大，无论买个什么玩具，他都会买两件，无论弟弟在不在场。儿子这两年压力很大，连弟弟都看出来了，说他"沧桑"了不少。先是在国外读了本科回国，设想工作两年再读 MBA，他投简历进了一个世界五百强的私企，早出晚归，几乎没有周末，每天早高峰的挤地铁更像梦魇一般恐怖，"得有工作人员在站台上推，才能勉强挤进地铁车厢，前胸后背都是人墙，倒省得担心站立不稳。有时实在挤不进去，我只能眼睁睁看着地铁离开，再等三趟才能挤进去"。压倒他的不是这些谋生的艰辛，而是公司的层层束缚和工作低效，尤其是唯领导为正确准绳的作风。好不容易一年合同到期，他辞职了，全力以赴考研。

通知书倒是来了，疫情也来了。学费交了，不仅签证面谈三番五次地被取消，甚至后来美国彻底关闭了中国学生入境的大门。"真让人纠结，不上吧，好不容易考上了。上吧，只能在网上听课。一年半的学业，一天都没到过校园。学费还那么贵，我真感觉内疚，这么大岁数了还给家里添负担。"他本就不时冒出粉刺的脸上更是火疮不断。

看着他忧郁的表情，我只能装作若无其事地安慰："我们不能掌控世界，却能调节自己面对世界的心态。你看弟弟，心理素质多好。跟你这在北京有房住有车开的人比，他只是漂在这儿打工住宿舍，按销售业绩提成，一般人早就自卑或焦虑得不行了吧，可他那么快乐坦然地活着，这在我看来就是福气。"我与其说是安慰儿子,不如说是在排解自己的压力——都说文学市场不景气,出书越来越难不说,一篇篇写出来的文字,找个报刊发表比登天还难,据说许多报刊都将平台当成了权力的象征,没有关系,很难发表。当然,如果作者是我的同事莫言,自然另当别论。

"是啊。他有许多我应该学习的地方。虽然有时我让他擦地板还得哄着他,承诺请他吃点儿好的。他站一天店,其实也挺累的。"儿子看这世界的眼光越来越客观了。有时我说到不喜欢某个人的做派,他会抬头望着我说:"妈还是别那么想吧,只能徒生烦恼,你推荐给我看的《沉思录》里说过,不要轻易判断一个人。"

我非常欣慰,虽然两个孩子都是独生子,却像两棵就着伴儿成长的树苗,彼此见证着人生路途上的阴晴雨雪。

许是习惯了都市日渐温暖的气候,蝈蝈儿的歌声明显更勤了、更亮了。有时甚至显得过于聒噪,让正在上课的儿子不胜其烦。经常是他正在上网课,那蝈蝈儿越发起劲儿地叫,让远在太平洋另一端的教授都听到了。"会叫的蚂蚱?那就是蟋蟀喽!"美国似乎没有蝈蝈儿,洋教授自以为是的解释让儿子哭笑不得。

我万没想到的是,那本来期待中的大自然的乡音竟成了扰民的噪音。两只蝈蝈儿先是被放在了客厅,过于高昂嘹亮的歌唱扰乱课堂纪律,后又被儿子放进了客卧,那是每周回来住一两次的侄子的卧室。某天早晨侄子推门出来吃早餐，眼睛红肿着，"姑姑我几乎一宿没睡。它们叫了一晚上"。

唯一的阳台与我的卧室相连，睡眠一向困难的我，自然不敢与它们共处一室。于是，厨房，便成了这俩小虫子的栖身之所。

它们似乎不挑不拣，无论在哪儿，只要有口吃的，便要对得起主人的款待一般，从不偷懒地卖力鸣唱，其不休无止让我有时恍惚以为那是夏日的蝉鸣。

想起楼下遛鸟的大爷有时给鸟笼罩上一块布，我跟朋友在电话里聊重要的事情时，便也顺手给两只笼子上搭一块毛巾。开始似乎还有效，被黑暗罩住，它们停止了歌唱。可很快，似乎这伎俩被它们识破，只安静一会儿，便又自顾自地演唱，丝毫不在乎听众的感受。

"要不咱们把它们放生了吧！楼下院子里的树林儿和灌木丛，至少不至于饿死。"晚上十点，儿子边给自己冲咖啡提神边提议道。

看它们俩在那么狭小的空间伸不开腿脚，我也不是没冒出过这个念头。可一想到树林里各种鸟雀，最直接的担心就是它们会不会成为猎物。如果真的被鸟儿啄食当作果腹美味，那可真算死于非命了，我这主人责无旁贷。

憋屈就憋屈点儿吧，至少没有性命之虞。自古以来人类的生存法则不也是安全第一吗？

"姑姑我有个重大发现——闹闹也许是个哑巴！那天我立在那儿仔细观察它们俩,看到只有周董的翅膀一颤一颤,叫声是它发出来的。闹闹只是安静地趴在那儿,翅膀抿着一动不动。"某天我下班回家,侄子上前兴奋地跟我汇报着。

为了证实闹闹没有被冤枉,儿子建议把它们分开放。周董仍在厨房,闹闹被放进儿子卧室。果然,歌声除了从厨房传出来,其他房间都安静如常。

儿子忽然动了恻隐之心,"生为一只蝈蝈儿,也不过活几个月,却从不能开口叫……"他没再多说,只是每天喂食的时候,有意无意地挑水分最多的新鲜果蔬给闹闹,还问我是否水分摄入不够也会影响蝈蝈儿的鸣叫。

3

两个月后,我要离开中国前往大洋彼岸采访。儿子要到上海去借读一学期课程。侄子平时住在店里提供的宿舍,只是偶尔上早班才到姑姑家里住一宿。家里马上就要成空巢了,两只小虫儿眼看着就没有了生存之所。

我问两个年轻人是否可以各自带一只去住宿舍。"那多孤单。别让它们分开吧！"两人异口同声地说。他们甚至开始商量跟谁去住能让蝈蝈儿得到最好的照顾。

"放我们家养着,保管比跟他们谁的生活质量都高！"Y姐是我多年好友，为人爽快仗义，典型的北京女子。她的先生是位斯文干净的读书人，有着江南书生气质的他不仅能讲一口地道的英语、写一手不俗的书法，还是有着数万粉丝的网红烘焙大师。

跟我这粗线条的主人相比，把两只蝈蝈儿送去这样的人家寄养，我相信木讷如虫子，也会感受到那无微不至的优待。

是为了让我和两个孩子放心吗，Y姐还建了个群，取名"蝈蝈儿之家"。不时发照片给大家看。那原本被果蔬汁液弄得污渍斑斑的笼子，在她的精心擦拭下，像去除了锈迹的首饰，已经又恢复了金色的光泽。为了加强营养，除了新鲜多汁的水果，她还不时给它们喂蛋黄。

偶尔我们通话，听到那"蝈——蝈——蝈……"的背景音乐，我竟然有几分想念这两只远在故国的小虫儿。

"确实有一只从来不叫，我先生说可能是先天的发育问题。不过，它们俩至少就个伴儿。只是那笼子太小，显得太憋屈，我让我先生给它们做个盒子。"Y姐的观察更加确定了一点——闹闹其实一点儿也不闹，它是一只哑巴蝈蝈儿。

秋天到了，Y姐把蝈蝈儿从阳台移到了客厅，放在总开着的台灯旁边，为的是让它们得到更多温暖。

我和俩孩子彻底放心了，各自忙于谋生似乎鲜有时间去为蝈蝈儿担忧。

儿子除了点灯熬油昼夜颠倒着上网课，还苦学备考CFA

（一种金融行业的资质认证），考期临近，突然接到通知说因为疫情考试取消！

侄子当导购的店关门了——因为疫情没有生意，公司倒闭了。他打算去学汽车维修，喜欢车的他很佩服二手车专家，"人家用手一摸，就知道那车漆是不是补喷过的"。

天越来越凉了，母亲说她已经穿上棉服了，还说某天她又碰到了二壮，蹬着三轮卖核桃呢。

就在那天，Y姐在群里发一条长信息：今天早上给蝈蝈儿打扫卫生的时候，发现最近叫声细细的蝈蝈儿不幸去世了。我心里很难受，在我这里养了两个半月了，每天都能听到它动听的"蝉鸣"。它们让我感受着大自然的气息，此刻，也让我感受到了动物界小小生命落幕的悲哀。我说怎么今天突然那么不舒服呢，本该上班的我留在家里不想出门了，还是为它添了一块胡萝卜。

儿子说他中间回北京还专门去阿姨家看了看蝈蝈儿，"去的时候看到它俩我还打趣说还活着呢？真没了，心里还是挺难过的"。

我急切地把电话打过去，Y姐说其实早在半个月前就发现这只蝈蝈儿的叫声微弱了许多，到最后偶尔才叫一声，不是在唱歌，而像在哀叹大限之至。"几天前，它几乎不进食了，得把蛋黄和瓜肉放在它嘴边，它才吃几口。"

"周董死了？让阿姨把它埋在花盆里或树底下好不好？"

侄子没发表评论，只私信给我。可我想象得出他的沮丧，他只是不希望别人分担他的难过。他正在北京东郊一个汽配城当学徒。儿子去看过他，拍了一张他的工作照，以前那总是穿戴有品位的青年，如今每天都是一身油渍麻花的工装，好在他脸上那青春的阳光气息不减。他的微信头像仍是周杰伦。

我安慰大家说一切生命都会有尽头，不必太伤心。它们与我们共处一室的日子里，我们善待它们就足够了。另外，好在闹闹还活着，也许它的缺陷成全了它的长寿——对于人类来说，话多伤气。那几乎从不停歇的鸣叫，对于小小的蝈蝈儿来说，是否也会消耗体力，影响寿命？

Y姐的先生特意做了一个半只抽屉大小的木盒子，上面罩了一层纱网，独居的闹闹终于有了一个可以舒展身体的新居。视频里的它比以前瘦小了，那翠绿的身体背部已经变成黑褐色，像二壮皴裂的手背。它也许新奇于突然变得阔大的世界，四条细长的腿缓缓地在盒壁上攀爬，蹭着木头竟然发出很响的嚓嚓声。

过了一段时间，我在群里问："蝈蝈儿还好吗？"

Y姐答："还在呢。如果有什么状况，我会通报的。最近我们在中午的时候把它放阳台上晒太阳。可能它也是老了，吃得少了。"

她女儿，一位文静少言的女孩子，几乎从不在群里发声，也说话了："蝈蝈儿没那么有活力了。虽然它还活着，但现在吃饭都得递到嘴边，看着真让人难受！"

十一月的最后一天，Y姐去山东出差。她先生在群里发了一条信息："闹闹基本躺下了。"随后是一段视频：歪躺在一层柔软纸巾上的蝈蝈儿，两条前臂仍抱着一块胡萝卜，与其说是在啃食，不如说是在舔那上面的水分。

"把它扶起来呀，它眼神不好了，得把吃的放在跟前。喂点儿香蕉和蛋黄那些软的食物。"Y姐人在旅途，却仍遥控指挥。

看着那延口残喘的小小生命，我没再留言。

其实，不完美的我们都是不同形状的哑巴蝈蝈儿——接受着上天赐予的不完美，盲龟浮木一般，漂在命运之河中，默默地在有限的空间活过有限的时间，有多少是自己能够做主的呢？

把这俩蝈蝈儿的故事讲给我的美国房东Jay听，告诉他周杰伦的英文名字也叫Jay。这个单纯善良的理工男，睁大灰蓝色的眼睛若有所思地说："我是不会给我的孩子养这个当宠物的，才活几个月就死掉，不是太残忍了吗？尤其对于小孩子来说。"

我说经历和见证死亡也未必一定是坏事。知道死之必然，反而会更珍惜生之可贵。他想想点了点头，嘴里却说了声"No"。

时间说话

肖复兴

北京人，毕业于中央戏剧学院。曾到北大荒插队6年，当过大中小学教师10年。曾任《小说选刊》副总编、《人民文学》杂志社副主编。已出版各类书籍两百余部。近著《肖复兴散文》《燕都百记》等。

多年前,读福柯的《词与物》,读到这样一段话:"知识在于语言与语言的关系;在于恢复词与物的巨大的、统一的平面;在于让一切东西说话。"

我把这段话抄录了下来。之所以抄录它,是因为那时我感到时间过得实在太快,匆匆人生,转眼就到了春晚秋深时节,非常明显地觉得时间也是一种物质,是看得见、摸得着的。否则,人就不会有回忆。回忆,是人和动物的重要区别之一。

不管我是否真正读懂了福柯的这段话,或者只是浅薄地为我所用,我觉得,福柯说的知识和其所造就的语言,在于让一切东西说话,这一切东西,是应该包括时间在内的。

想起54年前的夏天,我离开北京到北大荒。我所乘坐的火车是10点38分发车。北京火车站离我家不远,但我8点不到就离开家门,那样迫切,吃凉不管酸,奔赴远方。刚出家门,紧靠我家的邻居张大爷走出来,递给我一小包东西,是一包用蓝布包着的黄土。张大爷对我说:"去那么远的地方,刚到那里会水土不服,喝水的时候,你捏点儿黄土泡进水里。"尽管当时我觉得张大爷有些迷信,但还是很感动,所谓"百万买宅,千万买邻",一点儿不假。

那一天分别时,我收到好多礼物。一个同学还特意买来一个大西瓜,让我路上吃。不过,它们都没有这一包黄土让我记忆深刻。在火车上,我没敢拿出来让大家看,怕被嘲笑。到了北大荒的第一天,喝水的时候,我还真的偷偷地捏了一点儿黄土放进水杯里。黄土碎末飘飘悠悠的,云彩一样晃荡在水中,很快就沉淀下去了。我没有喝出什么味儿来。

54年过去了。我想离开北京的那一天,到达北大荒的那一天,如果没有这一小包黄土,记忆还会这样深刻吗?

时间,是看得见的,是能够说话的,是张大爷在说话,是那一小包黄土——物在说话。

1982年夏天,我大学毕业。毕业典礼结束的第二天,我迫不及待地重回阔别8年的北大荒。北大荒有两座岛非常有名,一座是雁窝岛,一座是大兴岛。大兴岛被七星河和挠力河包围,是一片亘古荒原。我在大兴岛二队生活、劳作了6年。

因为我是第一个重返大兴岛的知青,二队的老乡特意杀了两头猪热情款待我,在两户农家,炕上炕下,屋里屋外,摆满好几桌。酒酣耳热之间,他们纷纷关心地问我这个知青、那个知青回北京的情况。我忽然想,知青朋友们也都关心老乡的情况呀,便问谁家里有录音机,想让老乡们对着录音机每人说一段话,录下音来,带回北京,放给知青朋友们听。

录音机拿来了,是一台笨重的台式录音机。那时候,录音机还是新鲜玩意儿,老乡们对着它,都很好奇,挤在一起,探头探脑,各说了一段话。说什么的都有,关切的,热情的,询问的,玩笑的,啰唆的,甚至亲切骂人的……大家笑成一团。录了一遍,有人非要再来第二遍。一直录到繁星满天,田野里飘来麦熟时节的麦香,远处吹来七星河和挠力河湿润的清风。

我把这满满一盒 60 分钟的录音磁带带回北京，立刻招呼知青朋友来我家听。大家下班后骑着自行车赶到我家，蒜瓣一样，脑袋挤在一起，凑在录音机前倾听。听完之后，也是繁星满天，望着他们的身影消失在夜色里，我无比感动。

整 40 年过去了，朋友们聚会的时候，偶尔还会说起那盒磁带，说起那个夏夜。很多老乡去世了，但他们的声音还在那盒磁带里。

如果没有那盒磁带，40 年前北大荒的那个夏夜，还有北京的那个夏夜，还会一遍遍如此清晰地浮现在眼前吗？不仅浮现在眼前，而且还会说话，一句句，那么亲切，那么让人感动吗？毕竟有了磁带这个物的存在，时间才会那样被看见。

磁带里的录音，保真了 40 年，在说话，是 40 年前那个夏夜的话音。

1992 年夏天，在巴黎现代艺术博物馆我看到一幅名为《持扇的女人》的油画，觉得很新鲜。画中的女人黄色的衣衫，与猩红色的背景，对比得格外醒目。女人有着超乎寻常的细长脖颈，侧歪着头，有眼无珠，整个表情，分外凄清迷茫，是和见惯的浪漫派绝不相同的画风。

那时，见识浅陋的我不知道意大利画家莫迪利亚尼，这是我第一次看到他的作品。我低下头看画旁边的画签，想看看作者的名字，没有拼出那一串字母的姓名，便想抄下来，回家后查名人大辞典。可是，翻遍了书包，没有找到一支笔。

这时候，一对白发苍苍的夫妇走了过去，大概也想观赏这幅油画。看到我忙乱又有些扫兴的样子，老太太从她时髦精致的挎包里，掏出一支笔，递给我。我抄录好那一串字母，道谢之后，把笔递还给老太太，老太太微微一笑，冲我挥挥手，说了句我听不懂的法语，但我明白，她是好意把笔送给我。

一支很普通的圆珠笔。但是，有了这支圆珠笔，1992年那个夏天的午后，便一下子如花盛开。尽管我听不懂法语，但萍水相逢的老太太亲切的话语，只要一想起，那个夏天的午后，便会如音乐般响在我的耳畔。

2004年的7月，我再次回到北大荒。在同江县城附近的松花江畔，一个赫哲族的小镇吃晚饭。这家餐馆很特别，卖的菜品全部是鱼，墙上挂着的是鱼皮制作的艺术品，连餐桌上的台布和餐巾纸印的也都是鱼的图案，蓝色木刻，古色古香，仿佛从远古游来。

我想要几张餐巾纸，带回北京，留个纪念，便走到柜台前，忽然看见柜台的木架两旁挂着一对木鱼，很小，不到巴掌大，鱼肚子下面垂着红丝绳，雕刻得非常有趣。鱼鳍、鱼尾有些夸张，显得很张扬，神气活现。鱼鳞是利用木头本身的木纹自然呈现的，没有任何雕刻，只是涂上了一层棕色的桐油。鱼嘴和鱼眼睛雕刻得最引人瞩目，鱼嘴使劲儿张开，好像要说话。鱼眼睛格外凸出，我以为是后粘上去的，用手摸了摸，居然就是在木头上雕刻出来的。

我很喜欢这一对小木鱼，问服务员卖不卖。服务员摇摇头，幽默地说："不卖，我们这里只卖活鱼。"我磨着她，希望能卖给我。她笑着对我说，这是我们老板自己刻的鱼，不能卖的……看我们两人比画着在争执，老板以为出了什么事情，走了过来，清楚了是怎么回事情，竟然很痛快地把小木鱼卖给了我。

如今，那几张餐巾纸，还压在我家餐桌的玻璃板下面；那一对小木鱼，挂在卫生间洗脸镜的两侧。小木鱼一直突兀着大眼睛，张着大嘴巴。时间，一下子看得见，听得见。说话的是那服务员和老板，还有那对小木鱼。

大约20年前，为写《蓝调城南》一书，我多次回我住过20多年的老院。老院叫粤东会馆，紧靠前门楼子东侧的西打磨厂老街。如今，这里已经整修一新，成为外地人的旅游打卡地。

粤东会馆是前清时留下的一座三进三出的老院，历尽百年沧桑。以前，二道门后，有大影壁和建馆时立的高石碑，院子里有三株老枣树。故地重游，这些都没有了，空荡荡的，好像以前有过的一切都不曾存在一样。2005年或者2006年，老院面临拆迁，我再次回去看看。忽然，在东跨院老街坊的厨房墙角下面，发现一块汉白玉。一问，才知道原来是被砸碎的石碑一角，盖小厨房时，用来当了房基石。心里暗想，只要是时间流淌过去，雪泥鸿爪总会留下，不可能一点儿痕迹都不留的。

最有意思的是，进老院大门，是一道七八米长的宽敞过廊。过廊一侧有两间房，是以前的门房。过廊另一侧，是一面白墙。

"文化大革命"中，人们把水泥抹在墙的左下方一角，又用黑漆涂了一遍又一遍，自制成一块小黑板，用粉笔在上面写上毛主席语录。那一天，看见过廊的杂物已经搬空，墙体露出，那块小黑板还在墙上，上面的字居然也在，字迹还很清晰。那是几十年前我写上去的字迹。

时间，依托着老石碑的一角、小黑板上的字迹，立刻清晰可见。字能解语，石亦可言。

2015年春末，姐姐80大寿，我去呼和浩特看姐姐。在姐姐家客厅的墙上，忽然看见一幅四扇屏，以前到姐姐家多次，没有见过。是丝绣的四季风物：春绣的是凤凰戏牡丹，夏绣的是映日荷花，秋绣的是菊花烹酒，冬绣的是传统的喜鹊登梅。

姐姐指着四扇屏，告诉我："这还是娘做姑娘的时候绣的呢。"

娘是我的生母，姐姐一直这样称呼她。我5岁那年，娘去世，我对她一点儿印象都没有。那一天，突然见到这四扇屏，心里有些激动，不禁贴近墙面，想仔细看。如果娘活着，这一年整100岁。丝线比颜料还能保鲜，绣出的花鸟鲜艳如昨。我好像看见了娘年轻时的模样。

不知怎么，忽然有种感觉，不知是这面墙热，还是四扇屏有了热度，一下子有了一种温暖的感觉，好像就贴在娘的身边，娘悄悄地对我说着什么。

那一刻，逝去的时间，我以为永远看不见的时间，因为有了四扇屏这个具体物的存在，变得如水回溯眼前，并且能够亲切地对我说话。或许，那只是我自己心里渴望已久的话，是时间的回音。

没错，时间本身就是一种物质，或者说，时间是依托物存在的，是可以看得见、摸得着的。所以，时间从来不是虚无缥缈的，时间也从来不是一去不返的。只要有特定的物密切关联地存在，时间便在，便能够重现，就像歌里唱的那样，"yesterday once more"（昨日重现）。

福柯在论述词与物的关系时，所说知识和其所造就的语言，在于让包括时间在内的一切东西说话，说明时间存在的灵性与神性。时间与物的关系如此密切，更在于我们人类自身的感情，是和时间共生共存共融的。福柯说的是知识和知识所造就的语言，除此之外，必须还要有我们的感情在内，方才能够让时间说话。时间说话，是我们的感情在说话。时间说话，提示并提醒我们，不要轻易遗忘曾经过去的时间，过去的时间里，不管有我们的美好也好，痛苦也好，或者惭愧与悔恨也好，都不要遗忘。

时间，是能够看见的，是能够说话的。

选自《解放日报》2022年3月3日

化作水相逢

沈念

湖南岳阳人,中国人民大学文学硕士,现任湖南省作家协会副主席。著有散文集《大湖消息》等。曾获第八届鲁迅文学奖,以及十月文学奖、华语青年作家奖、高晓声文学奖、三毛散文奖、丰子恺散文奖等。

通往岛上的路只有一条，乘船水路。

岛在洞庭湖的什么位置，少年没有一点儿概念，距离的遥远让他内心摇荡着焦躁，像夜幕下眼睛看不见耳朵却听得到的水声。从湘西大山出发，先是挤了十个小时的汽车，车上的乘客大包小包，都是村里出来砍芦苇的人。路上多数时间大家是沉默的，有过一段激烈的讨论是关于芦苇今年的价格判断。卖上好价，收入也会好一些，这是大家的渴盼。喧吵过后，汽车里一阵静寂，很多人闭目养神，一个粗胖女人喃喃自语，儿子等着她今年赚的这点钱去登未来媳妇家的门。另一个尖刻的声音"刺"过来——给你媳妇买全套银饰，你还得来砍十年，那时候媳妇是别人家娃的娘啦。胖女人瞪了"声音"一眼，扭头望向车窗外，那些景致与她无关。

不知过了多久，汽车"吱呀"一声停下，有人喊："到了！各自换船，走吧！"

那些还在睡梦中颠簸的人纷纷醒来，啧啧地议论着外面的天色："啥时间啦，比山里还黑得早！"然后伸懒腰，打哈欠，站身起立，搬弄东西。车厢顶灯坏了，"嗞嗞"闪了几下就彻底"歇菜"了。大家只好借着远处晃来的水光，和某个人打开手电筒的光，清理行李，先后下车。叽叽喳喳的说话声此起彼伏，车厢像一个大洞，慢慢被掏空。大家作鸟兽散，三三两两，几声招呼，瓮声瓮气或粗野豪放，很快都消失在空旷的夜色里。

黑蓝色覆盖的夜空下，少年感觉风像野孩子似的东奔西跑，冷不丁露出尖尖的牙齿，重重地咬他脸蛋儿一口，或大摇大摆地撞个满怀。他顾不得"咬撞"之痛，急急忙忙伸出双手却没能扶住这冒失的家伙。风又调皮地呼啸而去，留下火车鸣笛疾驶过后的"呜呜"响声，在耳畔飘来荡去。

父亲说，岛很大，四面环水，通往岛上的路是乘船。

船，那是一条多大的船，能迎风破浪吗？浪花飞溅到船头，打在甲板上，碎成一颗颗发亮的珠子，滚来滚去。少年如此一想就来劲儿了。他在山里生，山里长，对父亲描述的这片大水有着天生的好奇。他那点儿偷偷学会的狗刨式游泳技巧，能在这不着边际的湖水中横冲直撞吗？闭上眼睛，往水里一跳，仿佛他就成了游泳健将，细长的手臂在水面上划出一条条漂亮的弧线。

15岁的少年第一次出门远行，他捎起装着锅碗瓢盆的行李，磕磕碰碰，循着父亲的声音，继续往前走。脚下的泥土是软的，空气是湿的，冷风飕飕地灌进脖子里，少年能触摸到那股与山里不同的气息，到处都飘着水的气息，在夜晚冻成一层薄纱，哧啦哧啦撕裂。父亲来过好些次了，每年到芦苇收割的秋冬时节，父亲要跟村里人一道，在湖洲驻扎三个月。芦苇割完了就回家过年。母亲也来过，不过这次父亲决定让母亲留在家照顾两块地的粮食、一头牛和三只猪的吃食。还有正在读高中的姐姐，父亲割芦苇赚的钱，就是要供姐姐把书读完。对读书的事，少年从不上心，也无所谓，父亲几顿棍棒教育也不见起色。山里人读个书不容易，父亲摸准了他的心思，默认了儿子的失败。少年读到初中毕业就歇火了，准备跟几个亲戚家的长兄外出打工挣钱见识世界，父亲不允，"跟我去砍一茬芦苇再说吧"。要出远门，到一个陌生的地方，待几个月，少年很兴奋，即使他知道出来是要卖力气的，身体结实的他不怕，他清楚自己现在多的就是力气。

出门前，姐姐回来了一趟，听说弟弟要去洞庭湖砍芦苇了，翻来覆去看他的手掌，眼角倏然间就红了。少年明白姐姐的心思，父亲砍芦苇把手砍成了一块生铁，粗糙、锋利，打在他身上疼得很，而他双手上还没被磨砺过的细嫩皮肤，会发生怎样的变化呢？睡觉前，姐姐躺在床上念了一句他仿佛熟悉的话："蒹葭苍苍，白露为霜。"姐姐说，这是《诗经》里的，三千多年前流传下来的，里面的蒹葭就是芦苇。另一张床上的少年心头一惊，父亲多次描述过的，那些茎秆高直挺拔、叶穗长袖飘舞般的芦苇，原来是从那么遥远的时间深处走出来的。少年心中，芦苇从头到脚生长出侠客隐士的飘逸和硬朗。

湖面一片深邃，没有尽头，船摇摇晃晃，仿佛是行进在一条狭长黑暗的甬道，只有尾舱机器的轰隆声响，打破空气中的凝固滞顿。船尾驾驶舱挂着一盏汽油灯，光亮如豆，随时要被风吹熄灭的样子。周围的水声摇曳多姿，引人遐想。在他和水之间，一块巨大的幕布遮挡得严严实实。少年不听父亲的劝阻，站在舱口向夜幕里探望，其实他什么也看不清。

父亲说，要是白天运气好，可以看见江豚，黑溜发光的脊背拱出水面，追逐船只。船有时会经过一片光亮，巨型船舶像一座城堡。铁脚架矗立在船上，探照灯光如瀑布般垂落。

"那是挖沙船在作业，湖底的沙子能卖钱，运到城市里盖高楼大厦、铺桥梁马路。"父亲说。

"湖底会挖空吗？"少年想起山里的采石场，一个炮眼炸响，火迸石溅，地动山摇，满车满车灰白色的石料运走了，一年半载下来，大半座山挖没了。

"这湖底，恐怕早已经千疮百孔了。"父亲回答。

闪烁的光跟刺骨的风一起荡动，湖仿佛才真正在少年的眼前打开，脚下的波浪变换表情，起伏荡漾。少年心头一颤，"千疮百孔"的湖床会是一副什么模样？像吊挂在老松树上的大蜂窝。有轻微密集恐惧症的少年做此对比，立即起了一身鸡皮疙瘩。他又像潜游者看到宽阔水面下的情形，一个个巨洞的上方，急遽的力量卷起旋涡，无数涌动的气泡，碰撞，炸裂，再碰撞，再炸裂。

岛是荒岛。来往的人影比不过天空飞过的雁鸭多，但岛上的芦苇不能不砍。芦苇这种多年生禾本植物，生长在靠近水的潮湿地方，过去在湖区主要是当柴烧，或是编芦席，临时搭个草棚茅屋，涨水时护堤挡浪。等到人们发现它是造纸的原料后，它就一步登天，身价倍增，乌鸡变凤凰。种芦苇，收芦苇，砍芦苇，运芦苇，卖芦苇。芦苇也就不只是芦苇，可以变钱，变许多别的东西。

从车上到船上，在少年的眼前，芦苇的影子仿佛无处不在，睁开眼，闭上眼，密密麻麻、重重叠叠地压过来。他在离家不远的山谷里，看到过水流之处的石头缝隙间，也零星地长着一些瘦高瘦高的芦苇，三五枝簇拥在一起，与苍莽大山间的深绿、浅绿、墨绿、碧绿、遥相呼应。可洞庭湖的芦苇一眼望不到尽头，白茫茫的，在风中起伏伏，那是多么壮观的场面。父亲平时有心无心的讲述，让少年更加向往。

动身前夜，父亲在家里边整理行李边跟少年说话。他说："到了初冬时节，芦苇花絮随风飘扬，种子落地来年春发，算是靠天种、靠天收。"

"天种天收？"

"嗯，都不用人打理的，自生自灭，就像山上的草。"父亲说，"后来有了造纸机器，芦苇的纤维含量高，就成了造纸的原料。于是有人承包苇场，雇了壮年劳力，像农民种田一样，开沟滤水、翻土施肥、化学除草治虫、人工护青保苗，湖洲滩地上的芦苇也越来越多。"

那些日子，芦苇就跟着少年走走停停。他向小伙伴绘声绘色地说起芦苇荡，是比大山有着更多乐趣和奥秘的地方。

时间在寒风之夜过得很慢，寒意越来越浓，少年不由自主地裹紧身体。船尾马达声时而轰隆，时而歇停，催人昏睡。他伸出五指，想去捉住那股与山里不同的气息，飘飘荡荡的水的气息。这气息在夜晚被冻成一层薄纱，手指轻碰，哧啦哧啦撕裂，像落满一地的玻璃碎片。父亲的喊声，敲醒了恍恍惚惚的少年。他抬头张望，到达的是个什么模样的地方。汽油灯照亮一片模糊的陆地，少年跳下船，踩在一片松软的苇梗上，苇梗下是更松软的淤泥。伴随着脚步的挪动，发出吱嘎吱嘎的声音。

把"家"安在这个陌生的岛上，父亲要盖一间什么样的房子呢？少年困意全无，兴奋起来。他抬抬头，天地空旷邈远，没有灯，却有光汇聚过来，是水波的光，倒映在天幕，又晃照到湖洲之上。风也变得柔软起来，少年的视线慢慢适应，能依稀辨认近处和稍远地方的事物。这个岛是他将居住的"新家"，真是奇妙。

父亲从行李袋中找出刃口发亮的弯刀，走到附近的芦苇丛中，转眼工夫割倒一片。在父亲的指导下，少年帮着用细麻绳把芦苇结实地打成一捆一捆。父亲说，这是"新家"的大梁，这是"新家"的柱子。打好"地基"，他又像变戏法似的从行李袋中翻出折叠整齐的旧尼龙帆布，摊开在地上，风贴着地面吹鼓起帆布，父亲顺势一抖，转眼之间帆布就"盖"成了一间芦苇棚屋。支棚、架床、开窗、开门，这种快捷简易的造房术，让少年对父亲钦佩不已。他听从父亲的吩咐，搬上几捆芦苇压住"墙角"，这样帆布不会随风刮掀。

父亲几乎一夜没睡，他在卧室里"搭"了两张芦苇床，又新盖了一个屋棚当"厨房"，然后把带来的家当一件件摆好，还用芦苇编了两把方凳、一张餐桌。这一切都是在少年睡着以后完成的。少年在梦中回到了老家,梦见自己站在一个小山尖上,看着父亲躬身在弯曲的梯田里劳作,身影越来越小,最后变成一个黑点儿消失在视野尽头。梦中的少年并不欢喜,风把忧伤吹进他的身体,不知不觉眼泪静静地流淌出来,顺着眼角、耳郭,积成耳沟凹处的一汪清池,水波微漾,泛起粼粼光浪。

选自《散文海外版》2022 年 3 月

腊肉

任芙康

毕业于南开大学中文系。编审。曾任《文学自由谈》《艺术家》主编,天津市写作学会会长,天津市文艺评论家协会会长。享受国务院特殊津贴专家。多次担任郁达夫小说奖、鲁迅文学奖等奖项评委。第七届、第九届茅盾文学奖评委。

记忆里，老家进入腊月，便是腊货熏制旺季。岁尾三十团圆饭，桌上不摆出几盘腊制食品，纵有鲜肉亮相，仍属"糊口"，无非比平日多道荤菜而已。这般将就，是对春节的敷衍，往往会惹人轻看。

正月的光阴，跑得飞快。元宵节过罢，大人换上工装，学童摊开课本，心思转移，拜年话渐行渐远。唯有殷实人家，嘴角尚未褪尽喜气，案板上依旧时有腊货出没。

斯文些的一家之主，能将偶尔上桌的美味，享用得有板有眼。往往一改节中随意，端起酒盅，浅抿一口，伸箸夹起亮闪闪的一块肉，或一片肠，并不顺势入口，暂停推进，似有不舍的端详，惜别的踌躇，甚而凭吊的怅惘。心下满是明白，所有的美妙，万勿好戏连台。口腹之欲的重逢，同样须有间隔，讲究的是应季循环。

正月下半段，仍有人家操办宴请。这些绝非拾遗补阙的应酬，多邀"稀客"，日子早经谈妥，故而，万不可视作寻常吃喝。此刻上席的腊肉，皆为遴选的臻品，乃"黑爷"身上最优秀的"五花"（边角部位，早就充任过年初期大快朵颐的先遣）。主菜四周，聚拢着各色煎炒蒸炖。东家一再自谦的"便饭"，不断收获客人的饱嗝：安逸，巴实，今天嘛，才算伸伸展展过了个年。——老家的习俗，便是这样，过年的压台戏，往往在门庭若市消停之后。

天气一天天暖和，到了旧历二三月，又有三朋四友谋划打牙祭。开卷有益未必人人肯信，开饭有益一定个个爱听。杯盘碗盏数十天的素净，让人开始追思春节的铺张。饕餮之徒的肠胃，早无气节可言，压抑到对个暗号就上钩。甲说上句"苞谷酒"，乙接下句"老腊肉"。这两样到位，余下的配菜，全成枝节，随便兼搭就是了。耳闻上海人下馆子，点菜亦有类似默契，只是沪语柔媚，带着善解人意的体贴。某人刚诉苦"一天不见青"，随即有人应和"两眼冒金星"。这就等同知交，瞌睡来了递枕头，会心一笑，携手入席。有得青青绿绿的"鸡毛菜"坐镇，草草添几种海味、山珍，便成盛筵。

其实，在冰箱缺席的年头，只有到了乡下，方可窥见"老腊肉"的尊容。那般黑黢黢、油乎乎，堪属不同凡响的色彩。你越是肤浅，越容易痴迷，越不舍失之交臂。远虑深谋的庄户，年节里会时时眷注腊肉的存量，不搞大手大脚，反会挑选若干，悬挂于火塘上方。如此天天烟熏火烤，正是山民妥帖的储存。从水稻挠秧的六月，到开镰挞谷的八月（均为旧历），预期的盖屋建房，意外的人来客往，老腊肉都是鞭策或救急的功臣。

暑天的溽热中，腊肉命长，搁放越久，煮出来的味道越均匀、厚实。那年夏天，有同学提议，我等三人，凑了几斤肉票，在城里买上鲜肉，搭车下乡，去找他表哥以物易物。新婚的表哥，爽气外露，将肉递给老婆，吩咐割下一截，下厨收拾。表哥说完，跑着来去，从菜地拔回一把蒜苗。中午白米干饭，一盘清炒嫩南瓜丝，一钵回锅肉，叫人忘掉客套，个个热汗淋漓。

酒足饭饱，表哥取出"置换"的腊肉。我接过手，明显重于带去的鲜肉（一斤鲜肉，应获腊肉八两）。不忍表哥吃亏，我们表示补偿一元（当时鲜肉市价五角八分一斤）。他连连摆手："不亏，不亏。早想尝口鲜肉，莫得肉票，这一顿正好过瘾。"我们听罢，不再坚持，索性拜托表嫂，趁炭火方便，帮忙一把。表嫂动作麻利，又有章法，将腊肉烧皮、泡胀，刮洗一净后，切成三份，再用草纸包得方方正正。告辞时，表哥家的小黄狗尾随着，发出莫名呻吟。我们走上一里开外的公路，它才怏怏而回，好像认定这几位贪心不足，吃过喝过，还骗走了主人的东西。

1976年年底，我在部队当干事。所干之事，从早到晚，手握秃笔，填充稿纸。某一天，新稿完工，伸罢懒腰，突发奇想，何不再找点事干？便与驻地附近朋友联系。对方是农场当家，听完我的打算，哈哈大笑，答应帮忙。隔了两天，我如约到得场部。两小时前，食堂为改善职工伙食，刚让几头肥猪谢世。此刻，闲人早已散去，给我的预留，正是事先说好的数量（二十斤），亦是事先说好的质量（不要尽瘦，不要尽肥，不带骨头）。一位师傅结完账，又照我请求，将肉分割成巴掌宽、一尺长的条状。

回到营房，原本只是写字、翻书、睡觉的空间，因如今桌上堆放着猪肉，外加一应调料，平添世俗的家常，让人再难正襟危坐。贪嘴的人，都会有可笑的耐性，就如我眼下，无师自通，细心侍候每块猪肉。抹盐、敷酒（沙城大曲）、撒花椒及敲碎的八角，外加蒜末、姜末，之后使劲揉搓。耗费半个时辰，估摸味已入肉，紧实地码放盆内，腌上一夜。

宿舍皆为平房。由房间推窗翻出，六尺开外，是院子围墙，与住房间隔成一道无人行走的空当，其格局隐蔽，被我一眼相中。满地废砖，捡来搭成简易灶洞，中间平穿铁棍数根，再找一块锌板，盖住顶部。又骑车去木工房，驮回两麻袋锯末。

翌日上午，将腌好的肉块横陈于铁棍上，让它们开始洗心革面的演变。锯末漫燃开来，我的稿子再也写不下去，只顾透过窗户，观赏乳白色的"炊烟"，袅袅升起。

接连几个白昼，我"专注"于一心二用。每每伏案个把小时，越窗而出，朝灶洞火堆添撒锯末。便有不息的烟，熏染着华贵的肉。如是三日，大功告成。气色纯正的杰作，被赏心悦目地悬挂起来。又过数日，将晾得干干爽爽的腊肉，用报纸打包，装入一个大小恰好的纸箱。

北京南口邮电局，一位女职工开箱检查，年岁轻，所以好奇：您这腊肉，就是"辣肉"吗？我正要解释，柜台内过来一个眼熟的大姐。她则另有纳闷：腊肉属南货，只见过四川邮发北京，从无京城返寄蜀地，是您自己加工的？加工费事儿吗？诸如此类，让交谈进入我的"强项"，吸引了十来位顾客。

付邮之后，心里七上八下，生怕包裹有闪失。过了一周，赶去邮电局，排队拨打长途电话。轮到我时，运气不错，两三分钟便听见了亲人的声音。父亲恰巧在单位，告诉我航空信早到，而腊肉搭乘火车，应该会慢上几日，劝我不要着急。谁知转天下午，就喜渎电报："肉到味好。"

我家所居，位于老城中心，是昔年教会的育婴堂。三幢西式平房，组合成一座院落。各幢结构类似，宽敞的过道两侧，房间大小相同，屋顶高挑，纯木地板，每户一室。单位办事周全，为各家另辟一扇后门，通向"厨房"。屋宇飞檐伸展，遮蔽出宽宽阶沿，安顿着家家的锅灶，这便天天都有人间烟火，谁家做了好菜，众皆美味扑鼻。据说，"北京腊肉"寄回那天，引起满院围观。我妈顿生与芳邻分享的念头，当即打整两块下锅。肉熟切片，按各家人头奉送品尝。众人都不曾推让，都真心叫香，都夸奖芙康。

后来探家，同院叔叔、阿姨，当面继续嘉许我的手艺。有位资深"五香嘴"，索性端坐我家，不仅点评腌熏考究，甚而断言燃料纯粹，全系柏木锯末。我妈眉欢眼笑，只是静听，背后用句句细节，对我摆谈那日"盛况"。这让我真切豁然，直见母爱，晓得老人家为儿子的雕虫小技，喜悦至极，且暗自骄傲无边。

选自《文学自由谈》2022年第5期

补袜记

云德

笔名德耘、仲言等。享受国务院特殊津贴专家。曾任中宣部文艺局副局长，人民日报文艺部主任，天津市文广局局长，中国文联书记处书记、副主席。著有《云德评论文选》(6卷)等，获得过十多个国家级文化与新闻奖项。

同学和朋友间的家庭聚会，倘若主持人掌控不力，一不留神就会变成女士们联袂组团的声讨会，把吐槽老公变为聚会的主要议题。揭起自家老爷们儿的短来，娘子军可谓个个奋勇当先、法不容情。尽管老公们偶尔也有尴尬时刻，但却给聚会带来许多意想不到的轻松快乐。鄙人补袜子的糗事即由此被公之于众，进而成为再聚时大家调侃的话题。

　　补袜子其实也不是什么难以启齿的隐秘，说到底，不外乎就是生活的惯性延续和袜子的质量问题。

　　讲到生活习惯，我们那代人的生活际遇和家庭教育与现今大不相同，物质富裕时代的年轻人肯定无法理解。譬如我，自幼随祖母生活，从记事起，略通文墨的老人常年念叨着："一粥一饭，当思来处不易；半丝半缕，恒念物力维艰"的古训，严格要求我常用的东西须码放整齐，不能乱丢；食物无论粗细不得挑剔，更不可浪费。我慢慢被古训"洗脑"，也为生活的窘迫所驯化，节俭成了深入潜意识的生活行为。那时候，只有过年时才能穿上新的鞋袜，平常一年三季基本赤脚，冬天穿的大多也是打着补丁的旧袜子。记忆中，一过寒露，祖母就会戴上老花镜，把去年的旧袜子找出来，填上一个楦头，剪一块旧布，把穿破了的袜底密密麻麻地缝补平整，塞进早已晾晒过的棉鞋里。由此，寒冬里，一对脚丫子的保暖才有了着落。"新三年，旧三年，缝缝补补又三年"，对许多人来说，这民谣恍若隔世，我们这代人却沉潜入骨，奉为信条。

再说产品质量。过去的袜子纱支数大，所以厚实，能穿一两年。现在或为成本计，或因淘汰较快，普遍流行纱支数较小的薄袜，不耐穿。尤其是上了岁数后，脚后跟皮肤变得粗糙，通常一双新袜没穿几天就会出现破损。稍不留意，到别人家做客时，一换拖鞋洋相大出，经常会有脚趾曝光的场面让主客双方彼此难堪。

眼看着刚穿不久的新袜有了破洞，权衡再三，觉得扔掉可惜，只好求助夫人帮忙缝补。不承想，精心洗净的旧袜从此再也不见踪影。试询问之，闪烁其词；追问之，则答复十分坚决：什么年代了，哪里还有人补袜子？丢人！结果倒也比较温馨，床头柜里一下子多出两盒新袜。

买新袜谁不会？感动但不领情！嘴上虽然诺诺称谢，心下却暗暗腹诽。"喜新厌旧"，对于有贫寒记忆的我辈而言，总不免生出几分暴殄天物的负罪感。"卖惨"的不归路，就是这么走了上去。

依赖外援没了指望。于是，不由自主地联想起毛主席老人家的那句名言：自己动手，丰衣足食。受伟人鼓舞，擎起自力更生的旗帜，尝试践行缝补袜子的大任。不想上手方知，看似简单的针线活，还有相当的技术难度。开始补袜时，既不清楚补丁朝里还是朝外，也不明白如何下手才能让不易固定的针织品听从指挥，忙乱中，第一次行动以失败告终。针从对面窜出不断扎手不说，补过的袜底不仅不平整，而且还四周露着毛边，实在没勇气穿出去。好在本人意志顽强,并未气馁,第二次动手时就认真汲取了失败教训,先将袜子翻过来,按所补袜底大小,在废掉的旧袜上剪下一块半椭圆状的补丁,紧贴袜底沿四周均匀缝合固型,然后以 Z 字形走针,确保两层织物充分吻合,最后再对破洞的周边多缝一道针线。待一切完事,翻过来再看,袜子外形完好。如果不让外人看到袜底,根本瞧不出任何缝补的痕迹。大功终于告成。由于补过的袜子有了双层袜底,经得住脚后跟的反复摩擦,穿用的时间大概率要超过新袜子的两倍,这"巨大成就"既能锻炼身手、平复内心,还能节省资源,何乐而不为?从此,缝补旧袜成了庸常生活中的一大乐趣。

今年春节回家过年,补过的袜子被妹妹发现,先是称赞嫂子的手艺,等得知非嫂子所为之后,马上笑嘻嘻地评价,虽然针脚歪歪扭扭、大小不一,难得的是造型上还颇得奶奶的几分真传。听了十分受用。

补袜这事之所以屡遭老婆孩子与亲友的揶揄,无非是边际效益太低。既然二三十块钱可买一打,花大半个钟头补双破袜子物有不值。实质上,补与不补既无关金钱,也无关面子,纯粹就是个生活观念问题。节俭的理念如果来自外力,会令人产生难以承受的痛苦;若是养成生活习惯,则会化为自然而然的行为。惜物绝不等于贪财,惜物是敝帚自珍,贪财是占别人的便宜。孔孟之乡的节俭教育,是严格的自我约束,而不是待人接物的小气和抠门。在山东老家,自己可以节衣缩食,待客必须慷慨大方，宁可自己受委屈，对外不能落寒碜，这是普遍遵循的民风民俗。在讲究公平交易的市场经济时代，这不一定受到社会的嘉许和肯定，但丝毫不影响它成为个人的行为准则。通常来说，惜物与节俭不涉及道德评判的范畴。

这每逢炫袜时也要随之一炫的"理论升华"，不幸中被一场意想不到的经济损失间接给予佐证。退休之后，时间多起来了，不时去银行办理老两口的工资转存手续。银行的基金经理乖巧可人，一见面就喊"大爷"，一告别就扶你胳膊说"慢走"，一来二去，觉得你不把钱往那儿送，都对不起人家。经不住小伙子反复热情的推销，自己那点养老钱悉数买了基金。头两年回报不错，的确超过了定期存款近一倍；不料，从今年年初开始，基金指数直线滑落，养老金损失了四分之一。推销基金的小伙儿见面后一再道歉，说是过去从来没有发生过类似的事情。面对数十万计袜子的经济损失，本人知趣地哈哈一笑，既是人家好心出错，自主行为的责任理应自负，经济大势岂有哪个能准确预测？计较岂不伤了和气，权当不懂金融的入门学费罢了。

此事不经意被一老友知晓，一时成了新的玩笑话题。疫情期间少了聚会，偶有电话问询，开口便是：基金又亏了多少？那么多钱要补多少双袜子才能找齐呀？大笑过后，天南海北地穷聊。聊着聊着，共识也就有了。我们这代人生活在动荡年月，穷日子过惯了，书生本色又注定了即便在商业社会也拉不下捞钱的脸面，所以，穷书生或许最不在意的就是钞票。钱多点少点无所谓，若能保障基本生活，心安理得度过余生，就算是最大的心理满足了。

话虽如此，谁也不愿意囊中羞涩、一贫如洗。近日，突然看到某大报一篇全面辩证看待经济形势的雄文，思想方法倒是我们曾经熟悉的，结论断定韧性十足、前景大好。虽读得眼花缭乱，却也很受教育，从中足可断定，基金盈利有望，甚喜。把这乐观信息传递给电话那端的老友，这哥们儿对全面辩证似懂非懂，依旧劝我止损。其实，本人胃口不大，回本即可。倘有此日，出逃的基金肯定回归银行定存，袜子还是照补不误。

选自《北京晚报》2022年6月5日第11版

生理期

蓝燕飞

原名兰艳辉。作品散见于《散文》《天涯》《作品》《美文》等刊,有作品被《中华文学选刊》《散文选刊》转载并入选多种选本。出版散文集《暗处的生命》《逆光》两部。

一

《黄帝内经》这样描述女子的成长与衰老："女子……二七而天癸至，任脉通，太冲脉盛，月事以时下，故有子。……七七，任脉虚，太冲脉衰少，天癸竭，地道不通，故形坏而无子也。"意思是说女子十四岁性发育基本成熟，月经来潮，可生育子女，四十九岁经水绝，进入老境，无力再育。作为中医典籍，它关注的自然是人体机能。其实，二七至七七，这三十五年，不仅是女人的育龄期，更是女人一生中最美丽、丰饶的时间段。肤若凝脂、面似桃花、袅袅娜娜、乌发如云，诸如此类的词语都是形容此间女性的。只要是好年华的女子，身材不好肌肤好，肌肤不好头发好，所谓十八无丑女。有胶原蛋白，有丰乳肥臀，总差不到哪去。但过了五十，女人的丰满与弹性日渐消弭，犹若一条流经沙漠的河流，随着水分的不断蒸发，终于枯涸，一位鸡皮鹤发的老妪算是炼成了。故此，作为荷尔蒙晴雨表的天癸对维持女子的容颜美功不可没。

在今天，天癸被称为生理期。退休前一年，生理期还好好的，周期正常，量正常，它们传递出虚假的信息，让我误以为自己的生理期可以保持到六十左右。从理论上说，衰竭是一种渐进的过程，会先紊乱一段时间，忽前忽后，忽多忽少，一步一回头，就像曲尽时的余音，必得绕梁几日，方慢慢散去。我的枯竭是突发的，没有预兆，断崖一般。它去得决绝，把我晾在那里，任我愕然、怅惘，不知所措。

自然会有期盼。但一次一次失望，失望的次数多了，无奈只能接受。当然，想挽留它，现代医学还是有办法的，但这挽留也是权宜之计，保得了一时，不可能永驻。办法无非是补充，有说可以补充这个，又有说可以补充那个，但不管是这个还是那个，估计都是雌激素。而我的子宫里有一个肌瘤，我怕这些飞来的雌激素会让一个良性的肌瘤蜕变成另外的东西。说到底，活命是更重要的。因此，失望归失望，怅惘归怅惘，人为的努力倒不敢去做。

有时，会梦见它。桃花灿烂，我心灿烂。正是黄粱一梦，有多喜悦就有多失落，不说也罢。

天癸不仅关乎女子的容貌，更关乎家族子嗣的绵延。如此重要的东西在民间却是不能见人的。妇女行经时的用具，洗好后都是藏在裤子底下，不能接受大众的目光和阳光的直射，经血更是不洁的、肮脏的。经期的妇女因为"不干净"不能烧香、祭祀、拜菩萨，一不小心，甚至还能闹出人命。

十岁那年，铺里有对夫妻打架，落了下风的妻子情急中把染血的黄表纸拍到丈夫脸上。铺里小街皆是木板建筑，邻里间放个屁都能听见，自然无隐私可言。杀猪般大叫起来的丈夫引来了左右邻居。农村的夫妻打架，围观者多半是看热闹的，日子平淡寂寥，偶尔打打架当作调剂，何况两口子打架都是床头打来床尾和，没人真正把它当回事。但这次丈夫的大花脸，却犯了众怒，公认女人歹毒如蛇蝎，对自家男人下这样的狠手，是要把男人打入十八层地狱，投不了胎的。她的狠辣与欺侮远远胜过韩信当年所受的胯下之辱。因为众邻的参与，被架到梁上无法下台的男人自然怒发冲冠，愤懑难平，他狠狠收拾了女人。女人又耿又倔，鬼哭狼嚎，闹了十天半月，以离婚收了场。

女人走的那天，半条街的人都出来看热闹。她手挽包袱，昂着头，蹬蹬蹬地往前走。三个孩子大的九岁，小的还在地上爬，他们哭哭啼啼，拖的拖、拉的拉，女人收住脚，蹲下身子，似乎才从梦里醒转过来，她摸摸大的，亲亲小的，眼泪噼里啪啦往下掉。奇怪的是男人竟也泪眼婆娑，似乎万分不舍，他一直追到石桥头，才收住脚步。看热闹的人们一边感叹孩子们的可怜，一边指责男人："真是没刚性啊，这样阴毒的老婆莫非还想留着过老？"

几十年过去，女人的样子犹在眼前。肤黑、圆脸、短发，一件褪色的士林衫大褂裹着壮实的身子。她依傍着一条清凌凌的小河踽踽而行，河岸野草葳蕤，野花吐艳，谷穗即将成熟。透过时间的屏障，远远看去，女人只是一个蠕动的小小黑点，而她的四周是箭矢一般的唾沫，语言也是锐器呀，女人挡无可挡。事实上女人再没有出现。一个挂上"歹毒"标签的女人，娘家也不能容她，她还有什么路可走？几个月后，女人把自己挂在屋后山上的一棵油茶树上。她以这样的方式与世尘作一个了断。

二

庸常生活，更像是流水冲刷下的卵石，棱角俱无，稳当笃定。女子对待生理期的态度相对平和正常，虽然也有叫它"倒霉"的，但乡间约定俗成的称谓是：来客了。而再不济的客人，好好歹歹总要招呼一番。

待客方式的改变是社会发展的缩影。古时女子行经时缝一个小小的布袋，袋子里装着草灰。我小时候，见过母亲藏在褥子下的卫生带，臭烘烘的茅坑里也时有染着血迹的黄表纸。铺里唯一一个用卫生纸的宋医生，是从铜鼓下放而来，借住在小伙伴菊家里。"雪白雪白的纸，比我的作业本还要白，扔在茅坑里，她家真有钱呀。"菊一边吐着舌头，一边感叹。菊的父亲死于一次事故。那时，每到暮秋时分，生产队都要组织大家搞副业，以便年终分红时，大伙有可能分到一点过年的钱。老话说，靠山吃山，山里的副业就是砍树，一年年砍下去，砍伐点离村子越来越远。砍树是重体力活，为了节省体力，吃住都在山里。菊的父亲做饭手艺不错，是当厨师的不二人选。他在一个阳光大好的中午，摇摇晃晃地挑着一担饭食，准备送到劳作现场，却被一棵倒下时意外改变方向的大树当场压死。菊的母亲带着四个孩子独自撑了几年，终于改嫁他乡。我不清楚，生产队对菊的兄妹有无抚恤，但菊的作业本是那种最便宜的，是连格子都没有的土本子。

到我需要待客的时候，卫生纸基本普及了，随着经济的发展，它又从待客之物沦为如厕之纸，卫生巾的面世不仅让女人获得了一种更方便、轻松的待客方式，某种意义上也是对女性精神与身体的解放。

生理期也有了五花八门的别称，最常用的是"大姨妈"，它从城镇流向乡村，成为大众用语。

我没有考证过"大姨妈"的由来。"大姨妈"说起来也是客人，但比较而言，我更喜欢"来客了"。这三个字看似平常，细琢磨，却有朴素的人生道理，有几分郑重与雅致。对一个成熟的女人而言，它是每月一约的客人；对女性整个人生来说，又是某一时间段的客人。过了这个阶段，它就像那只黄鹤，任你千呼万唤，再不回返。这完全符合客的特性，更符合时间的特性。时间从不回头，客人总要离开，"相见时难别亦难"也好，"别时茫茫江浸月"也罢，这一片茫茫和难而又难的别与见皆是主客惜别时一眼看不到边的愁绪与不舍，是时间之河一泻千里永不回头的无奈与伤悲。

身体的零部件都是与生俱来，一世相伴。唯有生理期是客人，而且是贵客、娇客，它在某个特定的时间造访，最后挥手而别。之所以说它是贵客、娇客，是因为它对女性的活力和爱情的维系都至关重要。爱情与荷尔蒙休戚相关，没有生理期参与的情，可能是亲情，可能是友情，唯独难称作爱情。真正的爱情，应该是灵与肉的高度契合与紧密结合，从这个角度看，仅有精神与思想交融而缺少激情喷涌的柏拉图式的爱情和真正意义上的爱情也难混为一谈。

　　一个客人，几十年来来往往，自然产生了感情，一朝诀别，自有难以言说的哀伤。每每想到相伴之时，自己如何怠慢，少有殷勤，更是愧意横生，追悔莫及。记得它初来乍到时，我年方十五。现在的孩子，十五可能早就懂得待客之道了。但在20世纪70年代，物质匮乏，营养不良，十五六岁没有发育的大有人在。倒是那些初潮相对早的同学，似乎做了什么见不得人的事，遭人耻笑。她们虽然有着桃花般的脸色，但一般坐在教室的后排，规规矩矩，从不多事。初中时一名张姓同学来潮弄脏了裤子不说，板凳上也留下斑斑血迹，有调皮的男同学立马给了她一个外号：漆匠。每天放学路上追着喊："咚咚锵，锵锵咚，咚锵锵咚张漆匠，漆匠漆匠咚咚锵。"喊了一个多月，张姓同学终于抵挡不住，逃回家中。老师曾经翻过一座大山，来到她家，试图让她重返课堂。她的父母用一杯热腾腾的果子茶款待老师，然后各干各的事去了。老师先是苦口婆心，晓之以理，继而发雷霆之怒，拍案而起。她低着头，十指交叉着绞来绞去，眼泪一行行落下来，但态度非常坚决，整个过程未发一声。辍学后，她第二年嫁到了隔壁的修水，此后再无消息。她是初中毕业四十年聚会中缺席的三位同学之一。

　　青春期女孩是含苞待放的花蕾，生理期是花蕾最娇嫩、隐秘、脆弱的部分，怎么经得起如此粗蛮的玩笑？

如果她一直读到高中，或许会有另外的命运吧。高中同学除了考学、考工作的，余下的多数做了民办老师。众所周知，民办老师在20世纪90年代集体转正，到了今天的年纪，每个月有四千多元的退休金，和农村老人不可同日而语。可见貌似玩笑的一句话，有时也能改变一个人的一生。

另外一个同学的辍学也与生理期有关。那是高中的第一学期，来自三个公社的二十多名女生住在一间教室改成的寝室里。某天，一名同学突然喊叫起来，说缝在棉被里的十七元钱不见了。那时候，我们每周的生活费不会超过一元，饭店里又白又暄又香的馒头，一两米加一分钱可买一个。十七元，无疑是笔巨款。丢钱的同学高大结实，是森工后代，巨款是她假期荷锄上山，用自己的辛劳与汗水换得。她的床铺已经翻得底朝天，连一只跳蚤都逃不过去。她每晚哭泣，开始还有人劝，但她的悲伤如河流，眼泪一触即发。她哭一会儿，念叨一阵自己如何吃苦受累，黄天暑热都没歇一天，再哭一会儿，骂一阵盗贼如何丧尽天良，要遭雷劈。哭哭念念，念念哭哭，周而复始。按说，发生如此重大的事情应该报案或让老师来解决。关于这点，我的记忆已然模糊，只记得寝室的气氛压抑到了极点。时值暮冬，寒风掀动着窗户上的塑料膜，从破损处长驱直入，把室内所剩无几的热气席卷殆尽，身体是冷的，心是慌乱的，每见他人窃窃私语，我总是心慌脸红，似乎做了什么见不得人的事。这样挨了一些时日，莫名其妙就怀疑上了一个同学，我把她称作花。宿舍开始了搜查。没有组织者，自己对自己动手，或许是为了证明自己清白，所有同学都打开了箱子，那些大小不一、形状各异的箱子无一例外都是简陋的，它们洞开在几十双眼睛面前，洞开在寒夜里，洞开在月光下。事情进行得很顺利，轮到花才出现了停滞，这停滞显得意味深长，引来了所有人的目光，似乎一切将要大白于天下。原来花箱子里有个小小的蓝花手巾包，本不稀奇，但花一把拿起来，紧紧攥住。花的周围是她的同学却又似乎不是同学，而是对垒的双方，花站在箱子前，脸红得似血，怒目圆睁。这边的事情，早有人报告给班主任。班主任是个温和的中年男人，他的到来，结束了对峙的局面，花终于松开手，把手巾包用力摔在地上，开始恸哭。手巾包仰面朝天，袒露出花极力保护的秘密：原来是女孩行经用的"卫生带"。那个晚上，她一直坐在冰冷的地板上，拉不动、劝不了，号啕而至抽泣。如此挨了一夜，天一放亮，她收拾好自己的东西，夺门而去，再没有回来。

三

生理期这种事，在乡间，它一面是隐秘的，像门后角落里的一把灰蒙蒙的扫帚，难以示人，一茬一茬的女孩手忙脚乱但又无师自通地处理自己的初潮。但它又是敞开的，有个街邻直到十九岁才来潮，激动的母亲逢人就说，恨不得用喇叭广播一番。对这个母亲来说是"一天的云都散了"。如果女儿再不做大人,唾沫星子都会把她们淹死。做了大人的女孩才有资格谈婚论嫁,进而成为一个母亲,那是一个女孩最重要的人生意义。做了大人的女孩才有力气,做饭、洗衣裳、种菜、砍柴样样拿得起,可以将父母肩上的担子接过来挑一程。相比于生男孩的欢喜,女孩的降生总是要打些折扣的,但姑娘们大了,宛若春风里的竹节花,绿叶红朵,摇曳生姿,引得媒婆们纷至沓来。如若某个女孩不幸失了母亲,成了后母眼里的沙子,但她再苦再难,前面总有个出嫁的机会在等她,她还是有盼头的。对那样苦命的女孩而言,做大人就是一种拯救,嫁人就是二次投胎。

生理期初顾的时候,我在离家二十里的地方读高中。某天课间,感觉到了身体的异常。我躲在厕所最里面的位子,确定所有人都走了,迅速检查内裤,一小块深褐色的湿斑,虽然陌生,还是大致明白,是客来了。客初次上门,小心翼翼,像一个阵前的探子。正是它的点滴微量,让我勉强保持住淡定的姿态。一直等到上午的课结束,大家敲着碗顺着一条斜坡走向食堂,我才拉住一个关系亲密的同学,向她请教。她只比我大一岁,却有了丰富的待客经验。当然,不请教也是可以的,但是,我需要她陪我去买"妇女卫生用品",确切地说是帮我去买。

翻过一座春天的山坡,山坡绿茸茸的,间或有映山红火苗般映人眼帘。因为这件既让人害羞又有着隐隐兴奋的事情,我们似乎有了某种陌生感。对我来说,想问的话很多,但又无从说起，心里却像藏着头小动物，蹬踢着四脚上蹿下跳，眼看着要从咽喉里喷发而出，突然又一咕噜沉下去。那一截长不过千米的路似乎遥无尽头，好不容易到了供销社，同学径直走到北货柜台，我却磨磨蹭蹭，慌慌张张，涨红着脸，在食品柜台不肯过去，似乎那是一件与我完全无关的事。食品柜台一排玻璃罐，装着雪里松糖、冬瓜糖、山楂片、发饼……雪里松糖的味道最熟悉，它是县食品厂生产的糖果，一毛钱十三颗，是大家能够吃得起的零食。阳光从外面照进来，可以看见光线中的灰尘缓缓下落。零食、新布、酱油、散装酒的味道混杂在一起，一如我复杂的心情。眼角的余光里，同学已经在付钱了，我竟抢先一步，逃之夭夭，三步并作两步穿过黄土街道，站在对面的饭店前。阳光亮得刺眼，却又梦幻一般，眼前全是虚像。

同学把装有卫生带、卫生纸的黄书包递过来，我一跳三尺远，似乎全世界都看穿了那里面的把戏。

胆战心惊，却也周周全全做好了待客的一切准备。客人却不见了踪迹。咦，太奇怪了，怎么会这样？怎么可以这样？就像一台戏，锣鼓响了半天，看戏的人等了半天，演员把头从幕布后伸出来，瞭一眼台下，就默不作声收场了。一地的观众被晾在那里，夜色渐浓，夜风渐冷，走不是，坐不是，真正是手足无措。没有派上用场的卫生带、卫生纸可以压在箱子底层，但它摆下的迷魂阵，把我吓得不轻，一颗心如秋千一般在半天云里荡呀荡呀，怎么也落不进肚子里。

搜寻自己有限的知识库，然后翻过来转过去地想，莫非自己不是一个正常人？

说起来我已经是高中生，但没正经读过几天书。小学未学过拼音，初中勉强能够写全二十六个英文字母，高中了连化学元素周期表都不认识，生理知识更是闻所未闻。我们的主业是劳动，先是把学校后面的山坡整理成漂亮的茶园，然后参与了一座小型水库的修建，还在山顶筑起了两间干打垒。在铁姑娘盛行的年代，女性的生理特性被无情忽视甚至抹去，女生自己也羞于声张。有次班里组织同学们砍竹子，来回将近二十里山路，返程时还要肩扛一根毛竹，有个女生，一瘸一拐走得艰难，样子十分痛苦。原来她正值生理期，腿根已被磨破。

如果自己不是正常人，那是什么人呢？阴阳人还是石人？据说阴阳人白天是男人，晚上是女人，也有白天是女人，晚上是男人的，石人干脆就不是人，是石头成精取了人的外貌还是人失了魂魄像块石头？虽然云里雾里，搞不明白，但有一点是清楚的：阴阳人和石人都不能有自己的孩子。

乡下的孩子虽然没有接受过正规的性教育，但这样那样有荤有素的笑话听了满箩筐。一个乡下孩子，从小就明白生育的重要。那些不能生育的女人，被人耻笑，任人欺辱，成为低人一等的贱民。"怀假孕，钻石缝"，说的是一个女人久不怀孕，公婆嫌、丈夫嫌尚可理解，但外人都嫌她如狗屎，女人实在没办法，竟把一只瓢倒扣在衣裳内，假称怀孕，但这事怎么可能瞒得下去？水落石出的时候，羞愧交加的女人投河而亡。她的死，不但没有换来一丝一毫的同情与怜悯，还成了一个笑话，在山村流传，只是她没如大家所愿，钻进一条石缝。我目睹的因不孕而离异的案例也不少。邻家媳妇因为生不出孩子，两口子悄无声息把婚离了，而另外一对就吵得天翻地覆，人尽皆知。他们一路吵到公社，又一路吵回家，来来回回，最后自然是各奔东西。小街上的孩子闻吵而动，趴在公社门前，成了他们婚姻瓦解的见证人。

漫长的男权社会，休妻虽然常见，但也要师出有名。而不孕是休妻的重要理由之一，连陆游与唐婉的悲剧，恐怕也与唐婉的无子脱不了干系。生育权是天赋人权，捍卫的一方自然堂而皇之，心安理得。直到20世纪70年代，在农村的广袤大地上，生孩子依然是女人一个人的事，生不出孩子的所有罪责都要落在女人身上。

后果如此严重，自然魂飞魄散。

时隔四十多年，我依然记得那天是星期三，离回家的日子还有三天。三天数千分钟，二十几万秒，分分秒秒似乎都跳在心尖上，简直如三年一般漫长、难熬。

终于回到家，顾不上饥肠辘辘，顾不上跋涉二十里路的疲累，急慌慌地在父亲的医书里找到一本《赤脚医生手册》，妇科那一章节只有薄薄的十几页，但却清晰地印着这样一行字：因为卵巢尚未发育完全，初潮后半年到一年，可能出现量少、经期不规则等现象。

这哪是一行字,分明是救命仙丹,我看了一遍又一遍,为了确认,甚至在自己的胳膊上狠狠掐了一把。没错,白纸黑字,就是这样写的。那个瞬间,人似乎摆脱了地心引力,轻盈欲飞。

我就这样解决了人生的第一次危机,没有向任何人求助,包括自己的母亲。

以后的四十年,它定期来访,每月小住几日。一个常客,渐渐不把它当回事。可以说,漫长的几十年间,我没有为它做过什么。那些经期卫生,什么不吃生冷呀,不下冷水呀,等等,从来没有放在心上,该干吗干吗,想吃什么吃什么,而它竟然大度地不与我计较,也算得上是个有情有义的客了。

四

一位朋友,因为客两月未至,请教医生,获知自己进入了绝经期,瞬间崩溃,号啕大哭。这样激烈的反应医生自然不能理解,她觉得到了这个年龄,就应该绝经呀。医生的职责是指导对方管理好身体,至于心理的活动与情感的波动不属于他们工作的范畴——心理医生除外。当时,我也很难理解,觉得朋友小题大做。这说明事情只要没落到自己头上,就不是事情。

但纵览天下,何处又有不老的神仙?

衰老虽然与生理期有关,但又不完全是生理期决定的。衰老是时间对人类的赠予或毁坏，只要时间在流淌，衰老就不可阻挡。不信，你去看看二十岁和四十岁的人，就像一个新篮球和一个落满灰尘、皮子已经开裂、剥落但勉强还能弹得起来的旧篮球，你甚至不需要细看，只扫一眼就可以把它们区别开来。

与生理期分别，是"七七之年"后的第五年。按说，待遇不薄，我该满意。事实上，我念念不忘、无限惆怅，这样的欲哭无泪，反而不如痛快地大哭一场。人在年轻时，认为变老是特别正常的事情，有孩子、有青年、有老人才成为世界。当衰老降临，我开始憎恶衰老。我对生理期不可遏止的怀想，说白了就是对衰老的恐惧。我见过的八十岁以上的老人保有体面与尊严的估计不到三成。历经时间的摧残和病痛的折磨，他们如一片枯叶、一星残烛，随时可能碎裂、熄灭。而碎裂和熄灭前，遭的罪太大了。衰老不仅是外貌的改变，更是机器内脏的永久损坏。精神上它掠夺人类的正常情感与对世界的正确认知，还以疾病的名义对身体百般羞辱。有位患阿尔茨海默病的老人，五个子女，尽数遗忘，不仅如此，他还把大便弄得满墙都是，然后拍手欢笑像个恶作剧的孩子。时间抹去了所有的悲欢，抹去了漫长人生的印迹，大脑皮层白茫茫的一片真干净。那些失去记忆的人，陷在时间巨大而虚无的黑洞里，毫无还击之力，终于彻底淹没在时间的汪洋里。

还有一些瘫痪在床的老人，背部、臀部长满褥疮，床上挖个洞，以供排泄，一日三餐，端到床前，除此之外，再无其他。

他们尚未被死亡带走，但已被亲人抛弃。只能在恶臭与冰冷的世界里，眼睁睁看着死亡一点点蚕食自己的血液、肌肤、骨骼与尊严。

造物主把最不堪的一段时光留给生命的尾梢。在这点上，人远远比不上植物，花草树木最后长出的总是新枝、新叶和新蕊。但一个人如果怕死就不能怕老，反过来，怕老就不能怕死，这是古老的鱼和熊掌的悖论。没有谁是心甘情愿变老的。只是不管多么不情愿，老总归要来。

曾去养老院看望过一个亲戚。养老院建在一处向阳的山坡上，视野开阔，绿树环绕，但走进去，却有莫名的阴森、凌冽之感。那是孤独的气息，衰老的气息，是即将到来的死亡的气息。它们弥漫在建筑里，弥漫在空气中。那些老人，扎堆坐在阳光下，却似乎没有丝毫热度，目光呆滞，眼珠半天都不转动一下。

衰老横亘在人生最后一个路口，无人可以绕道而行。

如果把一生比作一天，衰老就是漫漫长夜。"设若只有早晨的蓬勃，白昼的辉煌，没有黄昏的凋落和夜晚的寂寥，怎么算得上过了一天？"

老是自然法则，生理期也是自然法则。生理期的结束预示着老的到来，老的结束预示着死亡的到来。不管哪一种，人都只能接受。积极也好，悲观也罢，态度无关紧要，因为它们不能改变现状与结局。

生理期被称作"客人"由来已久，人也是来世上做客的，做客期间，不完全白吃白喝，也给世界添一点色彩，使它看起来更美一点，更可爱一点，然后，在该离开的时候离开，绝不拖泥带水，这客就不让人讨厌。千万不能来而复返，没人可以返老还童，所谓的"老翻少"其实是疾病的警示，那重新贯通的不是生生不息的河流，而是死亡血淋淋的预演。

医学上，天癸与月经是同一现象；美学上，却似乎有阳春白雪与下里巴人之别，比较而言，还是生理期既顺耳又落落大方。

生理期再也不会成为我的客人。我也终将告别。在时间的旷野上，主客两便，纵使相逢也难识，罢罢罢，各奔东西。

却记得当年卫校读书时，某次生理老师的提问，是关于月经黄体与妊娠黄体的。十七岁的我站立良久，才用耳语一般细小的声音作答。微弱颤动的声波通过时间的传导与放大在我的耳边经久回荡，它是教科书上的标准答案，也是生命在时间中孕育、生长、衰亡的真相。

选自《天涯》（双月刊）2022年第6期，有删节

每个人的傍晚都住着故乡的晚霞

程鹥眉

作家、出版人。毕业于北京师范大学中文系,曾任《青年文学》杂志编辑,中国青年出版社编审。在《人民文学》等报刊发表作品数十万字;著有长篇小说、散文集多部;策划编辑出版大型文学丛书"中国好小说"等。

人说，有一个时间，故乡会回来找你。

当我人到中年，面对故乡的故人，我知道这是时间保存到期、等候已久的礼物。

那一年我们相聚在加州，我与亚男和显宗，跨越了35年的光阴。

加州的阳光多有名呢？有许多歌子在唱它。其中《加州阳光》里面唱道：谁说幻灭使人成长？谁说长大就不怕忧伤？

那天一到加州，我就抬头仰望这久负盛名的天空了。阳光有若钻石般的棱角叠折，笔直的锐锋四射，一道又一道光芒刺得我睁不开眼睛。往远处看，海水正蓝，天空高远，帆影漂泊在天际，而此时我的家，已经在那大洋彼岸的深夜里了，人们睡得正香，父母已经年迈。

我的脑子里却一直回响着老鹰乐队的歌曲《加州旅馆》。

年轻的时候，我在北京南二环边的一栋高楼上，夜晚打开我的只属于那个年代的"先锋"音响，一遍一遍听音乐光盘。那些被打了孔的光盘银光闪闪，诉说着那个年代的时尚和哀愁。《加州旅馆》是我最喜欢的歌曲之一："在漆黑荒凉的高速公路上，凉风吹散了我的头发。"

所以到了加州，我一定坚持先找一个加州的旅馆，住一夜，然后再去赴约。

第二天从加州旅馆出发，去亚男和显宗的家，是在上午。

汽车打开了敞篷，一路阳光璀璨，一浪一浪洒在我的肩上，像一层层热沙，哗哗流泻。我抱了一盆鲜花，是送给亚男的花，她是小时候我们那个街区上最美的姑娘。

想起二十几年前我在北京的一个地铁站口，远远看见一个袅娜的姑娘走过来，在人群中兀自清高美丽，我轻声叫了一下：亚男。我们拉了拉手，在异乡的街头。

我手里是一盆兰花，就像20年前惊鸿一瞥的姑娘。

汽车在加州的高速公路上飞驰，风呼啸在耳边，我把花放在脚下，用胳膊围成一个屏障，怕风吹掉这些花蕊。

当我把鲜花放在门口玄关的刹那，一转身，我闻到了故乡红岸的味道，这个味道从哪里发出的我不知道。我只是突然感到我的故乡，从天而降。

小时候看了太多关于故乡田园的诗，"田舍清江曲，柴门古道旁""一径野花落，孤村春水生"。更有"春风又绿江南岸，明月何时照我还""日出江花红胜火，春来江水绿如蓝，能不忆江南"。村庄和江南，似乎才是正宗的"故乡"原典，是地地道道的乡愁来处。

在我年轻的定义中，"故乡"就是"故"和"乡"的结合体，我向往凄凄落寞的枯藤老树、炊烟里的小桥流水。然而我发现我的故乡只有"故"，却没有"乡"。

是的，我也有着无数长长短短的少年故事，那些故事发生在17岁之前，那些故事浅浅，如轻车之辙，不足以承载半部人生，但好歹也算是"故"事了。

但是我的故乡却真的没有"乡"。

乡是什么？是遥远的小山村，是漫山遍野的麦浪和田菽，村前流淌的小河，甚至还有在村口倚闾而望的爹娘？

而我的故乡，是最不像故乡的故乡，它矗立在遥远的北中国，那个地方叫"红岸"。那里的冬天漫天飞雪，少有的绿色是春天夏天街道两旁的杨树、柳树、榆树，它们掩映着一排排俄罗斯式的红砖楼房，楼房里有一张张少年的脸，常常在窗台趴着，不安，好奇，蠢蠢欲动。

那个地方盛产重型机器，一个个街区围绕着巨大的工厂，厂区里厂房林立，各种大型机器像庞然大物鸟瞰着我幼小的身躯，我觉得自己是一只蚂蚁，随时随地会粉身碎骨。

我在那里长大，在那些熟悉的街区里，一堆堆少年穿街走巷，疯狂生长。每天早上上学，可以沿途邀来一群伙伴，我们都是这个大工厂的第二代，大家不仅仅是同学，还是邻居、发小。每个人和每个人之间，总有千丝万缕的联系。如果你不认识这个人，但是中间最多不会间隔两个人，拐两个弯就是熟人了。那时候没有电话，大家相约的方式就是挨家挨户找人。在楼下大声喊彼此的名字，是那个时代我们最为欢乐的事。

但是仿佛这些，都不是我年轻时代值得存忆的故乡。

我最后一次回故乡时，见到许多阔别多年不曾谋面的人，他们从我的记忆深处一一走来，我们像演电影一样邂逅、寒暄，一起辨认红岸大街旁的店铺和楼号，那一排排楼房里都曾经住着谁和谁？回忆起少年时代爱过的人与事，突然发现竟然我们也到了有故事的年纪。然而那些故事就像飘散的花朵，在海角天涯盛开、衰落，再盛开时，已经不再是原来的模样。

故乡早已变了模样，那些厂房依然坚固如昨，但是它们的创业者大多已经长眠于此，而我们这些继承者，却大多没有兑现父辈的誓言扎根在这片土地，当初的父辈远离自己的故乡来到这里，如今我们也告别了这唯一的故乡。一代又一代的人在迁徙，于是远离故土的人们，有了深深的乡愁。

那些从此走散的人，有的陆陆续续回来，或者相聚。相聚时有很多人流下了眼泪，有的人还记得我小时候的样子，我曾经穿过的衣服、鞋子，他们描绘得栩栩如生，我心内哗然。他们如此爱着我，其实是爱着我们曾经的时光和岁月。

离开加州的前一天傍晚，天高云淡，晚风暖怀。

亚男做了家乡菜，显宗在院子里烧烤，我们夫妻二人坐在旁边。空气中炊烟的味道，很像我们小时候楼顶的烟囱飘出的味道。

人间烟火气，最抚凡人心。

我似乎看到故乡炉膛的煤火，噼噼啪啪地燃烧。小小的我和姐姐提着篮子，一筐一筐往楼上运煤块。故乡的冬天寒冷，料峭；炉膛的煤火，通红，温暖，却转瞬经年。

《浮生六记》里说："炊烟四起，晚霞灿然。"说尽了人间事。

显宗在院子的地炉里燃起篝火，我们四人静静地喝着中国茶，以中年人的耐心和气度，慢慢聊着过往：共同度过天真懵懂的童年和少年；杳无音信疏离遥远的青年；却在不经意间，中年意外重逢。万水千山走遍，落花时节逢君。好在花未荼蘼，夕阳还未西下，我们还没有老到足够老，还可以在一起谈天说地——"少年离别意非轻，老去相逢亦怆情。草草杯盘共笑语，昏昏灯火话平生。"

故乡终将越来越远，远到我们生命的尽头，但是故乡的晚霞，会时常驻在我们年复一年游走的时辰，偶尔悄悄地来到我们将要老去的傍晚，赴一场故乡之约。

故乡到底是什么？

一个作家说：故乡就是在你年幼时爱过你，对你有所期许的人。

选自《作家文摘》2022年7月5日第15版

杂志铺

凌仕江

中国作家协会会员,国家一级作家。曾获第四届冰心散文奖、第六届老舍散文奖、《创作与评论》2013年度散文奖、《人民文学》游记奖、首届浩然文学奖、首届丝路散文奖、第十届四川文学奖。

生生灯火，明暗无辄

——
题记

有人说，没有无名的纳博科夫就不会有出名的洛丽塔。纳博科夫用《名利场》杂志所称的20世纪"唯一可信的爱情故事"——《洛丽塔》，曾挑起许多与文学相关或无关的激烈争论。我想说，当我们选择看一本杂志的时候，一定程度上是为了满足自己。而遇上一本书则不同，它并不带有明确的目的，如此阅读意味着上了一趟终点无法预料的绿皮火车。

除了读书，你是否还有看杂志的习惯？没有了，早没有了。尽管自己也是办杂志的人，甚至手上常有天南地北的杂志样刊飞来，却顶多扫几眼自己的作品便搁置一边。如果时光倒回十年或二十年前，可不是这境遇。那时，常把一本杂志当粮食捧在手心里细嚼慢咽。即便去了别的城市，也要想方设法寻觅报纸杂志最多的地方去晃一晃，这趟旅程才算有了饱满的精神意义。

人在拉萨的时候，常常把城关区北京中路33号布达拉宫右侧的邮政书局，当作日常的文艺打卡地。在我看来，拉萨文化的活水是从这儿流淌蔓延开去的。此地背后，就是唐柳掩映、古树盘根的龙王潭公园。绿汪汪的湖水中，常有几只长相怪异的生灵，在枯枝败叶中兜兜转转，引颈仰望布达拉宫的背影。有时，它们忽然扇动翅膀，仿佛接收到高高在上的某位情僧秘密传递的旨意，那婉转低迷的歌声与粼粼波光共鸣起舞，着实动情缠绵。

好几次早上九点，我徘徊等候在布达拉东南街口，邮政书局还没开门迎客，灿若金丝的阳光游过对面农业银行的屋顶，打在街边卖酸奶的老阿妈额头上。她竹筒里秘制的酸奶，五元钱一筒，皮亮脆软的面子上，覆盖着一层细软的白砂糖。一只枯藤般的手，递过来一把锃亮的银勺，深邃的眼睛里藏满了比雪更白的心事。她一手比画五个指头，另一手又加了一个指头。我起先不明白她不断朝我点头的藏语蕴意，接着才明白，跟随我流浪此地的自行车，她要再收取一元看管费。

比起位于城关区宇拓路 2 号阴冷、高深、陈旧、寂静的新华书店，邮政书局的敞亮、热闹、新鲜、时尚，与花花绿绿的杂志更新不无关系。论文化地标的选择，我不愿多去新华书店，那儿的图书种类偏少，多是本土作家存放多年的旧作，或一些自费代销的产品，除了岁月经年的腐朽味道，很难在此遇见内陆作家的新面孔，只有一本布满尘埃的《萨迦格言》由此廉价获得，我欢喜并保存至今。那是 20 世纪 90 年代的一个苍茫冬日，我将它请回小木屋，这本封面上绘有青云图案的古老小书，定价不足一元。

杂志铺里摆放的杂志价格多在三元以上。

仿若文学路上难兄难弟的面孔，尽管由于地理原因，很多杂志抵达世界屋脊时，早已衣衫褴褛，凉了黄花，散了骨架，但我依然有一种热切之心去亲近它们。久之，一个人移动在邮政书局的时光，总抹不去青春饥渴的记忆。杂志里闪透着一些裂缝中的微光，像麦芒一样刺痛我缺氧的心脏。它们既有纯文学类的《十月》《诗刊》《当代》等，也有通俗类的《人之初》《做人与处世》《辽宁青年》……有时，能在如此山高僻远的地方，遇上过期多日的一叠《南方周末》，于我也是一种幸运，好像远方大海上漂着的一根救命的稻草，若即若离地关照着雪域的一个文青思想的长成，让我没有偏离某种如天启和神谕般的指引，跌入平庸的泥潭。

我从不吝惜口袋里少得可怜的津贴，果断从柜台结账，洒脱地抱走一堆杂志回到小木屋。一路摇响自行车的铃声，过于兴奋、过于满足，至少它们可以抵达我的爱，抵消红尘的哀愁。不曾料到，一次次买杂志的场景，居然被一位书写拉萨文学史的前辈洋滔先生写进了西藏的文学观察报告。洋滔先生当时是《拉萨河》杂志的主编，称得上是拉萨文学建设的重要参与者或见证者。有一回，我刚结过账，回头发现洋滔先生也抱着一摞杂志，笑吟吟地排在结账队伍的后面。

不久后，他邀我和战友去位于江苏东路5号的拉萨市文联下棋，八一建军节我请他到军营喝文学茶，指导我们文学创作。

有一天午休时刻，突然接到洋滔先生的电话："我在杂志铺买《美文》杂志，刚好发现这期有你的《一个人的哨所》！什么时候也给《拉萨河》杂志来一篇新作吧！"现在想来，无论从何种角度考察一个人的文学成长史，那些背离故乡的痴迷与孤独，以及追梦路上恰好遇见的人，皆是人生可遇不可求的美事。

我喜欢到邮政书局的原因，可能还有一个其他人不太具备的条件，那便是口袋里常揣着一沓来自全国多地的稿费单子，几千元或几百元是常有的储备。这样的底气，加大了我去杂志铺看杂志的频率，说得更高尚一点，是我对文学的坚守与信任（后来面对媒体，我总结这也是文字对我的信任）。在我聚精会神埋头翻动杂志的瞬间，人群中偶尔会遇上一个不速之客找我搭讪——他当然不是杂志铺的常客杨先生。在别处，他一有机会赶赴拉萨必到杂志铺，与我的兴趣一样，他喜欢用文字的排列与重组，写就异乡情感与心绪在雪山下荡起的涟漪。他甚至期待能够在邮政书局提供的这间杂志铺，遇见一个互换灵魂的人。

不知他后来是否换到别人的灵魂。

多年以后，面对宽大的电脑显示屏，我静坐于书房"藏朵舍"，重新审视拉萨杂志铺里相遇的人：目光与灵魂早已面目全非，太多过客已成记忆空白格。其中不乏身披绿色军衣的人，他们偶尔出现在杂志铺，只想让人觉得他仍是捏着文化信条的人；一些人曾希望用手中的文字，改变周遭的空气。可直到卸去军衣，也未能完成诗人的使命，反而经常提起还在写诗的军人，会露出嗤之以鼻的表情。命运多舛，人的环境即文学，不少军中诗人的理想半路夭折，甚至丢失了原路返回的机会。更让人唏嘘的是，他们从军中隐退，天天过着只有输赢、没有诗意的麻将生活。当年那个在杂志铺找寻文化粉面的人，即使当了职位不低的领导，可解甲归田也不敢多打麻将，躲在家里体会比在军中更为忐忑的心情。

他当领导时，受恩于他的人说他善起来比菩萨心肠还好，可被他整过的人，说他狠起来比谁都贼，人性的两面无可厚非，尤其是他暗中掐断了诗人们异想天开的文化天线，他满以为自己干得十分高明，可受伤的人都心知肚明，现在他想使唤诗人却无人接收他放射的信号，这不过是他自欺欺人种下的因果。

唯有曾经那个找我搭讪的人，信仰之光在时间背后闪烁着力量。他当时身着蓝色制服，腋下夹着一个皮革公文包，头戴橘红色安全帽。他微胖的身体，从建设中的青藏铁路格尔木赶赴拉萨。他对星光下的拉萨没有更多欲望和诉求，只想赶在杂志铺关门前多选择几本文学杂志，填充高原之夜的荒凉与内心的孤寂。他从杂志里"哗啦"撕下一张扉页，留下他的联系方式递给我，只是我没有正视它，一次也没有正视它，这是二十来岁的小伙子对一个五十开外的大叔的漠视。我不知在这个地方，同他适合谈些什么。面对无限寂静的西藏，真要开口说一句话，还是太难。比天空之蓝更富有的时间，不知把话说给谁听，反正白天的太阳和晚上的月亮，都不再逼我多说一句话，雪域万物早习惯了我的孤独和木讷，为了保护脆弱的灵感，我自私的灵魂注定无法与他人重叠。

拉萨河上的冰两星期前才彻底融化。在石头与雪筑起屏障的天边，霞光穿过经幡星辰的指缝，孤单而遥远，无法言说的旷寂与几只雪候鸟，维系着我自己的迷宫。沉默是个怪兽，埋伏在世界屋脊每个人的迷宫里，而我却必须和它相处，我制服不了这个怪兽，更不愿主动越雷池半步，直到拉萨面貌开始在我生命的痕迹里模糊，我在八百公里直线另一端的平原之上，想起一个不知姓名的抱走一叠杂志的中年男子。

每一件作品变成铅字，都是一个人灵魂对远方的投射，熨帖着所有不眠的寒夜，潜伏在那些未曾到过的第一次被文字之手敲开编辑的城门里。而到杂志铺里寻找那些来自异地的并且印有自己文字的杂志，往往比写作时的心情更为激越。

截至2021年仲夏夜，已整整六年没有回到拉萨，我不知那里的杂志铺是否还存在。仿佛一场秋风一树凋零，物流业和新媒体的火速崛起，将传统的邮政功能无情地推向边缘。成都的大街小巷，曾犹如满树花开的杂志铺，已恍然淡出人们的视野。

无可救药的孤独，如同突然袭来的寒流，真不知失去了根的树，在风中还能站多久。

294 收报箱是从建设路邮局租来的,旁边有一家杂志铺。尽管我很早便在这城市购置了房子,但从不肯让天下那么多邮件,寄至社区单元门牌的报箱里。很多时候,我怀疑邮局人员对住宅的投递很不靠谱。

每周三番五次去建设路,打开邮政报箱收取邮件,如同去避难所或急救站,心情有点儿像是去投奔亲戚(这城市没有我土著的亲戚),更像是去拜访陌生的友人。彼此的等待,充满了未知的惊喜。收报箱里的世界,从没让我失望。有时出差几天没来,报箱便会给我塞满疯狂的收获。除了发表作品的样刊,还有一些主编定期赠送的刊物,密集的稿费单子如厨房里的柴米油盐,偶有读者来信,问我何时去他们所在的城市做一场签售会。

每次取走信物锁上报箱,我会顺便拐到杂志铺逗留一会儿。说不清什么原因,面对那么多新鲜出炉的杂志,我只顾乱翻却不愿意买一本。曾经我也厌恶这类人,不觉之间自己已成了这样的人,我怎么能够原谅自己的浮躁?老板是个戴眼镜的油腻大叔,每次热情地招呼像是熟知的故人。其实,我没有在乎老板的感受,他正在呵斥一个刘海快要遮住眼睛的女学生:"买不买嘛,那本杂志已快被你翻烂了!"我站在原地认真地回他一句:"这些文学杂志还有人买吗?"

"有是有,但少之又少,买的人偏中年女性多一点。"老板盯着电脑上的账目,头也懒得抬,压低嗓门答道。我对他说:

"不错呀,看来你对文学杂志,还蛮知情的。"

"当然呀,毕竟是做了十多年的老本行嘛。像你手上拿的那本杂志,至今一本也没卖掉。"我怔了一下,心想这本杂志可是中国文学界的最高殿堂,缘何命运落得如此不堪?但我没能对他说出口,因为旁边一个手上捧着《读者》看的男子,一直在偷偷观察我。我瞄他几眼,似乎每次到杂志铺,都能遇见这个脸上长了白癜风的男子。他看我几眼,我也不吃亏地看他几眼,彼此无言。我悄然将杂志放回原处,然后问老板:"卖不掉怎么办?"

"还能怎么办?退货呀,反正是代销。"老板一脸无所谓的态度,忽然站起身,换了一个角度对我说:"也不是这回事,读书大概也得分地域,比如,我们这里的文学杂志不好卖,并不代表所有的地方都这样,如果放在天津或上海,抑或北方,相信又是另一种情况。文化需求与地域差异密切相关,只读杂志却不买杂志的人,你不好判断他的真实身份,比如那个每次偷看你的人,他是厂北路的哑巴。但有一点毋庸置疑,读书多的人,谈吐自然不一样!"

我的脑海里条件反射地弹出拉萨杂志铺永远的人来人往。"你这里最好卖的,是哪类杂志?"

"当然是哑巴喜欢看的《读者》了,每期我至少卖掉八十本,还不够,有时还得想法到其他摊子上周转一些来救急,可以说,这么多年的市场销量,还没有发现哪一本杂志卖得过《读者》。其次是《知音》，不过这杂志内容不敢太恭维，很多读者反映它有欺骗情感的行为。"老板说到此,脸上挤出了不好意思的笑容。

话音刚落，店里突然进来一个顾客说："老板，我订的《读书》杂志呢，给我留好了吧？"

老板笑着从案下递给他连续几期的《读书》，并向我小声介绍道："这是一个老板、合伙人、投资商，每期《读书》杂志他必买。"我直言不讳地对那位个子不高的顾客说："能读这本杂志的人，头脑很不简单呀。"那位顾客满面笑容地打量我说："不不不，我只是在坚持读书而已。"话还未讲完，老板便急着把我介绍给了这位顾客。他递给对方一本目录上印有我名字的杂志说："看看吧，这里有他写的文章。"

"真是难得，如此浮躁的生活，还能坚持纯文学写作的人，太少太不容易了，我认识一些网络作家，他们几乎不读书，只喜欢胡编乱造！"顾客从书页间抬头看我，目光既有惊诧，又隐着一丝无奈。

"确实有同感。这时代坚持纯文学写作的人少，读纯文学的人更少，买文学杂志看的人就少之又少了。"说完，我顺手取下一本《书屋》递给他，告诉他上面有不少好书介绍。他信了我的推荐，当即买下。他讲他大学时最喜欢看《收获》《人民文学》《北京文学》。如今，一个搞软件开发的人，长期只买《读书》杂志看，他的读书心得的确让我有些意外：科技发展离不开人文支撑。

这句话让我兴奋了好久,仿若眼里突然闪过夜明珠之光,即刻点亮了太多疲倦的风景与蒙尘太久的岁月。他所选择的读物看似与其从事的专业格格不入,但却补益、丰富、提升了工作与生活的色彩与厚度。正是这个陌生人格外的读书经验,校正了我长期以来所谓对路写作却单调的阅读习惯。

离别时,我们没有握手,心里的声音却不约而同:希望下次还能遇见你!

之后,我常自作多情地想,杂志铺相遇的那位顾客算得上我朋友吗?我还想,或许他也乐意将我当成朋友吧!卖书的老板,因为总是可以在他的杂志铺见面,我们彼此连一个电话和微信都不曾留下,每次见面却有老朋友般的亲切感,只要说到书,只要翻开那些散发着墨香的杂志,书里书外,我们瞬间就能沉浸于心灵最畅达的沟通。

有一回,他的表情不无遗憾地告诉我:"哎呀,昨天我一直以为你会来。"我满脸纳闷。他说:"有个写书的人,很想认识你,我让人家在这里等了很久。"他递给我一本厚厚的长篇小说,"你看吧,这是她让我替她代销的书。"我随意翻了几页,那字迹模糊的纸张和版权页的空缺,顿时让我预感到了什么不祥。为了感激杂志铺老板的热情,我顺手将刚从收报箱里取出的几本崭新杂志赠给他。我想,这是我对赠我杂志的主编朋友放大的尊重,其实我更希望读者感受到杂志编辑部同仁为读者付出的良苦用心。

可这样的光景,已然过去多年。掐指算来,至少有五年时间,我再没有去建设路邮局,294收报箱已在六年前一个沸腾的夏日宣告撤除。从此,记忆之城便多了一个老地方,它一直在等一个老朋友,只是挥不去的思念里,似乎我永远在别处,没有根,也没有乡愁。文学的出口在历史的进程中悄然进化,这六年几乎是新媒体迅速扩张的六年,也是杂志铺消失最为快速的六年,更是稿费单变成打卡记录的六年。

从此,风雨街头残存的294收报箱,如同一位扯掉了招牌的朋友,好比我常以异乡人的身份回到故乡,其过程充满了抵达的怀念和怀念的抵达。拥有光荣"毛体"书法定格的建设路,已载入我从别处下榻这座城市不可遗失的历史遗址。

有时,打车经过,很想看看杂志铺还在否,但始终停不下脚步。除了历史中的建设路邮政局,同城另一处更具历史面孔的暑袜街邮政局,也残存着一抹经年难忘的记忆,那青砖汉瓦白灰的邮亭建筑,至今想来也是一处文物级别的风景,那次我不仅在此买到发表我两首短诗的1998年第8期《青年文学》,还在这里看到了种类繁多的文学杂志,那是我初到成都见到杂志最多的地方,这同样也印证了当时热烈的文学气氛。

有一点突然。

杂志铺的新闻是2020年冬天出现在作家朋友圈的。我没有点赞,也没有急着去打卡。

一年之后的春天，终于，一个人两手空空从杂志铺出来，内心有一种说不出的孤独和苍茫，仿佛我就是一本无人赏读的杂志。在这座城市的文化风景里，最先消失于杂志之前的不是记忆地标的暑袜街，也不是建设路，而恰恰是那些走几步或拐个弯就能看见的花花绿绿的杂志铺。如今它的死灰复燃，并没有唤起我的兴奋记忆，反倒像一滴隐没于身体里的泪水，流不出太多的悲伤与喜悦。尽管依然喜欢翻阅杂志，总试图找回些什么，可心不在焉的思绪，却不再落于一本或一篇印象深的杂志作品之上，愧对文学之心如灌铅般沉重，那一刻有失文化尊严的感觉越思想越毁灭。

这家杂志铺是一处不足二十平方米的小铺子，是一座城市的唯一，也可能是文学在全国的孤独范本。当它以不可复制的文艺地标，悄然摆设在诞生过多位茅盾文学奖作家之地的红星路，新老媒体为此燃烧了一地热风，毕竟曾经满大街密集的杂志报刊亭已淡出公众视线，忽闻一夜清风徐来的杂志铺，被文艺风尚之人争先恐后刷爆各自沉寂的朋友圈。

只是我的情绪不再为此存在与说明。2021年6月中旬的一天，香港友人让我去报刊亭买几份登载我消息的《参考消息》，我跑过几条街不见报刊亭便已心灰意冷。与东野圭吾神秘的《解忧杂货店》不同，杂志铺是办刊人智慧凝聚的重要精神领地。三两张白色的小圆桌，一个有电脑结账的吧台，剩下的空间尽是琳琅满目层层叠叠的杂志。它们来自不同的城市和不同的街道，出自不同的编辑与设计师之手，历经不同的编辑部和性格迥异的主编，还有不同掌纹抚摸过不同纸张的印刷车间师傅。

要不是遇上高温天气去那儿办事，我绝不会到此吹冷风。

这里浓缩着辽阔的中国文学，富饶着几代人的共同追求，这些杂志有著名的"四大名刊"，也有张扬的"四小花旦"，有的来自穷乡僻壤，有的出自繁华都市，看上去几乎各省市有名的文学期刊都在此集合了，包括不少散落在民间的民刊也在此赶场，尽管时风让尴尬的文学之旗摇晃不定，但它们始终以文学的名义存续至今，不知有多少文人向往作品能够抵达那片天空，甚至有人将其立誓在上面发表作品，并当作一生的创作目标而努力。除了各类选刊、民刊，其中以诗歌、散文、小说等纯文学刊物居多。

好比去菜市场，萝卜青菜各有所爱，可摆在我面前的这些杂志，随意拿起一本毫无目的地翻翻，又无所谓地放回原地；才拿起一册诗歌刊物放眼目录，却无耐心继续欣赏。有那么一刻，我眼里只剩下一个被杂志围困的自己，没发现一个多余的看杂志的人。曾经热爱翻阅杂志的人都到哪里去了？就我个人而言，不是这些杂志穿的衣服不好看，而是觉得它们的长相与功能，给人太多太难的无力选择，这和当下许多痴刷抖音的年轻人，三秒刷过别人的喜悦和悲伤一样，看杂志的热情与耐心，已被快节奏的生活慢慢淹没。

作为写作者，报纸杂志无疑是文学作品亮相最直接的舞台。究竟是什么原因导致自己失去读一本文学期刊的兴趣？我想是随着个人的成长与写作的需求，阅读选择发生了有侧重的分身蜕变，翻阅报纸杂志的兴趣少了许多，研读中外经典作家书系的兴趣却与日俱增。

一个电话，让我从杂志铺撤了出来。街边的阳光强烈地投射到杂志铺的玻璃墙上，隐约可见反光的人面。通话完毕，我想我该往哪里去呢？约好来此接我的司机，此时还在堵车路上，于是，再次返回杂志铺：一对身上弥漫着百合香水味的闺蜜，是不是约好来此享受文学盛宴的？坐在吧台的女服务生，偶尔从电脑前探出头来瞅她们一眼。她们的对话有争论，也有叹息，然后是沉默。一时之间，所有杂志里的怪兽，都在窥视她们的沉默，同时也在窥视她们红色的高跟鞋，以及她们手上拈着的玫瑰色口红。她俩只顾打扮手中小镜子里的自己，也不看一眼杂志，似乎所有杂志里构建的文学世界都与她们无关——但她们的举止行为却可以成为文学表达的一种。我渴望看见她们能够伸手去摸一本杂志，然后读给彼此听，说不定她们还真能读到和自己命运相似的人呢，说不定凭借她们涂脂抹粉的力气，也能修改书中人的命运？可这不过是我，一个袖手旁观者的一厢情愿。

我的魂儿，似乎全然不在杂志上。

她俩的对话如枯萎的花瓣，无香无味，只是一种苍白的复调：你要是觉得和他搞不好关系，就趁早了断……

那我得回去给男人说说，要听他的意见……

三个星期前的一个午后，银杏树上白果落地的声音，充满了自然与城市对话的诗意。第一次同一位写小说的年轻人相约杂志铺的情景，感觉如同出席一场宴席。她俩此时的座位，正是当时我们坐过的位置。其实，那次我依然无心看杂志，只问女服务生要了两杯咖啡。那写小说的年轻人则不一样，他来一趟杂志铺，须从地铁二号线的尽头辗转四号线或三号线，如此周折一个多小时才能拜读到他心爱的文学杂志。他在郊区上班，工资如这座城市底层的大多数人一样，交完各种费用只够填饱肚子，但他却时刻想着文学的事，想着到杂志铺享受文学的盛宴。有时，他下班后赶到杂志铺，这里已经关门了。于是，他按照门贴上的电话打过去，对方说今天有事提前下班了，明天再来吧。他满脸遗憾地望着杂志铺神思好久。此时，他拿起一册海派文学杂志不愿放下，接着又从高格上取下一本先锋向度的文学期刊，他准备将自己的作品投向这些喜欢的杂志。他腼腆地介绍了那些发表过他的作品的杂志，看到某位作家的新作他两眼放光，他忆起他熟悉或陌生的编辑，像极了曾经那个既讲真话、抒真情又有点儿"自闭"的我。

忽然，一个"小鲜肉"的出现打断了我的察看与想象。我把注意力投放到他身上，他手里拿着一本结了账的年度诗歌选本，纯白色的封皮，血红色的书名，还有一本雅致的诗歌杂志。他蹲下身继续投入地在书页中翻找喜爱的某首诗，他清澈的眼神，让人看到不一样的心灵世界。我不知哪里来的勇气，克服了怪兽们沉默的指责，看着他手中的诗歌选本，像老朋友一样拍着他的肩问："上面有你的作品吧？"

他抹了一把微笑的嘴角，羞怯地回复道："没有。"

那张面孔和那个写小说的年轻人真有几分相似。他们都烫有微卷的小懒发，脚穿小白鞋，穿素净的外套，只不过眼前这个"小鲜肉"比那个写小说的年轻人瘦削一些，深陷的眼珠与书页中的诗行靠得很近。他夹着书的手臂看上去十分纤弱，上面布满了黑黝黝的毛子。他们都很年轻，至少比我年轻。我想，他们有一天到了我这个年纪，是否还能够保持阅读杂志的习惯？忽然想起了拉萨的洋滔先生，他退休回到重庆后，不仅每天坚持去图书馆阅读以补充新鲜血液，同时他积极创作并投稿，与杂志的来往不减当年。

于是，我迫不及待地将眼前看到的人和事告诉了那个写小说的年轻人，微信很快"叮咚"一声跳出一条信息，他惊喜地回复道：哇，快拍点儿现场的照片给我看。

可惜，我已在离开杂志铺的路上。

选自《四川文学》2022年第8期

朗月在天

李约热

壮族,《广西文学》副主编,广西作协副主席。主要作品有长篇小说《我是恶人》,小说集《涂满油漆的村庄》等。曾获第十二届全国少数民族文学创作骏马奖,2003—2006年《小说选刊》全国优秀小说奖,《民族文学》年度小说奖等。

二十年前,我在北京一家电视台打工。那个时候,电视台还是香饽饽,进出这里的人们,衣着光鲜,步履匆忙。怎么说呢,那个时候,在电视台工作,非常风光,每个人的脸上或多或少都挂着优越感,我自然也不例外。这是我一生中最高调的时期,虽然当时我在一个不起眼的栏目组打工,也足以使我走起路来目中无人、脚底生风,是二十年后我讨厌的模样——我经常拿着一部诺基亚5110手机,四处跟人联络,"好好好,不错不错不错,你知道吗,你知道吗"。工作上的事情弄得我晕头转向,很多工作之外的事也都七绕八绕绕到我这里来了,熟人朋友,熟人朋友的熟人朋友,都想方设法找到我,让我帮忙"解决问题"。我一般能躲就躲,躲不掉就敷衍。我就是一个小人物,攀上电视台这个高枝,在别人眼里母鸡变凤凰。我能解决什么问题?根本不能。

二十年前,离中秋还有十几天,在北京,我先后接待了两拨人马。

第一拨是表哥陈。

接到他的电话时,我还以为他这是和朋友来北京旅游,如果那样的话,我最多请他们吃顿饭,然后他们去观光,我去干活儿。一直以来,这是我接待老家来人的"规定动作"。

我在电视台东门见到表哥陈。他来北京,并不是"一拨",而是只身一人。

他下身的牛仔裤泛着油光,上身灰色的对襟中式粗布衣裳空空荡荡，很抗脏的那种灰；胡子拉碴，头发灰白，跟东门电视台接待室里那些忧伤的上访者没有什么差别。我上次见他是两年前，在广西老家，他回来扫墓，西装笔挺，头发光亮，俨然家族里的成功人士。短短两年，他变了模样。我心想，他是来告状的？

没错，他就是来告状的。

一见到我，就握着我的手，问电视台信访接待室里有没有熟人，让我想办法赶紧帮他递材料解决问题。我翻开厚厚的上访材料，密密麻麻，盖有很多人鲜红的手印（手印密密麻麻地盖在告状信上，表哥陈的身后，站着一支队伍，所以表哥陈和告状信上密密麻麻盖着手印的邻居，算是中秋节前我接待的两拨人马中的第一拨）。那段时间，因为电视台有一个曝光性栏目风靡全国，各地上访者蜂拥而至，自己遭遇的不公都想让电视台干预，使自己的问题很快得到解决。表哥陈来北京的目的跟他们一样：因为旧城改造，整条街都被拆掉了，街坊们对赔偿条件不满意，知道表哥陈有一个表弟在电视台，所以就推举他来京告状。后来我请他吃饭，表哥陈跟我说他已经跟街坊们说了，他们的问题，中秋节的时候，肯定能解决。他身上，有他们凑的份子钱，大概一万块。在东门，表哥陈对我说，如果需要请客吃饭，就尽管请，不要心疼钱。

他们的问题我可解决不了，因为我知道，海量的上访材料，最后成为栏目组选题的，寥寥无几。表哥陈来错地方了。但是看到他饥渴的、放手一搏、志在必得的样子，我就心慌，是因为电视台有他的一位表弟吗？他想得太天真了，在电视台有表弟的人成百上千，如果每个人都能"解决问题"，那电视台就乱套了。我跟他说我们还是按规矩去排队递材料，有没有熟人都一样要排队。我带他到东门旁边的接待室，跟他一起排队，排了很久，才把厚厚的材料交给接待人员。表哥陈多嘴，递材料的那一刻，他指着我对接待人员说，他是我表弟，也在电视台上班。接待人员瞟了我一眼，朝我点点头，这让我无地自容。

晚上我请他吃饭，我们喝燕京啤酒，每人喝了三瓶，他就失控了，在小酒馆，抱着我哭，他太委屈了，白天的饥渴、放手一搏、志在必得完全被希望死马能变成活马的哭号所代替，其实他很清楚他此次来京告状成功的概率，从失控前的言谈中，我知道确实是因为有我这个表弟，稻草一样的存在，才让他动了进京的念头。

我这才明白自己责任重大。

但是我又有什么办法，三瓶啤酒下肚，面对情绪失控的表哥陈，我也变得情绪化起来，我恨自己混得不好，我为什么不是一个手握重权的强人？！如果是那样，谁敢欺负我表哥，我就收拾他。我被自己的想法吓了一跳，如果有机会我也可以变成一个狠人呀。再想想无力的自己，唉，变成一个狠人，这辈子恐怕是没有机会了。我突然有片刻的幻觉，似乎某种魔法上身，面对三瓶啤酒下肚就失控哭号醉态尽显的表哥陈，我拍胸脯说，我帮你找人，我帮你找人，争取在中秋节，解决你的问题！

表哥陈停住号啕，整个夜晚，他等的就是我这句话。你要说话算话啊，他说。

我一下子就清醒了。我觉得我闯祸了，接了一个烫手的山芋。我脑子虚空，身子虚脱，大话说过之后，一般就是这样的一种状况。这事怎么办，我也不认识什么人啊。也就清醒片刻，酒劲又涌上来了，先别管这些吧，我想尽快结束这个夜晚。结束这个夜晚最有效的办法，就是往死里喝，喝醉了，夜晚就溜过去了。

从第二天开始，我的手机每天都接到表哥陈的电话，上午一个，下午一个，有时上午两个，下午两个，他在催"办事"的进度。

既然说了大话，那些天，我只好厚着脸皮在台里四处找人，结果可想而知。后来，表哥陈干脆不打电话，而是每天都来电视台东门等我，我一下班，他就撵上来，怎么样，有消息了没有？离中秋节没有几天了啊。天天如此，我心烦意乱，就有了怎么样才能躲开他的想法。这个时候，朋友介绍一个"私活儿"，去西部某地拍一个"风光片"，刚好我也想躲我表哥，就答应了，于是，中秋节前的一个星期，我又见了第二拨人。

还是在东门，这一拨人有六七个，领头的中年人是个瘦高个儿，西服的垫肩用得太狠，肩膀几乎要起飞——也不是每个人都适合穿西服，比如说我，比如说他，穿了难免就会产生喜剧效果。中年人跟我握手，介绍他身后的几个人，谁谁谁，谁谁谁，介绍完之后，带我到电视台西门对面科技情报所的咖啡厅，边喝咖啡，边商量怎么样去拍"风光片"。

他的老家，西部一个小镇，搞旅游开发，要拍一个十分钟左右的片子。这样的"私活儿"以前我做了好几个，轻车熟路，来回也就四五天时间，不影响台里的工作。没什么废话可说，我一上来就问什么时候出发，有什么样的要求，什么时候交片子。他们也没有讲很多的废话，一一回应之后，把定金给了，一杯咖啡都没喝完我们就散了。

刚出科技情报所的咖啡厅，表哥陈就在门口堵住我，迫不及待地问，他们答应帮我解决问题啦？我一怔，原来他把我跟这些人商量拍"风光片"的情形当成商量怎么帮他解决问题了。我哪有这么神。他也没问我，他们是些什么人。我说，表哥，我们这是在商量工作上的事。他很失望地"哦"了一声。我又跟他说，表哥，我要出差几天。我没有在他那件棘手的事情上停留，我是个软弱分子，我只想逃离。我的表哥毫不气馁，他问，你去多少天，是不是中秋节都不回来。我说是。表哥表情落寞了，说，我的事，中秋节解决不了，中秋节以后也可以，我等你。

中秋节前三天，我和摄像"刘欢"跟那个中年人一起坐火车前往目的地。"刘欢"是电视台技术部的工作人员，有一回老家来朋友吃饭，我邀他参加，朋友们一见他，就觉得他像刘欢，纷纷跟他合影。"刘欢"长头发，扎马尾，在台里，我们并不觉得他长得像歌唱家刘欢，因为歌唱家刘欢经常在台里出现，已经深深刻在脑子里了。我那些远方的朋友，隔山隔水，难得来一回北京，一看到长头发、扎马尾的技术员"刘欢"，就扑上去跟他合影，真是距离产生幻觉啊。写这篇文章的时候，"刘欢"的真名我已经想不起来了。只记得当年他跟我一起到西部小镇干这个"私活儿"的情形。

我和"刘欢"坐软卧，中年男人和他的"那一拨"坐硬座。由此可见这个摄制组经费有多紧张。从北京到那个西部小镇，坐火车要两天一夜，中年男人只是在该吃饭的时候到软卧车厢来，招呼我们去餐车吃饭。跟那天在科技情报所的咖啡厅不一样，在科技情报所的咖啡厅，他畏畏缩缩，不敢多说话，大概是怕我不接这个活儿；在餐车里，他大放光芒，神气活现。他给我们介绍即将见到的山乡景色，如何如何漂亮，如何如何美丽。他还是穿那件肩膀要起飞的西装，时而左肩高耸，时而右肩高耸——他的话如此之多，他的肢体语言如此丰富，真是让我大开眼界，他的表现，可以用上蹿下跳来形容。开始我们是相信他的，因为北京那两年沙尘暴频频出现，全国人民开始编关于北京污染的段子，从山清水秀的地方来的人，经常在北京人面前展现优越感。可是我们渐渐就有了疑虑，我们到过的地方不可谓不多，见到的美景也数不胜数，都已经麻木了，哪里还有什么景色能把我们镇住？像他这种"自杀性"的推介，我们还是第一次遇到。什么叫"自杀性"推介，就是他拍着胸脯打包票，如果他们那里的景色打动不了全国人民，他就从山上跳下来。这就让我产生疑虑，觉得他有点像卖狗皮膏药的江湖术士。看着他兴高采烈的样子，我没有阻止他胡说八道，装着饶有兴味地听着，也没有让他觉察到我对他的不信任。就这样我们从北京一路颠簸来到了那个西部村镇。

我们在夜晚到达。月色清凉，一排排房子横着、竖着，灯光从窗口和门缝透出来，打在街道上，把街道衬托得格外朦胧。电视机、收音机、大人小孩儿说话的声音若隐若现。这些光影和声音，汇成这个西部小镇最基本的底色——这几乎是被世界遗忘的地方。

先是吃饭。在一户农家，大概是中年男人的什么亲戚，七八碗菜摆在桌子上，我和"刘欢"没有太多的客套，埋头扒饭，匆匆打发了晚餐。然后睡觉。我们被安排到另一户农家，分睡不同的房间。一座瓦房，有阁楼，有天井，透过房间的窗口能看到天上的月亮。还有两天就是中秋节，月亮还没圆透，但也不算残缺，我突然想起，自己已经许久没有留意头上的月亮了。这些年我匆匆忙忙，搭车赶路，都在忙些什么呀。关了灯，打开窗，让月色铺在房间里，闭上眼，还能感觉到那片清凉。我突然对第二天的拍摄充满期待。

但是第二天我们就失望了。这里根本就没有什么美景。我们坐在一辆吉普车上,被中年男人带到水边,带到山间,带到树林里,带到破旧的庙宇前。所有的景致都不会让人想到"旅游"两个字,倒是"贫困"两个字常常跃上脑际。那个中年男人,如果像他说的,这里的美景镇不住全国人民,那他就从山上跳下来的话,他至少要在我们面前死上五回。在水边,中年男人指着那片水域,对我们说,这里要把两座山之间的豁口用水泥堵住,这样一来,这里就变成可以在上面泛舟的平湖。你说,是不是很美?在树林里,他说,这里以前是个古战场,以后要变成野战游乐场,人们将在这里玩打仗的游戏。在那座古庙前,他说,投资一个亿,建成西部最大的庙宇,最少养五十个和尚……一种被骗的感觉涌上心头。"刘欢"的摄像机在中年男人的指点下扫了一遍之后,再也没有兴趣扫上第二遍。我们大老远从北京来到这里,就是为了拍这些破景致?中年男人到底想干什么?当天晚上,吃过晚饭,回到夜宿的农家,我和"刘欢"聊了起来,"刘欢"很厉害,一下子就猜出中年男人请我们来的用意。其实"刘欢"在火车上就猜出来了,他一直没有说破,拍摄的时候也是很配合。"刘欢"说,他花钱请我们来,就是为了显摆,利用我们电视台人的身份,在这个地方抬高他自己的身价,有可能想利用我们来这里赚地方的钱。我想起来了,在我们"拍摄"的时候,就有当地的官员在陪同,他们对中年男人恭恭敬敬,像对待财神爷一样。

"刘欢"的猜测得到应验。第三天是中秋节,中年男人没有再带我们去看山看水，而是在镇上走，指指画画，街上的人全都围了过来。"刘欢"很配合，从始至终都在拍摄，而我，像吃了一只苍蝇，恶心得想吐。我想早点儿结束这出闹剧，但是又不好发作。街上所有的人都对我们投以羡慕和期盼的眼光，我们这个"摄制组"，在中秋节这一天，被这个小镇寄予多大的希望啊。后来我看到大名鼎鼎的朱塞佩·托纳多雷的一部电影《新天堂星探》，一个假摄制组带着一台摄影机来到西西里，骗钱骗女人，我们无形中是不是也跟他们一样？

当天晚上，朗月在天，我和"刘欢"泡在镇旁边的水渠里，水渠弯弯曲曲，全是月亮的光辉，干净、清亮。四周的野地，野草丰盛，野鸟鸣唱，这样的景致，确实把我们镇住了。"刘欢"说，得了，这一趟，就当中秋野游。我知道他这话的意思。他说得很轻松，但是，这个"片子"我们怎么完成？毕竟是我接的"私活儿"。"片子怎么办？"，我说。"刘欢"说，放心，我们的任务已经完成，那人不会再催你交片子了，你就安心享用这天上的月亮和水里的月亮吧，这样的情形以后不会再有了。"刘欢"比我有经验。我突然想到表哥陈，这些天他都没有跟我联系，是不是已经绝望回家了？

正如"刘欢"所说的那样，中年男人送我们上火车后，再也没跟我们联系，好像这一切，从来没有发生过。回到北京，我又见到表哥陈，他依然对我抱以热望，直到最终的失望。

关于中秋，我不会抒情。月亮清朗，人间辛苦，正是因为有这样的"平衡",才让我们安之若素。那一年的中秋,我和电视台技术员"刘欢"泡在西部小镇的水渠里,看着头顶的朗月,我忧心忡忡,以致把两张毫不相干的脸庞投射到月亮上面。一晃二十年过去,表哥陈和中年男人与我再无交集。现在我突发奇想,我们不是很快就能登月吗?我们英勇的登月勇士,当你们在月亮上面进行科学实验的时候,能否替我问候曾经被我投射到月亮上面的两张脸庞?谢谢!

选自《民族文学》2022年第9期

细毛与茶

王晓莉

江西省作家协会副主席。出版有散文集《不语似无愁》、绘本《大旅社》等。作品入选《新中国70年文学丛书·散文卷》等数百个国家级选本。曾获《散文选刊》年度华文最佳散文奖等。

家旁边新开了一家小茶楼。来了朋友，自然是个方便的去处。这样喝了几次后，发现店里的茶好喝，价格也公道，环境也很清幽，我就常常去。就算有时一个人，也会慢慢走去，要杯茶慢慢喝着，找个理由看看"人"的风景。

茶楼老板三十几岁，看上去倔头倔脑的，眼神倒是有点沧桑。没事的时候，手里总拿着一杯茶咕噜咕噜地喝，喝完还总要很满足地吸一口气，好像他不是老板，就只是一个茶客。

只有一个女招待，估计是他的妻子。和他相反，是个灵光得很的人。哪个客人来，她三言两语就可以把人安顿得好好的，八面玲珑。

起初我去店里并没想认识他们，因为没必要嘛。

有一天，我正一个人喝茶。因为坐得离收银台很近，就听见有顾客跟老板讨价还价。

"你这普洱 98 块一壶。真不真哦？"

"当然真。"

"太贵了。给我和我朋友来一壶，算 80 块吧？"

"贵？你再说贵就加收 9 块钱。"老板眉毛一挑说。

"为什么？"客人不解。连坐在一边的我也疑惑，不加 8 块不加 10 块，为什么单单加 9 块钱？

"你去数数，贵字是多少笔画？"

我在自己掌心里默写了一遍"贵"字：原来"贵"字，一共是 9 画。

接着又听他说:"我这还是按简体字算。要按繁体,加收你12块。"

我差点儿笑得喷出来,带出嘴里的那口茶。在这里看了这么久的茶客,原来最有趣的是这个茶老板。

我决定多这一句嘴。就跟客人说:"你别还价了。他们家茶很好喝的,我是常客呢。"

客人倒也没啰唆,点了单就回座位了。

"还是你这样喝茶的好,一点都不麻烦,到了这里,就只是安安静静喝茶、聊天或者看书。不会像有的客人,要么要找扑克牌打通宵,要么要唱歌唱得四邻不安。还不敢得罪他们。"那个灵光的女人说。这也算是一种委婉表达的谢意吧。

"有什么怕得罪的!本来就应该像她这样嘛。茶楼又不是酒吧和KTV。"老板又来了这么倔头倔脑的一句。

就这样,认识了老板细毛和他老婆。从细毛老婆的嘴里知道了细毛特别爱喝茶,来喝茶的人,和他比全是小巫见大巫。每天早上,他一定要泡一杯很浓很酽的茶喝,就算早晨五点要出门,也会忍耐着浓厚的睡意,提前起床,留出可以喝茶的时间。别人是以天光表示一天开始,细毛却是以喝一大杯茶为标志。如果是去外地,他更要精心筹划。收拾行李时,第一件事就是要用信封包好足够的茶叶——旅馆或接待方提供的茶叶再好,他也是喝得非常无味的——这才底气十足地出门。

细毛有一肚子茶经,而我恰好对此有点儿兴趣,这样我们就慢慢熟悉了起来。有一天,和细毛聊龙井、普洱这些名贵茶叶和江西茶叶的区别。细毛就说,江西好山好水,出品的茶叶比如婺源"大鄣山"、遂川"狗牯脑",都不会比杭州或者云南茶叶差。

那你自己喝的是不是江西茶呢?我看看细毛的茶杯说。他杯子里黑乎乎的,酱油一样——我早就对一个茶楼老板喝什么样的茶感兴趣了。绿茶清澈见底,红茶色泽明艳诱人,我却看不出细毛杯子里是什么茶。

"他呀,喝的是这里最便宜的那种。"细毛老婆指着招牌单上最末一行给我看。上面写着:"茉莉香片,8元一壶。"

我的确没想到,就笑着说:"肯定里头是有故事的。"

没想到这一问,使我与细毛的友谊加深了起来。我知道细毛的故事,也是这样开始的。

细毛的成长,与一般的孩子稍有不同。在细毛的印象里,母亲是从农村改嫁过来的,因此父亲内心总有一点看不起这个二婚的妻子。虽然这种隐秘而长久的歧视并未波及细毛——他是他俩亲生的孩子,但儿子捍卫母亲却如母亲保护儿子一样,都是天性。细毛因此总在父母争执时自动站在母亲一边,也因此总与父亲隔了一层。

细毛15岁那年,开始叛逆。母亲贤淑,却无多少文化,因此总是父亲出头来指责与教训细毛。17岁快要高中毕业时,有一天,为了学业上的一点小事,细毛竟与父亲大吵一架,离家出走了。

他跑到另一个城市,跑到一直疼他的外祖母那里,从此就在那里住了下来,找工作、娶妻、生子。母亲时常来电话要他回家,试图劝说父子和解,却从没有一次成功过。

细毛想念家里的时候,就打电话回去,但是一听到电话那头是父亲的声音,就"啪"地扔下听筒。要不了半天,母亲准要偷偷打电话来,说父亲如何吃不下饭,只坐在那里喝茶,一言不发。

"我一看见你爸爸闷头喝茶,饭也不吃,人也不理,就知道你又气你爸爸了。"母亲说。

但是谁也不肯先妥协。而且人与人之间的疙瘩,结得越久,越是解不开。

有一天,母亲来探望细毛和外祖母,住了些天。临到要走,又提到父子间这场持续多年的"战争",希望细毛跟她一起回去。

细毛只捧着茶杯,咕噜咕噜地喝,始终不吭声。

母亲实在逼急了,突然恨不成声地说:"你看看你喝茶的样子,和你爸爸一模一样啊。"

细毛愣住了。他走了那么远,就是要逃开与父亲有关的一切,怎么可能会像他? 他随即分辩道:"谁会像他!"

"还不像?"母亲说,"我在这里住了这么多天,我不知道谁知道! 你们两爷崽,连喜欢用大茶缸子喝茶都一样!"

夜里,细毛想着母亲的话,怎么也睡不着。他爱喝茶,但从没往遗传学上想。现在母亲一挑明,他知道,事实就是如此。

父亲是个嗜茶如命的人,也可以称得上是方圆几里的"喝茶冠军"。这是细毛从小就明白的。从他记事起,父亲的茶汤就一直浓得匪夷所思,不知道的人会以为他是在喝酱油。但他根本不以为苦,反而觉得喝这样的茶才过瘾。一大早起来,第一件事总是去烧开水。而且从母亲嘴里得知,即使父亲现在已经70岁了,还是要在临睡前喝一碗浓茶——完全不影响他酣畅淋漓地一觉睡到天亮。

而且,确如母亲所言,连装茶的杯子也像。

细毛的杯子大得要用双手才能捧住杯身。好在有茶杯柄手,否则单手是握不住的——他在杂货店里淘了几年,才碰到一次这么大的,当时立即买了一对回来——防备着摔坏一只,还有一只。老婆看他喝茶的样子总觉得滑稽:什么茶杯子没有,偏爱用这么大、这么粗糙的,真不知怎么回事。

现在细毛自己也明白,这也得自父亲遗传。父亲最喜欢用巨大的杯子喝茶。有一阵子他甚至端着搪瓷缸子喝。那是家里从前用来熬汤的缸,后来父亲嫌茶杯小不过瘾,就把它清洗干净用来煮茶,煮开之后晾一晾,他就直接拿着这"升级版"的茶杯喝了。

细毛逐渐开始沉默。喝茶的时候仿佛茶水会照见自己的影子似的,不看杯底。有一天,母亲来电话,说:"你爸爸病重,回来吧。"

母亲以前也这样说过几次,每次细毛都执拗着不理。这一次,他却仿佛感应到什么,拔腿就去了车站。

到了家,才知道父亲已不怎么行了。他到了床前,叫一声"爸",父亲嘴角努力做出一个微笑的动作,却很难看。父子俩都没有流泪,却完全体会到了"相逢一笑泯恩仇"的感动。

他服侍了父亲几个月。医生说不要喝茶,父亲仍坚持要喝。他于是泡一杯浓酽的茉莉香片。他在床尾喝大杯,父亲则在床头,一小口一小口啜饮。

——他以为自己走得离父亲越来越远,其实走了一大圈,又回到了原点;他以为自己是一条无名的河流,其实逆流而上,远远看见的,正是父亲。

——他一下子明白了父亲很多。

后来细毛就开了这家茶楼,觉得每卖出一杯茶给人喝,心里都很舒坦;又觉得如果父亲在世,也会来这里喝茶。

"我虽然给父亲送了终,却没有尽到孝。"细毛慢慢地说。他喝一口茶之后,总要习惯性地、满足地吸一口气。

细毛又掏出钱包,透明卡位嵌着张三代全家福。在他家老式祖屋前,一家子挤挤挨挨在一起。前排有个人,脚边放了只巨大的搪瓷茶缸子。

"这是你父亲……"

我没有见过细毛父亲,但我一眼就认了出来。老实说,他们的长相并不怎么相似,但是那只盛着茉莉香片的大茶缸子,是怎么也回避不过去的。

节选自王晓莉《恍惚三章》,《福建文学》2022年第9期

昙花绽放

蒋子龙

1962年开始发表作品,曾任中国作家协会副主席。著有长篇小说《农民帝国》以及中短篇小说集和散文集多部。曾以《乔厂长上任记》《赤橙黄绿青蓝紫》等作品多次获全国优秀短篇和中篇小说奖。

心不在焉地摸出钥匙打开房门。在门边稍微停顿一会儿，让自己的眼睛适应室内的黑暗，然后再进屋。一抬头，赫然吓了一跳，借着窗外的微光，看见屋子中央站着一个人，轮廓一团乌黑。

"谁？"我高声问道，却没有得到回答。

打开屋顶的大灯，原来，是我那盆昙花。

知道它今天夜里要开花，早晨，给它喷了水，洗净叶片上的尘土，就如同给即将出嫁的姑娘梳洗打扮一样。因它太高大了，最高的几片叶子，高过了我的头顶一截，其枝叶繁茂，头重腰细，像舞台上打扮好了的美女。一靠近它，它就款摆腰肢，姿态迷人。

早晨，我从阳台上往屋里搬的时候，抱不动整只花盆，被迫半抬半拉、小心翼翼、一点一点地挪进书房的中央，像侍候一台端坐着新娘的大花轿。

昙花绽放，是它自己的大事，也是我生活中的妙事。每到这一夜，我都像守岁一样凝望着昙花从开到落的全过程。刚才，竟把这样一个重要的节日，忘到九霄云外去了。

从早晨离家，到晚上回来，十几个小时在外面奔波，却冷落了极为敏感的昙花——罪过，罪过！

花为人开，花蕾吸收了人的精气才开得水灵。人宠花，花宠人。每年此时，花蕾的笑口已经大开，临近子夜，火爆爆地怒放，昙花的生命达到巅峰状态。

今晚，由于我粗心，它可能以为自己被遗弃了，半尺多长的花蕾，如同白天鹅，怒冲冲地弯脖子拧头，尖嘴紧闭。

忙打开写字台上的灯和书柜前贼亮的聚光灯，把灯口都转向昙花，让屋内一片通明，准备迎接昙花辉煌的"一现"。随后，我搬着凳子坐到它跟前，眼对眼，嘴对嘴，真诚地表达自己的歉意。从现在起，寸步不离地守护它、赞美它。

昙花也激动起来，花蕾微微颤动，如天鹅抖动颈上的羽毛。包在外面的根根红针，像伞骨一样挺直、撑开……好大的排场，若红日未出，先见光芒。

光芒既现，轰轰烈烈的日出就呈现在眼前。绿的，像窗外的夜色，厚重、坚实；白的，尖锐、轻巧，一心要突破绿的笼罩。弯弯噘起的尖嘴儿，眼瞅着就咧开了，一股宜人的香气立刻喷射出来。

我把脸贴上去，猛吸几口。一团浓香，一股清凉，从喉头直坠肺腑。立刻觉得，五脏六腑，清洁透亮，如醉如痴。刹那间，忘记了尘世间的一切荣辱喜忧，身内身外一片圣洁宁馨。

花瓣颤动，千娇百媚，愈张愈大，愈大愈白，奇迹般有节律地伸展开来。昙花简直是在讨好我，绽放出自己活泼泼的生命，眼对眼地、让人目不暇接地开放了。一团绒毛般的白线，簇拥着洁白娇嫩的花蕊，白得高贵，白得纯净。

如刀如剑的绿叶上绽开一朵朵巨大的白花，它们是按照一个口令，踏着同一个节拍绽放的。满屋弥漫着醉人的香气，我胃里发出一阵贪婪的鸣叫，真恨不得立刻就把所有花蕊及蕊上的花粉吃掉。

昙花那楚楚动人的神态，又让人下不去嘴，它是专为我开的，躲开所有的人，躲开君临万物的太阳，不凑热闹，不争喝彩，藏进黑夜，躲在刀丛剑树的叶片之下，自甘寂寞，只为悦己者"容"。它又是多么傲慢，多么自得。

这是好兆头，今年昙花开得最多，也开得最为壮观，今年的运气或许不错。

"昙花一现"从来都是贬义。这是文人们编排出来的。一般人喜欢好吃多给，喜欢坚固耐用，喜欢"死不了"或不死不活，甚至是"好死不如赖活着"……他们轻易看不见昙花开放，便嘲笑它的"一现"。

正因为它"一现"即逝，才更说明它清逸、珍贵、不同凡响。人活一世，能像昙花这样轰轰烈烈地"一现"，足矣！

天下英雄多是"一现"，瞬间永恒。世上还有多少终身未能开花的人生，谈何"一现"？

昙花香气刺激了我的感觉，心里涌动着一种奇妙的兴奋和欲望，世界上的各色人等，该如何让自己的生命开花呢？

世间万事万物都有自己的规律，心念的律动合乎外部客观规律，生命不愁不开花。譬如：昙花子夜盛开，夜来香傍晚吐蕊飘香，蛇麻花在寅时才露笑脸，牵牛花在清晨打开喇叭，冬梅、秋菊、夏荷、春牡丹……还有动物，蝙蝠只在天黑时才飞出来捉虫，公鸡叫三遍后天就放亮，鸭子繁殖有周期，鹿角的生长和脱换同样有规律……

至于人，体内更存在着有规则的生理节奏：体温、血糖含量、基础代谢率、激素的分泌等等，都随着昼夜的交替而变化。凡是生命就具备进化的适应性，自有其特定的活动变化规律。

如此看来，人又何尝不像昙花呢？与天地相参，与日月相应，由于地球自转，太阳光对地球的照射强度，在一昼夜内呈周期性变化，人体内气血的运行也随之改变，以相适应。

昙花摇曳，花影婆娑，花蕊弹拨出一种乐声，意境悠远。我被震撼了，生出一种莫名的虚幻的激动，和着昙花生命的韵律，仿佛能进入一片祥和的精神高地。

选自《河北日报》2022年11月4日第10版

有所思

彭程

光明日报文艺部原主任，高级编辑，中国作家协会散文委员会委员，全国文化名家暨"四个一批"人才。出版散文集《心的方向》等多种。曾获中国新闻奖、冰心散文奖、丰子恺散文奖等奖项，并获第八届鲁迅文学奖提名。

有所思,乃在大海南。

——

汉乐府

左边是山,右边是海。

从住处楼房十二层上的阳台向外望去,前后左右,一百八十度视野范围内,海南岛东海岸中部偏南的位置上,一处小海湾的景色尽收眼底,毫无遮挡。

分界洲岛就在正前方几公里外,狭长的形状像一副马鞍,浮在蔚蓝色的海面上。冰川期的海水侵入,让它与原本连为一体的陆地分离开,从此相守相望。岛上树木葱茏,碧海银沙,有海钓、深潜、水上摩托等海洋旅游运动项目,吸引了不少游客,每天有多班渡轮来往于岛与岸之间,单程只需要一刻钟,船尾拖出一道长长的波纹,很远就能够望见。

视野左边是一道绵亘厚重的山岭,绿沉沉的,一直延伸到海边。隔上一段时间,就会看到一列银白色的环岛高铁列车,从山麓处无声地驰过,倏忽即逝,小巧得像一个儿童玩具。目光沿着林木蓊郁的山坡爬向上面,重峦叠嶂接续不断,高处飘着大朵的白色云朵。在一座山峰最高处,稍为宽展的地方,建有一座气象站,正方形建筑的屋顶上矗立着一个巨大的白色圆球，在阳光下闪亮耀眼。

这一道高峻的山脉叫牛岭，是五指山脉的延续，海南地理和气候的南北分界线。分界洲岛是它跌落海中的一部分。一岭之隔，却有着十分明显的差异，特别是在冬天，岭北经常阴郁多云，潮湿寒冷，而岭南却是阳光明媚，温暖干爽。

从站立的位置望去，山和海并非等量齐观。海的体量更大，占了视野中三分之二的区域。目光自正前方移向右后方向，看到被一幢楼房弧形的转角遮挡住的一个海岬，需要转动脖颈才行。我将更多的心思花在看海上，让积攒了一年的向往，最大程度地获得餍足。

观赏大海色彩的变化，就占去了我不少的时间。

一天中，海水的颜色变幻多端。我最喜欢晴天时中午前后的那两三个小时，堪称最为华彩。海水碧绿，浓郁、纯净而明亮，仿佛一整块上好的翡翠，以一种流质的形态，摊开在阳光下面，微微漾荡。其他的时段，则呈现为浅灰、淡绿、深蓝以及我叫不出名的多种色彩，对应的是色谱表上不小的区域。

即使是同一时辰，如果仔细分辨，远近之间，颜色也不尽相同，分为深浅浓淡的不同层次。那最为深浓的中间部分，是正在向岸边涌来的海浪，仿佛一排排抖动着的皱褶，越来越近，越来越高。在视野右前方位置，隐约看到一簇突出海面的礁石，海浪接近它们时，已经高出不少，然后猛烈地撞过来，破碎成一大片浪花，伴随着白茫茫的水雾，可以想见冲击的力度。

从阳台下瞰，小区围墙外面是一个村庄。村子不算小，大概有上百户人家，房屋连绵错落，从各种树木搭接交织的枝柯缝隙间，可以看出被遮掩的村道的纵横走向。家家的屋顶上，太阳能热水器的储水罐闪闪发光。与上一次来时相比，正前方被房屋和道路围合着的一片草地的边缘处，新建了两幢三层高的房子。记忆回返到八年前，第一次来这里时，村子里的房屋破旧简陋，屋顶是一片黯淡的灰黑色，如今大多数都新建或翻新了。变化是明显的，只是时光的缓慢流逝稀释了这种感觉。

也有不曾变化的地方。那一大片草地上，每次来时都能看到一群牛，最多的时候有二三十头。它们从邻近大路的几栋房屋间的豁口走进来，悠然地埋头吃草，一副神闲气定的模样。云朵的大片阴影投在草地上，明暗交织，很像照片里的国外牧场。牛的身旁总有一些体形颇大的白鸟走动，不时伸出长喙，在牛的脑袋上啄食着什么，有时还跳到牛背上。这也属于生物界的一种寄生现象吧。有意思的是，这些牛自己会排成等距离的队列，慢腾腾地甩动尾巴，秩序井然地穿过草地，走进村子里的窄巷，走过人家的门口，又从巷口走到楼下的道路上，一直走到大路转角处，消失在视野里。

我下楼走出小区的大门，沿着大路向右走一百多米，便拐进了从楼上俯瞰的那条路，朝着牛队行走的相反方向，不久就走到了海边。

自阳台上远远地眺望的景色，此时清晰地呈现在面前。这是一片清静的海滩，与旁边游人较多的海滩之间，被一丛伸入海中的嶙峋乱石隔开。一块巨大而平坦的岩石上，有几个姑娘正在拍摄婚纱照片，白色的拖地裙裾不时被海风扬起。我背过身走向远处，弯下腰捡拾纽扣大小的贝壳。它们在沙滩上看毫不起眼，但拿回家，冲去泥沙放进玻璃瓶里，便立刻不一样了，有一种特别的玲珑精致。

海水涨潮了。我向后退去，回到海滩的最外端，好几排高大的木麻黄树矗立着，几处沙滩坍陷的地方，裸露出虬结杂乱的树根，旁边散落着几颗大小不同的椰子，看外壳的颜色样貌像是有些时间了，该是被海水浸泡过，又被涨潮冲回岸上。

周边十分静谧，只有浩荡浑厚的海浪声，依照固定的节奏传到耳畔。这样的环境，适宜漫无际涯地想一些事情。我坐在一截躺卧着的枯树树干上，数点自己过去十来年间在这个海岛上的履痕。

我想到了古老的昌江黎寨，火焰般怒放的木棉花瓣映照着船型屋的茅草屋顶，身着传统服装的老妇眼眶深陷，古铜色的脸上刺着黑色的纹饰；想到了白沙鹦哥岭自然保护区的青年团队，一群来自天南海北的大学生诉说着自己的梦想，年轻的脸庞上跳荡着青春的光彩；想到了万宁兴隆的热带植物园，蓬勃繁茂的树木生机旺盛，在阳光映照下，仿佛看到阔大叶片中有汁液在流动；想到了琼海潭门小镇的渔港码头，数百艘渔船即将驶往南沙海域捕捞作业，拜祭龙王、舞鲤鱼灯等祭海仪式正在广场上热闹地进行;想到了五指山通什的海南省民族博物馆,那些耕作和狩猎的简陋器具,见证着原始荒蛮时代先民生存的艰难;想到了文昌的航天发射场,我曾经近距离地观看飞船发射,火箭升空时巨大的呼啸声,至今仿佛还在耳旁回荡。

闲居无事的日子,古典诗词是很好的陪伴。我随身带了几册古诗,时常坐在阳台上的藤椅上,随意地翻阅几页。

此时,目光停留在一本汉魏南北朝诗选上。收入书中的那首汉代乐府《有所思》,已经不知读过多少次了,但仍然让我愿意再一次沉浸于它的字句中:

有所思,乃在大海南。何用问遗君,双珠玳瑁簪。用玉绍缭之。闻君有他心,拉杂摧烧之。摧烧之,当风扬其灰!从今以往,勿复相思,相思与君绝!……

这是汉代乐府《铙歌十八曲》之一,各种选本几乎都会选入。一位痴情的女子,思念远方的情人,精心挑选用花纹美丽的玳瑁甲片制作的发簪,又用美玉装饰起来,作为信物赠送给他,表达自己炽热的情意。但当她得知心上人背叛了自己,满腔柔情瞬间化作强烈的怨恨,愤然地把心爱的定情物打碎,烧掉,再将灰烬投进风里吹走,不留一点痕迹,并发誓从此与负心人一刀两断,一丁点儿不再想他!口气激烈,行动决绝,全无一点犹疑踟蹰的气息。最强烈的爱,总是潜伏了更多的危险和毁灭。

　　该是与我此刻置身的地理位置有关，这一次阅读时，我忽然产生了一个陌生的想法，一种猜谜式的念头：诗中提到的"大海南"，大海之南，会是什么地方？女子思念的对象就在那里。

　　我也知道，在古诗的语境中，大海之南，指代的是一个寥廓无垠的广阔区域，不一定是今天行政区域意义上的海南，更大的可能不是这一个海南。在漫长的古代，这座远在天边的岛屿是真正的边疆僻壤，很少被人们想起和提及。诗中的有些消息，倒是可以与这里沾上边，如海岛出产的玳瑁，自秦汉时代起就是进献给朝廷的贡品，但这种关联也只是相对的。在闽粤漫长的海岸线上，不少地方也出产这种物品。

　　不过在此时，身处海岛的一隅，我倒是愿意将此处代入诗中，使它成为诗中那个字眼的所指。海岛孤悬海外，又恰好位于大陆版图的中线之南，也说得过去。当然，这只是我自己的一个偶发的意愿，一种类似游戏的想法。这该是一种爱屋及乌的移情吧，起源于对这个地方的喜欢。它对什么都没有妨害，因此也不涉及应该不应该，合适不合适。

　　一首海南黎族民歌《久久不见久久见》，被我下载保存在电脑里，反复地播放。

　　到一个地方听当地民歌，别有感触。几年前第一次听到这首歌，我就为曲调中流淌着的深情所打动。它用海南方言演唱，舒缓绵长，婉转悠扬，听着歌声，眼前浮现出皮肤黝黑的男子，娇小纤细的女子，在椰林里，在棕榈树下，含情脉脉地对唱，眼睛中闪动着光亮：

久久不见久久见，
久久相见才有味，阿妹哎，
好久不见真想见，阿妹哎，
见到阿妹心欢喜，阿妹哎！
久久不见久久见，
久久相见才有味，阿哥哎，
好久不见真想见，阿哥哎，
见到阿哥心欢喜，阿哥哎！

接下来的两段，语句大致相同，只是由男女对唱变成了迭唱，呼唤的对象在两人口中有"阿哥"和"阿妹"的区别。这种反复的回环咏叹，正是许多民歌的特点，也是最早的民歌《诗经》中《国风》里十分常见的方式。仔细品味一番，这首民歌不是有类似《月出》《桑中》等诗中的情调和韵味吗？——"月出皎兮，佼人僚兮，舒窈纠兮，劳心悄兮"，"期我乎桑中，要我乎上宫，送我乎淇之上矣"……它们原本也都是来自原野的歌吟，曲调中有田垄阡陌里的身影，有桑间陌上的阳光，轻风传来斑鸠和鹧鸪的叫声。

比较起汉乐府《有所思》中的激愤决绝，这首民歌中流淌出的情感，倒是更接近于爱情，尤其是初恋的爱情的普遍状态。羞怯中有大胆，柔和里有坚韧。音调沉静，感情纯净，方言腔调赋予了它与这片土地相匹配的质朴和诚挚。

最美的情感都应该是这样的。仿佛月光照耀着几丛芭蕉，仿佛海风轻抚着一片椰林。它是人生苦难的抚慰和补偿，是暗夜中的一丝亮光，又仿佛是一处避风港，允诺着惊涛骇浪中彼此的撑持与呵护。

这个世界的丰盛和慷慨令人感念，尽管这一点经常被忽略和漠视。在三面敞开着的阳台的一角，在一本边角已经磨破的旧书中，在笔记本电脑所发出的谈不上什么优质音色的乐声中，我可以沉溺于精神制作带来的享受，感受情感的各种形态和色调，从中获得感动、抚慰与启发，却不必惦记着要感谢谁。

然而，它们尽管十分美妙，但还都无法与一个人创造的心灵世界相比。这个世界最初也是建构于这个海岛之上。它是那样坚实而空灵，寥廓而细腻。它传布遐迩，泽被万世。

住了一周后，我们开车驶入环岛高速，穿过牛岭隧道后不久，便拐上横贯东西的万宁—洋浦高速公路，在海岛西北处再折向儋州方向。驶出高速转入县道，看到路标上中和镇的标识后不久，东坡书院便出现在视野里。

对我来说，这是一个期待多年的夙愿，是一次延迟过久的拜谒。脚步一迈进书院门口，我就提醒自己要将心情平复下来，尽量充分地把映入眼帘的一切收藏铭记，刻录于心底，就像熟诵苏东坡的许多诗词名篇一样。

我慢慢地走动,仔细地观看,想象当年他在此地的日常行止。在"东坡居士"雕像前,我端详他竹笠木屐、手持书卷的飘逸身影。他迎面走来,一直走进了青史,携带着无数迷人的传说。在他收徒授课的载酒堂,我眼前仿佛幻化出当年的诵读场景,"书声琅琅,弦歌四起",穿越千年传递到耳畔。这一片荷花池塘,他该多次与随侍身边的三子苏过一同走过?这一排槟榔树下,或许正是他初遇那个七十多岁农妇的地方?"内翰昔日富贵,一场春梦",老婆婆对他说出这样富含哲理的话,令他刮目相看,既诧异又欢喜,从此径呼其为"春梦婆"。

虽然是初次来此,但周边环境风景,庭院建筑,却恍若相识已久。经由熟读这一时期的苏东坡作品和有关他的传记,我对东坡在此地的三年生涯,早已经了然于心。

"问汝平生功业,黄州惠州儋州",在《自题金山画像》一词中,苏东坡用一种自嘲的口气,总结了自己坎坷蹭蹬的一生。他的非凡生涯的最后一段时光,是在这座偏远的海岛上度过的。

在漫长的时间内,海南岛都是放逐之地。流放的罪臣,贬谪的高官,自中原渡海而来时,大都怀着一颗赴死之心。苏东坡也不例外。当他以六十多岁高龄被贬赴此地时,在致友人的信中他这样写道:"某垂老投荒,无复生还之望。昨与长子迈诀,已处置后事矣。今到海南,首当作棺,次便作墓。"可谓沉痛黯然。甫一落脚,他又写道:"此间食无肉,病无药,居无室,出无友，冬无炭，夏无寒泉，然亦未易悉数，大率皆无尔。"死神扇动巨大的翅膀，阴影仿佛随时都会降临。

但天性的达观豪迈，让苏东坡很快就坦然接受了命运的安排。尽管环境恶劣，"岭南天气卑湿，地气蒸溽，而海南为甚。夏秋之交，物无不腐坏者。人非金石，其何能久？"但他仍能找出自我宽解的理由："然儋耳颇有老人，年百余岁者，往往而是，八九十者不论也。乃知寿夭无定，习而安之，则冰蚕火鼠，皆可以生。"对隔绝内陆、孤悬海外的岛上生活，他也有自己的解释："天地在积水中，九州在大瀛海中，中国在少海中，有生孰不在岛者？"

境由心生，别人望而生畏的荒蛮禁地，对于他也不是多么可怕了。时间流淌，他越来越喜欢上了这里，诸般物事都变得可亲。他写诗发抒心志："他年谁作舆地志，海南万里真吾乡"，"我本儋耳氏，寄身西蜀州"……此地就是家乡，而富庶繁华的川地故里反而成为他乡，发生在文字中的置换，对应的是心境的转捩。新皇即位，他接到大赦令，渡海北归，在船上，他写下这样的句子，"九死南荒吾不恨，兹游奇绝冠平生"，一以贯之地宣示了他那无可比拟的乐观主义。在这个海岛上，他将苦中作乐的情怀，随遇而安的禀赋，发挥得酣畅淋漓。

海南是他苦难的深渊，但又何尝不是他荣誉的峰巅？三年谪居中，他写下了大量作品，这段时间成为其创作生涯的一个高产期。而著述之外，他的另一桩足以彪炳史册的巨大事功，是给这片土地播撒了文明教化的种子。他居岛三年间，大力倡导诗书，劝课农耕，开启民智，促进了多方面的明显进步。在他登岛之前，海南从来无人进士及第。他设坛讲学后数年，就有学生成为海南历史上第一个举人。此后一直到明清时代，海南人考取科举者众多，以至于有"海滨邹鲁"的称誉。清代《琼台纪事录》一书记载："宋苏文忠公之谪儋耳，讲学明道，教化日兴，琼州人文之盛，实自公启之。"苏东坡在海南的地位，相当于孔子在中原。他个人的厄运，却成就了整个海岛的幸运。

这座热带岛屿，大自然的力量恣肆奔放。炽热的阳光下，树木花草的阔大枝叶和浓烈色彩，是生命力放纵呐喊的表情。台风肆虐处，浊浪排空，樯倾楫摧；暴雨降临时，天昏地暗，撼山拔树。但对我来说，每一次想到这个地方时，眼前浮现更多的都是苏东坡的形象。这个贬客身上发出的力量，有着相似的气魄和强度。

联想到苏东坡早年的诗篇，其中有这样的句子："人生到处知何似，应似飞鸿踏雪泥。"他是将人生看作一次游历的，既然如此，路途中就可能遭逢种种境遇，有明月映平湖，也有罡风卷黄沙，只能全盘照收，祸福由之，无法讨价还价，挑三拣四。海岛三年，是他的生之行旅中的一段凶险途程，但他履险如夷，将劫难化作了生命的养料。

这样推想下来，思绪就越来越清晰，越来越接近一个让我感到鼓舞的念头，接近一种救赎的可能性：如果他能够这样想这样做，我们为什么就不能？

  这时候，我才明确地意识到，这次来瞻仰东坡故居，固然是为了满足夙愿，但潜意识里实际上另有一重动机，是试图汲取几分他面对佗傺命途的乐观，"一蓑烟雨任平生"的旷达，给自己增添一些面对困厄的勇气。最低的祈求，也是让自己在深沉的悲哀中，能够稍稍透一口气。这种哀痛仿佛最为浓稠的夜色，几乎将我吞没，令我窒息。

  女儿，你在那边还好吗？

  你离开我们已经一年半了。四百多个日子里，无法摆脱对你的思念，哀伤如影随形，每时每刻都缠绕裹挟着我们。曾经努力想忘掉你，仿佛一个行长路的旅人，试图卸下背负的沉重行李，稍稍歇息一下，喘一口气。白天的匆忙喧嚣中，有时似乎做到了，但在深夜的梦境里，你的身影总是执拗地浮现，在一个个曾经经历但又变形了的背景场面中，似真似幻，半实半虚。

  这一次来到此地，初衷仍然是为了摆脱。

  亲友们都说，出去走走吧，走得越远越好，离开熟悉的环境，才更容易把过去抛开。那么，还有什么地方比海岛更符合这个条件呢？天涯海角，正是它的别名。于是有了三个半小时的飞行，然后又是将近一百公里的车程，才到了现在这个地方。

  但抵达之后，却意识到忽略了一个最简单的事实：我们怎么不想一想，这里同样布满了你的印迹呀。

全家三人最后一次的集体行动，就是来这里休假，住了整整一周。翻看手机里当时拍摄的众多照片，你的每一幅里都是笑容洋溢。一幅幅缀接起来，那些日子的记忆鲜活如在眼前。

小区庭院里满目葱茏，品种繁多的植物茁壮茂密，枝叶纷披。你陪着我们散步，有时走到前面，有时又落在身后，痴迷地拍摄那些色彩艳丽的热带花卉，然后对照手机上的植物识别软件，大声念出它们的名字。你跳跃的姿势，单手举起手机拍照的专注神情，似乎是昨天的事情。

走出小区通往海滩的小门，一条铁锈红颜色的木栈道，架设在崔嵬错落的礁石上，随着山势和海岸线起伏逶迤。走在栈道上，我们不时停下来彼此拍照，你白色的衬衫下摆挽了一个结，盖在天蓝色的牛仔裤上。其中一张照片，你身边是一棵高大的三角梅，满树怒放的红色花朵，像一大朵悬浮的云彩。

我坐在阳台上的藤椅旁，看着手机，往事联翩涌现，仿佛无声的潮水。目光稍稍抬起，便望见了前方漂浮在蔚蓝色海面上的分界洲岛。它储存了更为清晰的记忆。

那次离开海岛前的头一天，我们来到了开往分界洲岛的海岸码头。长长的沙滩围出一道柔和的弧形，沙子洁白细软，踩上去有说不出的惬意。我们慢慢走向游客稀少的区域，偶尔停下脚步，望一眼远处正在驶往岛上的渡轮。巨浪翻滚着涌来，越来越高，发出低沉的轰鸣声，快到岸边时，仿佛一堵浅绿色的墙壁，然后散落开来，摊成一沓沓白色的浪花。那天你身着一袭黑色连衣裙,头发被海风吹得飞扬起来,笑得那样畅快开心。

怎么能想象得到,你快乐欢笑的年轻的生命,会在仅仅两年后,被邪恶的病魔吞噬,从此天地间再也没有你的一点痕迹,一丝气息?

眼前几公里外的分界洲岛,这条海南气候分割线上的最东端点,从此也将我们的生命,切割成不同的季节。这一重意义,只有我们自己才能领会。猝然的一击,是揳入脏腑深处的一把冰锥,我们从此步入了寒冬,感受着沦肌浃髓的冰冷。时间流淌,季节递嬗,外在的景观物候不停地转换,但内心的荒芜板结依然,迟迟不肯萌发新的芽苗。我们最终能够从寒冽中走出来吗?需要何种程度的热力,才会让灵魂重新舒展?

北纬十八度线上的热带阳光,此刻正照在阳台上。头上和肩背上,感受到了一缕冬日特有的舒适。这样的照晒已经有好几天了。我终于感觉出,落在肌肤上的温暖,也在向深处浸润,一点点地沁入。

"死亡不是生命的终点,遗忘才是。"

想到了几年前热映的好莱坞动画片《寻梦环游记》,这是其中被传诵最多的一句台词。那么,既然对你的想念如此地噬心蚀骨,你如此深切地烙印在我们的记忆中,岂不是说,你并没有化为彻底的虚无?在我们也告别这个世界之前,你一直都会住在我们心中,你的生命也将经由我们而得到延续。直到将来的某一天，我们重逢。

我这样来安慰自己，我也只能这样安慰自己。有时候，如果我们执着于一个念头，并不是出于其真实性，而只是因为愿意如此。它能够让我们稍稍心安。在这个意义上，这个想法仿佛是一盆炭火，在内心深处幽幽地燃烧，多少驱散了一些寒气。一些湿冷发霉的地方，正在被慢慢烘烤。

依照这样的理念，我来到这里，触景生情、睹物思人的过程，是重拾记忆，也是复活你的生命。眼前每一次浮现出你的身影，耳旁每一次幻听到你的声音，都是一条看不见的手臂伸向你，将你拉近和搂紧，从虚无的深渊里拉回到身边。

那部影片中，不同的语句反复表达着同样的意思，仿佛音乐中围绕同一个主题的各种变奏。"真正的死亡，是世界上再没有一个人记得你。"死亡起源于被遗忘，因此，既然你如此地被我们想念，我们便有能力将你留在身边。

这个念头终归带给人一些慰藉。

我们将你留在记忆中，封藏在内心里，其实也是将一种热力注入自己的魂魄。尽管伴随回忆的是哀伤，但同时也产生了一种坚牢的东西，可以抵抗黑暗和寒冷的侵蚀。支撑是相互的。你的生命，通过我们的记忆得到伸延，而在对你的记忆中，我们也获得了继续生存的理由。

那么，为什么还要将你的音容从眼前驱散呢？不是忘却，而是铭记，才更有可能与命运达成和解。活过，爱过，陪伴过，本身就是自足的，是一份不会泯灭的价值，如刻如镂。

"凡存在过的，会永恒地存在。"

我进而想到了奥地利精神医学家、意义疗法的开创者维克多·弗兰克的这一句话。经历过纳粹集中营的极端苦难，他写下一本书《活出意义来》，表达了置身生与死边缘的思考。从同样幽暗的深渊里浮出后，我如今更能够理解这句话的蕴涵。

此刻是下午三四点钟，前方的海面明亮炫目，千百万个光点在沸腾跳荡，难以直视。将目光挪移开，沿着海岸线向左前方慢慢地滑动，又爬到牛岭山脉上。山脊线漫长而柔和的线条，减弱了山脉险峻陡峭的感觉。阳光投射上去，一大半山体明亮碧绿，仿佛被水洗过一般，但也有大片的暗黑色区域，那是在空中几乎悬停不动的云朵的投影。

我久久地眺望着。眼前视野里的景观，是思念的出发点，也是思念的落脚处。时间重叠了，仿佛此刻山和海的相连，阳光和阴影的交错。

有所思，乃在大海南。

选自《光明日报》2022年12月9日第13版

登楼记

谢冕

文艺评论家、诗人、作家，北京作家协会副主席，中国当代文学研究会副会长，中国作家协会全委会名誉委员，《诗探索》杂志主编。

我骨折后需要手术，关闭了手机，电脑和座机也不用了。为了康复和静养，我断绝了与外界的联系，包括亲友的询问和关切。因为这突然的灾难有点儿特殊，说严重点儿，安危未卜，未来难料！我无心也无力回应关心我的众人。手术获得成功，伤情渐趋稳定，为向亲友通报病情，我先后写了两篇短文：《换骨记》和《学步记》。这些文稿，因为伤后不能启用电脑，是以手书的方式写出，再请远方的朋友转换成电子文本发到报刊的。随着手术的成功，我对康复有了信心，当时为自己定的目标不仅是重新站立，也不仅是重新学会行走，最终的目标是：登楼。这有点儿难，但再难也要争取。于是萌发了写第三篇伤痛记即《登楼记》的想法。

我们两个老人长期都是独住楼房，是"空巢二老"，身边别无他人陪护。手术后，我思考再三，决定不按照医生的建议进康复医院。当时我已满九十岁，老伴素琰也近九十岁了，我若再进康复医院，她单独一人在家，我又怎能放心！为图清静，也决心不再请护工和全日制保姆。住屋就是我的康复医院，我们争取做到生活自理——这当然有点儿难，甚至有点儿冒险。于是当时就定了如今的格局：她住原先的二楼不动，我因为不能上楼，改在一楼客厅临时搭了单人床。一楼有卫生间，新安装了淋浴器。我在医院时已经能够简单走动，也能自行梳洗、刮胡子，后来是独立沐浴。我决定居家康复，不再折腾了。遵医嘱，在家中继续做康复运动。

这种复杂艰苦的康复运动，我在《学步记》中亦有叙述，这里不再重复。重新学会行走有难度，我在逐渐地进步。医生怕我过度依赖助步器，要我逐渐摆脱这种依赖，我努力做到。有一天学行走，我高兴地把助步器举过头，像是举重，以示庆祝。医生见我如此，也是不离不弃地步步"紧逼"——他担心我满足于平地行走，不再前进，他进一步要求我学登楼。家里上下有三道楼梯，伤后康复中，我一步也未登过楼。有过手术经验的人都知道，术后首先是站立难（有的病人是手术后站不起来，卧床，坐轮椅），站立后，接着是走步难，最难的是重新学会行走后的登楼，即登高难。

我的手术主刀医生"心狠"，对我是绝不马虎。医生指着楼梯，要我在一层第一、第二阶的楼梯前后上下踏步。当初在医院，我被医生"强迫"着（半扶半抱地）离床站立，已是相当艰难了，如今要我用体内新植入的人造骨承受全身的重量上下挪动。我强迫自己做了，只一步，就是刺骨痛，就是一身汗！每天，我练习行走的最后一个节目，就是这样上下挪动以锻炼我的腿。我只能是忍着剧痛勉力为之，出汗即止。这是术后康复最难的一关。我坚持了，但进展缓慢。几天下来，也就能在楼梯底层的一步之间上下挪动。

直到有一天清早，老伴下楼后给我留纸条："我不舒服，上去休息了！"我见了纸条心里一惊，怕她出事。在平日，她"眼瞎"，我"耳聋"，两人不能用手机，也不靠电话，全凭直接沟通。遇此情景，我要弄个究竟，除了上楼，别无他法。奇迹就这样于不经意间发生了。平时视为畏途的楼梯，顷刻间被我征服了。从一层到二层，上下约二十步的台阶，一下子被心急如焚的我踩在了脚下。我梦寐以求的、极难的康复第三关——登楼关，居然被我不经意间做到了。

在《学步记》的最后，我忐忑地说过我预期的目标：登楼。我还说，登楼不敢写赋，而只是读赋。这里我埋下了伏笔。我未曾明说，其实我想到了已是经典的王粲的《登楼赋》。我可以读赋，但不可以写赋。"眼前有景道不得，崔颢题诗在上头"，这是坊间流传的李白在黄鹤楼不敢吟诗的"八卦"。古人尚且如此，我何德何能？所以，我给自己留下了台阶。关于王粲，这里不妨啰唆几句：王粲（177—217），字仲宣，东汉末年文学家、诗人，少时才思敏捷，在"建安七子"中，又与曹植齐名，因写《登楼赋》而名满天下。因为王粲有赋在先，故我也是"眼前有景道不得，王粲有赋在上头"。

公元 2022 年某月某日，我伤愈后登二楼看望同为病人的老伴，不经意间竟完成了视为畏途的、骨折康复的最后一道关口——以新植入的"他物"承载我全身的重量，登上了居室的顶楼。我为自己欣喜。我于是能够静下心来，检点自己的过失，为自己雪后晨练的失足、为给家人和朋友带来不安和烦恼而自责。此时此刻，诵读前人的经典名句，仿佛是前贤在为我咏叹："登兹楼以四望兮，聊暇日以销忧。览斯宇之所处兮，实显敞而寡仇""心凄怆以感发兮,意忉怛而憯恻。循阶除而下降兮,气交愤于胸臆""夜参半而不寐兮,怅盘桓以反侧"。

我拟议中的"伤痛三记"的第三记《登楼记》,今日终于"杀青"。我于是放下了心中的块垒。我是一个不愿而且很少谈论自己的人,此文我本已放弃写作。初衷是我不愿浪费自己和他人的时间,再来絮叨自己的"不幸"遭遇。世间万事万物,从宏观上看,个人总是渺小。在你是天大的事,在别人却如同草芥。何况人类如今面对着更多的,甚至是无穷尽的灾难。《登楼记》的写作就在这样的大背景下被我强制地放弃了。

春节期间,友人来访,告以近期写作计划。友人力劝曰:"务必写出。"不可违,于是命笔。

  2023年2月4日,癸卯立春,于北京昌平北七家

选自《光明日报》2023年2月24日第15版

城市变奏曲

田鑫

中国作家协会会员，鲁迅文学院第三批培根工程入选作家。在《散文》《散文海外版》等刊物发表作品60余万字，出版散文集2部，作品曾获百花文学奖散文奖、丁玲文学奖、宁夏文学艺术奖等。

出生

妻子分娩的那个下午，我在这座城市最有名的妇产医院三楼等待着神圣时刻的到来。我一会儿坐在椅子上发呆，一会儿走到楼道尽头看看窗外的风景。初为人父的惶恐和无措，让整个过道都变得焦躁不安。

从待产区楼道尽头的窗户看过去，是新生儿外科大楼的建设工地，三五个工人正在钢筋之间传递着水泥、砖块和木头，他们动作连贯，让我想起产床上的妻子，医护们也应该在不停地传递着手术刀、胎心检测仪和助产器械。

在水泥输送车的帮助下，水泥包裹了钢筋骨架，并且迅速填满了它们。一层楼很快就成型了，这座城市的局部区域，再一次被抬高。而产房里的妻子，还在努力着，等待着。出出进进的医护人员，对于出生的进度闭口不言，她们严肃的表情让我愈加烦躁，呼吸也开始急促。索性将头伸出窗户，吸一点儿新鲜空气。

这才发现，妇产医院楼下的小花园里，几个孩子正趴在草丛中玩游戏，他们可能在观察蚂蚁搬家，手里的小棍子，应该在不停地干扰着蚂蚁；他们也可能在玩别的什么，在一块草地上，他们兴致勃勃。和他们比，我心不在焉，远处工地上工人敲击建筑物的声音，钢筋相互碰撞的声音，工人们彼此逗乐的声音，都能吸引我，却都得不到我长久的注视。

我一会儿看看孩子们，一会儿看看建筑工人。在孩子们眼里，整个城市就像花草一样，是从大地上冒出来的，远处那些手持电钻的工人，只不过是修剪师，他们的工作是让城市更像城市，而不至于野蛮生长。

城市始于建筑物，建筑物构成了最终的城市。城市管理者规划了这座城市，设计师拿出了决定城市长相和功能的图纸，建筑工人们模仿着蚂蚁，参与了建筑物的"出生"，亲手帮助它们长大。生活在城市里的人们，继续模仿蚂蚁忙忙碌碌，并以一己之力让城市一点点变老。

城市不像植物那样有规律地成长，它更多的时候像孩子们手里的积木，随时可以形成，也随时可以倒塌。城市的管理者，规定它在白天长高，当然，有时候它也会在夜里悄悄长大。

建筑工人们像栽一棵树一样，把楼房种在大地上，然后添枝加叶一寸一寸抬高它，它成长的速度太快，以至于都没办法总结规律，只有密密麻麻的工程进度表和竣工验收单，像孕检报告和出生证明一样，见证着某个建筑物的出生。

就在我将妻子的分娩和建筑物的出生联系到一起的时候，产房里传来"哇"的一声，嘈杂的楼道一下子安静下来，妇产医院用片刻的宁静迎接一个孩童的出生。与此同时，新生儿外科大楼的建筑工地上，新的一批水泥正在倾泻而下，它们包裹住的那批钢筋，前一刻还在夕阳的余晖下散发着光泽，后一刻就成了建筑物的骨骼。

新的生命出生，新的建筑物出生，新的城市出生，三种不同状态的出生，在同一地点、同一时间完成了融合，孩子出生的证据是"出生医学证明"，建筑物出生的证据是第二天晚报上的一张图片新闻，而新城市的出生，无法准确定义，有时候是落日熄灭了城市的光，路灯又一次将它点亮，有时候是哈欠声里，噼里啪啦的鞭炮响彻云霄。是的，出生这件事，在城市这里，显得机械而缺少仪式感。

变化

变化是城市不变的特征，从它出现的那一天开始，就一直持续着。

进入一座新的城市，你对它的认知，就随着你脚步的不断深入，唇齿之间对饮食的感受，以及双目所及，开始发生变化。从陌生到熟悉的过程，与其说是你在不停地探索和了解城市，不如说是城市变着花样让你看清了它。

在车站广场，你看到的是密密麻麻的宾馆和门头一致的土特产商店，你就觉得，这座城市的样子就是宾馆和千篇一律的土特产商店的样子，你为此而感到失望；而当你拐出广场到达街道，路两边的树和阳光所组成的斑驳，让你恍惚之间以为这座城市就是斑驳的，这时候你觉得城市又与众不同；可是等你穿过人群，到达了这座城市的某一间房屋时，你才发现，你抵达过的所有的城市都是一样的。

其实，任何外表都是障眼法，不管城市多大，我们需要且能拥有的，只有一间房屋的大小，有时候仅仅是需要，有些人穷尽一生，根本没办法拥有一间房屋。当然，上天最终会让他有固定的场所永眠。

即便如此，城市还是在不停地变化着。它在长高，也在长胖，像个孩子一样成长着。不过，城市的成长明显比一个孩子的成长要快很多，快到它直接忽略了胎儿期、新生儿期、婴儿期、幼儿期、学龄期和叛逆期，直接进入暮年。

于是，城市的管理者就需要不停地让新的建筑物出生，以维持城市的崭新程度。这时候，在女性之间盛行的美容术，同样也适用于城市，人们通过重建和装修，实现了某种意义上的"新"。而与新对应的旧，就没有那么容易形成了，没有人愿意把新的东西一开始就装扮成旧的。一座城市想要变旧，需要沉淀，需要时光和历史缓慢地经过，并在它身上留下痕迹。

曾经有一段时间，我在这座城市的两个不同区域的同一类型老旧小区租住过，和老人们共同享用老旧小区破败的环境，有机会深入了解一座城市的内部，这些和城市几乎同龄的老房子，藏着这座城市的秘密。它脆弱，敏感，弱不禁风，它收藏着老年人的记忆和流浪者们廉价的无处安放的梦。

一座城市新与旧的变化，似乎并不由城市自己来决定，城市管理者经常会根据自己的标准，判断是否可以把一个建筑物划定为老旧建筑物，因为一旦认定，管理者就不再去维护它，并且随时准备去改造它，让内部已经衰败的建筑物改头换面，或者直接拆除重建，然后用高密度的建筑群来替代腾出来的地方，以达到让城市变新的目的。

拆迁，宣告了一个建筑物的死亡，而装修让建筑物暂时起死回生。有人在已经破旧不堪的楼外表层刷上新的油漆，或在裸露的砖块上添上防寒棉，让它看上去并没有那么老，这时候，往往会给住在里面的住户和偶尔经过这里的人们造成一种假象，以为这里变成了新的，或者原本就是新的。

这种新，虽然以旧的方式存在着，但建筑物的内里，还是不保温，暖气管到了冬天就滴水，厕所里的水龙头不使用的时候也在不停地滴答着，在暗夜里演奏小型交响曲。于是，人渐次从建筑物里退出来，城市管理者通过彻底做旧的形式，让一条街或者一个小区营造出一种旧的风貌，并将其称为"老街"，以佐证崭新的城市有着古老的历史。

就这样，在新和旧之间变化着的城市，通过外表不断试探着人的喜好，从而填充起每一个生活在这里的人的城愁。

陌生

城市真是一个矛盾体。它的路越修越密集，房子越盖越紧密，它建成的速度变得越来越快，按理说，人与人之间的距离也就越来越近,可是生活在城市里的人,却越来越怕接触彼此。

于是,陌生就成了一个更为矛盾的矛盾体。每一个进入城市的人,总想着尽快和这座城市熟悉起来,可是等熟悉了这座城市或者被这座城市所熟悉的时候,却发现,自己想要的,可能仅仅是陌生。

陌生让人觉得踏实,出门不担心遇到熟人,为生活熬夜熬出的黑眼圈就没必要去遮挡;挤在人群里,每一个面孔都是孤独的,于是,你的孤独混在其中,就没有人能察觉到。这是陌生带来的好处,可陌生带来的并不是只有好处,还有压力。

我的意思是,陌生人和陌生的环境,总是给人一种莫名其妙的压力。当你坐上一个陌生人开的出租车,车厢里陌生的环境已经让你浑身不舒服了,此时,广播中循环播放的健康广告里,演员专业而夸张的语气让你觉得他们说的就是你自己,似乎上一刻还元气满满的身体,一瞬间就气血不足了,甚至身体的每一个部位都出了问题。于是,再次出行时就选择了坐公交车,可是当挤上车站定之后,在清晨拥挤的车厢里,那些陌生的、精神饱满的老年人,又让你觉得自己似乎没有未来,年轻的时候挤公交车,等老了还要挤公交车,人生难道要在公交车上完成?接下来的故事是,你下定决心买了一辆车,可是紧接着更大的恐慌扑面而来:不断攀升的油价让你觉得每一个陌生的加油员都心怀鬼胎,而你的每一脚油门都踩得小心翼翼,这让你走的每一步路都显得很珍贵。可是到头来才发现,不管怎样的一段路程,被你走过之后,路没有变化,你的生活没有变化,要命的是,你还要不断地走。

这时候,就怀念乡下的日子。乡下不大,几乎所有人之间都是熟悉的,"陌生"这个词就显得陌生,人们在相同的语言和道德体系之下生活,即便是发生不愉快或者更为可怕的事情,那也是在熟悉的情况下发生的。而在城市里,陌生会让你成为受害者,或者加害者。脱离了共同体系的束缚,人变得愤怒、妒忌,甚至暴躁。

我在报社负责突发新闻报道的时候,采访过一个极端案例:一男子到银行取钱,当他走出银行大门的时候,一个陌生男子朝他的胸膛就是一枪,两个陌生人以这样的方式相遇,换来的是当天的头版新闻。写稿子的时候,我一直琢磨一个词:陌生。

陌生人的凶残,其实不仅仅出现在刑事案件里,有时候还藏在手机里。有那么一段时间,我很怕手机响,不管是电话还是微信,如果静悄悄,整个人就会放松下来,一旦手机有了动静,就会神经紧张。

更为夸张的是,手机不知道什么时候让人变得陌生得自己都不认识自己了。

消失

毫无疑问,很多东西正在消失,这是大家都能看到的情形,但是没有人会因此而感到焦虑，大家忙得压根就没有时间去管这些事，或者说即便是去管这些事，也根本没有任何作用，谁都挡不住城市的变化。更为有意思的是，人们还乐于接受消失后新出现的替代品，因为他们需要这些新事物。

报刊亭是我认识这座城市的最早入口，那时候，我面对错综复杂的建筑群和街道，手足无措，我不知道如何从车站到学校，更要命的是，从来没有说过普通话的嘴巴，根本没办法张开去问路，只能学着别人到报刊亭买一份本地的地图。

一座城市就这么摆在我面前了，明确标注的公交车信息，带我从一个区到另一个区，从一个街道到另一个街道，我得以从报刊亭开始进入这座城市。我有一个习惯，不管是到哪个城市，都要去买一张本地地图，有一种打卡的感觉，但主要用途是指引我了解和进入这座城市。后来有了百度和导航，地图就换成了本地的报纸，我买过地图和报纸的每一个报刊亭，似乎都跟着地图和报纸被收藏到了我的书架上。

似乎没有几年的时光，报刊亭就从街道上消失了。替代它的是小型的快递店，它们把"报刊亭"三个字改成了"快递驿站"，把报刊亭的绿色油漆换成了快递广告，报刊亭就变成了快递店，里面堆满了来自各地的快递，它们跟以前整齐摆放的报刊一样，等着它的主人来认领。

报纸满足过的需要，已经被快递所替代，并且，快递能满足的需要，是报纸所无法替代的。如此的话，你就不会因为报刊亭的消失而觉得遗憾，或许还能通过这两者的替代关系，发现这座城市的发展细节，越来越多的传统行业，在悄然发生着变化，它们在消失之前，让自己尽量适应城市的需求，时间一长，它们面貌一新，你不注意观察的话，还误以为它们彻底消失了。

有一种事物真的就从视线里消失了，它的名字叫"电话亭"。十八年前，我刚到这座城市的时候，街边有两样东西让我感觉不可思议。招手就停的出租车和插卡就能打的公用电话，都是乡下所没有的。那时候要去镇上必须步行，只有到县城才有中巴车，并且还固定时间发车。而电话，只有村主任家有，那红色的固定电话，在村里象征着权力和权威，每一次有电话来，村主任都会用大喇叭通知去接听，谁家接了电话，跟上了新闻联播一样一下子就传开了。在城市里，这一切变得容易起来。那些年，我站在路边给村主任家的座机打过好几个电话，不知道父亲听到通知的时候，有没有感到压力，因为每一次打电话，无非就是要生活费。可以说，公用电话曾经养活过我，要不然隔着五百公里，我真不知道该如何把缺钱的消息送到村里去。

手机的出现，让联系变得更为便捷，随时随地的电话，或者视频连线，让人与人的距离越来越近，却让电话亭的影子越来越远，我已经很久没在我生活过的城市看到插卡的公用电话了，它们没落地消失在记忆中。

城市内部的很多东西，消失之前，总会大张旗鼓地做一番宣传，或者以通告的形式证明其消失的合理性，这跟人死后发的讣告一样，都有缅怀的意思，不过这些宣传和通告，只是例行公事，没有任何感情色彩，而看到它们的人，也只能在嘴上表达一下遗憾，或者调动一下关于消失物的相关记忆，这样就相当于哀悼了。

弗朗索瓦·雅各布说："既然有通过性而进行的繁殖，个人就必须消失。"所以，死亡就成了人类进化过程中的可能性条件，而作为城市的管理者，人也将自己的消失属性赋予了城市。因此，城市里的很多事物，一直处于消失的生物链当中。它们不断消失，它们不断出现，城市就这样获得了生生不息的能力。

新的城市

据说，城市的问题越来越多。这是喜新厌旧的结果，它在很多大型城市已经成为亟待解决的难题，而在我生活的西部城市，问题似乎并不明显。但这不意味着问题永远不会出现，那就思考一下城市的问题吧。

为弄清所在城市的问题，我专门去本地的新闻网站做了查询，得出的结论如下：城市房价过高，导致有些人居无定所，解决方案是建设保障性住房，房价还是过高，地皮和建设成本是一部分，买到它的人大多都希望它能持续上涨，以确保自己的资产；医疗资源不足，总有人看病难，难在排不上专家号，难在交不上高额的治疗费用，甚至医院停车难也在媒体关注的范畴，解决方案是无法解决，除非人不得病；教育资源不均衡，有些孩子学习一般，却进了重点学校，有些孩子成绩很好，却只能在家门口的片区上学，资本和分配机制总是让人看不明白，解决方案是摇号，可是摇号之后，问题依旧……

诸多的问题，让城市变得越来越不可爱，于是很多人就决定，是时候解决城市的问题了。因此，美国汽车工程师与企业家亨利·福特说："现代城市可能是地球上最不可爱、最矫揉造作的存在了。最根本的解决办法就是遗弃它……我们应当离开城市，以此解决城市的问题。"

有一段时间，我被这句话所困扰，难道只有离开城市才能解决城市的问题？这不是在逃避问题吗？离开城市，问题难道就不存在了？其实，当城市的便利已成为人们赖以生存的基础之后，离开可能并不是解决城市问题的最佳方案，而新的城市或许能代替这个方案，人们完全可以根据自己的喜好，以及城市所表现出来的各种问题，重新设计并建造一座城市，让它适应更新的需求，最终让城市成为人们最理想的家园。

这是法国作家米歇尔·德·塞托的《日常生活实践》给我的启发，他的观点是：城市有了自己的名称之后，就有了依靠有限的彼此独立而又相互关联的固定财产来构思和建设空间的能力。

重新构思和建设新的空间，是完全可以在一座旧的城市之上完成的。如果不想做长久的规划，也只需等待，城市就会变成新的。因为城市每天都在更新，不管是大面积的新建或重建，还是小范围的局部改善，都改变着城市的样貌，因此，每一天看到的城市，都和前一天看到的不同。

新的城市在不停地诞生，旧的城市被变成记忆，留在人们的脑海中。和乡愁对应的乡村记忆不一样，城愁之下的城市记忆显得不是那么可靠，具体表现在，乡村记忆随着时间变化会越来越清晰，越来越稳定，而城市记忆一直处于变化中，即便是稳定的记忆，也会在时间流逝的过程中慢慢稀释，成为碎片，最后索性消失。这或许是许多有乡村生活经历的人，在城市里工作到退休之后，就会想办法回到乡村的主要原因，乡愁紧紧拽着他的脚步，而城愁对他毫无吸引力。

新的城市，永远不在城市之上，而是在规划图纸上，在人们对城市的期待中，甚至在梦里。现在，我们看到的城市，只是新的城市的替身，它以具体的形象，给每个人一座城市的记忆，等待新的城市诞生之后它就自然消失了。它明白，人们对新的城市的期待，远远超过对一座旧的城市的喜欢。城市就是这样，用缓慢的变化培养着人的喜新厌旧。

选自《满族文学》2023年第4期

总有个地方现在是五点钟

淡巴菰

本名李冰。一级作家,曾为媒体人、驻美外交官,现供职于中国艺术研究院。出版散文集《下次你路过》、随笔"洛杉矶三部曲"、小说《写给玄奘的情书》等 12 部图书。在《人民文学》《上海文学》等刊物上发表作品若干。

前几天一直刮大风，车库上方的那架风车茉莉被吹得像团乱发。我搬了梯子，踩上去正理顺着，听到身后路边传来小狗清脆的叫声，不用扭头我就知道是邻居格瑞正在遛杰克，那特别爱叫唤的小黑狗本不招人喜欢，可最近剪短了毛，穿上了小红背心，居然跟人理了发一样，一下秀气可爱起来。

打了个招呼，格瑞本来都走过去了，又折回来，语气带点儿犹豫地说："你一会儿干什么呀？我们订了几张露天音乐会的票，在老年活动中心，有兴趣可以一起去听听，那是一支 cover band（模仿乐队），今天唱的是 Jimmy Buffett（吉米·巴菲特）的歌。你知道 Jimmy Buffett 是谁吗？"格瑞年近七十了，仍有一头浓密的头发，尽管花白了仍根根得体地直立着，显得很有律师的派头。

我还真不知道这乐队，但听说是在露天听老歌，便毫不迟疑地说想去看看——室外，至少不用担心病毒，而且，许多美国老歌着实好听。房东杰伊刚好也闲着无事，说可以给我当车夫同行。既然六点钟就开始，还真得抓紧时间。我立即回屋发挥快速烹饪的特长，在十五分钟之内，烤了根已经解冻的法棍面包，煎了两块在冰箱腌好的去骨鸡腿，用开水焯了一袋菠菜，加入泡好的核桃仁做了个凉拌沙拉。吃罢洗了碗，正好五点一刻。

"是不是应该请格瑞他俩搭车同行？"我坐进车边系安全带边问。

"我倒不介意拉着他们。虽然都打了疫苗，能分开不挤一辆车也许更安全。"杰伊思忖着说。

这露天音乐会之所以吸引我,除了可以听美国老歌,还因为我喜欢格瑞和米琪这对老邻居。我忘记了最初搬到这一带来住时是如何跟他们有了交往的。"别误会,我们不是夫妻而是室友,他从我还住公寓时就分租一间卧室,二十年前我买了这个带院子的房子,他也跟着搬了过来。怎么说呢,我俩就像结婚太久了的夫妻,互相早就看不顺眼了,可还是凑合着住一块儿。这个格瑞是个老混球,特别不通情理,你说他明明可以在HomeDepot(家得宝,美国家居建材城)办一个免税卡——人家有政策凡是退伍老兵都可以享受免税待遇,我让他办一个,毕竟我们经常去那儿买材料维修房屋,可他偏不!"米琪是个面相透着精明的富态老太,一头很短但蓬松卷曲的白发顶在头上,像养尊处优的"第一夫人"。她比格瑞小两岁,在一家法务公司做行政。这场疫情让她既害怕又感激。疫苗还没问世时,美国死于病毒感染的人数多得吓人,她忧心忡忡地跟我说:"但愿我能活到领退休金那一天。"后来人们普遍接种了疫苗,温水煮青蛙一般,对这场疫情也逐渐习惯或接受了,仍然无恙的米琪嘴上没说,心里似乎有点儿感激这场疫情,因为她被允许居家办公。"谢天谢地,我终于可以不用每周五天在高速上奔命了。你不知道,好几次我都差点儿被那些玩儿命的司机追尾!"我没见过她在高速上的险情,可知道她不是一个好司机,甚至身为会员她轻易不敢去 Costco(开市客,美国最大的会员制超市）购物,"车停得太密集了,我怕把人家的车剐蹭了"。于是,杰伊有时候帮她捎带些东西。

不同于年轻时离异的格瑞,米琪从未结过婚,倒是有过一位未婚夫,可五十岁就患癌去世了。"他可是世界上最疼我的人,总给我送礼物。那年我们去夏威夷度假,太开心了……"说到此,米琪红了眼圈。我看到过放在她壁炉上的那位未婚夫的照片,一位胖而温和的军官。问她为何当年没结婚,她说因为对方在偏僻的兵营,她不想离职去那儿成家。而格瑞对此却给出了不同版本的答案。"她有时拿我当借口,说我跟她同处一个屋檐下让她没结成婚。"有一次格瑞请我们去吃日本菜,趁米琪没到,他红着脸说。我发现虽然米琪是房东,可到了大事上还是指着格瑞拿主意。格瑞若是飞到外州去参加同学聚会,她会吓得赶紧找个女伴来家里住几天,连狗都只在后院遛。格瑞不时善意地嘲笑米琪是个 worrywart(杞人忧天者),还无奈地摇着头说她太懒,"嫌自己胖,她宁可去医院挨一刀,把胃切除了三分之二,说是那样可以少吃少吸收。我跟她说过多少回,每天别窝在屋里,该出去走走路……"格瑞早年曾去越南服役,退伍后靠军人补贴去大学读了法律,可是做了没几年,突然的婚变让他消极避世,除了偶尔接个熟人的案子,早就不当职业律师了,熬到六十岁后,每个月仅靠政府发的九百块钱的退休补助生活,我有一次听米琪说格瑞每月付她的租金是六百块。即便如此,偶尔一起出去吃饭,格瑞总抢着付账单。

相比于"地主婆"米琪,邻居们显然都更喜欢格瑞。东邻家的女人有了胎动,慌里慌张地叫车去了医院,留下屋门四敞大开着。是遛狗的格瑞看到了,各屋查看一遍,替他们把前后院门能关的关、能锁的锁。西邻家女儿参加派对夜归,大冬天的醉倒在车里。是格瑞去敲她父母的门,把她唤醒扶进屋。名义上是米琪有两条小狗,可每天早晚去旁边小公园遛狗的总是格瑞。米琪还总抱怨格瑞不够随和,因为他拒绝割草坪。"如果你想省下每月付给墨西哥园丁的八十美元,我愿意出。可我不想割草。"跟这位温和又倔强的格瑞大叔在一起,我总忘记自己是外乡人。

夕阳把天上的一抹云染成了虾粉色,那透明的粉是草间弥生这画家老太也调不出来的,让人想飞过去贪婪地深吸一大口,那味道,我想一定比半开的栀子花还香甜。那个位于半山腰的新建社区很容易被人忽略,因为米灰色的房子和不宽的街道都太不起眼了。生活在洛杉矶的一大好处是:停车场不仅车位充足,且几乎都免费。我们卡着点儿到了。

"我们是格瑞邀请来的,他应该已经到了……"因为没有门票,杰伊跟一位工作人员模样的妇人解释。"啊,没问题,既然是格瑞的朋友。"她话音未落,格瑞已经微笑着从门里闪出来。随他往里走,他熟络地轻声告诉我们,可以在前台免费领一瓶饮料和一袋土豆片儿。依言领了,走进去,找到了在藤编长椅上占着座位的米琪。

说是音乐会，场地不过是几栋建筑围起来的一块空地，一排排稀疏摆着的椅子和沙发组成了临时的观众席。水泥地面上有许多半人高的花盆，里面栽着一人多高的橄榄树，正开着小米般淡黄的花。一些彩色小旗子也插在花盆中迎风飘着，上面印着一只红绿相间的鹦鹉，一行醒目的字让我感觉有些莫名其妙：It is five o'clock somewhere.（总有个地方现在是五点钟。）

我有点儿失望，我们的座位是最后一排，离舞台有点儿远。虽然场地并不大，但我还是觉得看热闹要坐近点儿才过瘾。

临时搭起的舞台上，有两个老男人在摆放麦克风和乐器。舞台背景则有些怪异——高处的山坡上有一条不宽的公路，不时有装着货物的卡车轰隆隆地驶过。

看着许多人的后脑勺，我发现无论男女肤色，那头发不是纯白如雪，就是 salt and pepper（直译为盐和胡椒粉混合，意思是黑白相间的发色）。而且无一例外，人人手里都拿着一小袋炸薯片，"咯吱吱"地吃着，不时喝上一口矿泉水或饮料，像一群正在山坡的树荫下休憩的老羊。

杰伊问我们该付多少钱，格瑞微笑着说不要钱，"这是政府为老年人搞的福利。只要你过了六十岁，都可以在这个中心的网站上注册，能随时看到演出和活动信息，报名就行，免费的！"格瑞有些自豪地说。他一直不看好目前执政的民主党，把一切好都归功于共和党光辉的过去。"我们本来预订了四个座位，可有一对夫妇朋友来不了，就临时请了你们来。"

米琪很有风度地微笑着，把目光从手机上移开望向我，说很高兴在这儿看到我，随即把那系着绳的老花镜推在头顶上，歪着头有些神秘地问："你们街对面的格兰特怎么样了？我看他比以前'薄'了一半！癌症四期，真让人担心。术后感染？那可不是好事儿。要是我也许就放弃治疗了。好在他有两个儿子带他跑医院。"她知道我与亚美尼亚邻居格兰特一家走动较多。说罢她给我看她侄女的照片，一位刚从医学院毕业的大学生。米琪这当姑姑的对侄女非常好，跟我说她未来身后的一切都归侄女，"当然，她得跟我亲才行"。

我则问她最近是否看到了詹妮弗。"那次在她家门口守夜之后我见过她两次，一脸憔悴。才三十多岁，丈夫就开枪自杀，还在自己家的阁楼里！我想那一阵连阴雨没起好作用，一下就是半个月，我都快抑郁了！我想这辈子她都不可能彻底走出那个阴影的，听说她带两个孩子去接受心理治疗了。所幸她妈也在加州，每个月都开四五个小时的车过来陪她一阵儿。"米琪鲜少与邻居往来，这些我猜都是从格瑞那儿获得的二手消息。

我们俩正聊着邻家的各种不幸和物价之高，台上的男人开始对着麦克风说话了。那话筒效果不太好，嗡嗡的，我得竖着耳朵仔细听。

在路上我已经查到 Jimmy Buffett，今天乐队要模仿的这位音乐人仍然健在，已经七十六岁了。乡村民谣之于美国百姓就像他们的腿和牛仔裤一样贴合，那个把歌词写得像散文的伍迪·艾伦,那个扭着胯唱得女人们神魂颠倒的猫王,那个用大鼻孔哼哼唧唧的吉米·杜兰特,都是让美国人感觉舒服自在又酷劲十足的"牛仔裤",只不过有的是海一般深情的蔚蓝,有的是沧桑尽现的浅蓝,有的是被岁月漂洗后的脏白。他们让人着迷,让每个听歌的人都以为他们唱的正是自己的故事、自己的回忆、自己的昨天。

"这位 Jimmy Buffett 可不仅是歌手、作曲家、作词家,还很有生意头脑,几年前就听说拥有 9 亿美元身价。有两家以他的歌名命名的餐饮连锁店,他还经营夜总会,写畅销小说……"格瑞看我掏出手机上网,轻声说:"你查一下,看他和 1977 年结婚的第二任太太还在一起生活吗?"

我不禁笑了,看来美国老人也追星,也八卦。在维基百科上找到他的主页,递给格瑞。"这些老歌真好听,唤起我们这代人的回忆。不瞒你说,我特别喜欢他的'Come Monday'(《星期一来吧》),那是我二十多岁时最喜欢的歌……"格瑞微笑的脸上有一丝难为情,好像说到的不是一首歌,而是当年他暗恋着的女孩。

歌声响起,格瑞指指树下插的彩旗,告诉我现在唱的正是这首歌"It is five o'clock somewhere"。

Pour me something tall and strong
Make it a Hurricane before I go insane

It's only half past twelve but I don't care

It's five o'clock somewhere

（给我倒一高脚杯的烈酒 / 在我发疯之前把它变成"飓风"/ 现在才十二点半，不过我不在乎 / 总有个地方现在是五点钟）

"你知道为什么是五点钟吗？那是饭馆的 happy hour（乐享时间），酒水打折，人们趁机喝上一杯的时段。有时候在中午或晚上想喝一杯，又感觉不是喝酒的时候，人们就会自我安慰着倒上一杯，说一句 it is five o'clock somewhere——总有个地方现在是五点钟。这其实就是美国文化，及时行乐，自我放松。"左耳听着歌，右耳听着格瑞的轻声解读，我连声说太棒了，看到杰伊和米琪也都开心地随节奏晃着脑袋。

见我由衷地喜欢这通俗实际的美国文化熏陶，格瑞透着笑意的脸粉扑扑的，上唇修剪整齐的短须也翘起来了。

"为什么那小旗子上有只鹦鹉呢？"我追问道。

"Jimmy 多数时候住在佛罗里达，那里气候和夏威夷相似，林间有许多鹦鹉，人们也爱穿夏威夷衫。他的许多歌迷听他的演唱会时都穿着夏威夷衫戴着鹦鹉帽。另一位同时代的歌手 Timothy 就脱口而出，叫 Jimmy 的粉丝 parrot-head（鹦鹉头），当时另一支乐队 The Grate Dead（感恩而死）的粉丝自称为 dead-head（死亡之头）。"格瑞说这些时，那笑温吞吞的，声音慢吞吞的，像不好意思在不懂的人面前显示自己的懂。因为我们四个人坐在同一把长椅上，挤在中间的我俩离得特别近，我留意到他的门牙不仅很细小，而且颜色比其他的牙齿要深，有点儿棕褐色。它们像松动了一样往前突出来，让我想到小狗杰克那稀疏而向外突的牙。可我并不觉得讨厌，因为格瑞是对猫狗都不会大声呵斥的好人。在我看来，好人的一切都可以被接受。我听米琪说格瑞之所以最近开始在上唇蓄胡子，是因为他要帮一位朋友出庭，自知牙齿有问题，他留着胡子遮丑，说等攒够了钱去看牙医。

"……哇，这个可不好，他居然支持民主党，还曾在希拉里竞选总统时捐了一大笔钱。"格瑞仍握着我的手机在看，即使说这话，他的语调仍是轻柔的。米琪同意我的看法，说格瑞是个外貌好看的男人。"要不是看他顺眼可以搭个伴儿，我早把他这倔驴赶走了。可是我要不收留他，他去哪儿住呀？他前妻是菲律宾人，嫁给他时就已经有两个孩子了。虽然后来他还很热心地去看孙子辈，可他们好像跟他并不亲。"是为了不讨人厌吗？格瑞尽量把自己捯饬得干净利索。不管是去草坪遛狗还是骑着自行车去超市、去健身房，他总把灰白的头发整齐地梳成三七分，戴个草编礼帽。洛杉矶一年四季阳光灿烂，多数时候他都穿一条卡其色短裤，上面配T恤罩长袖棉衬衣。我喜欢格瑞，乐于清贫却体面有尊严地活着，即使时有不满政府的言论。

乐队一共就四个人，银发飘飘像个侠客的键盘手，微胖的鼓手，两位吉他手。他们都是七十岁左右的年纪，都穿着花色不一的夏威夷衫，边演奏手中的乐器边放声唱着，好像这不是什么音乐会，而是在谁家后院自嗨。当然也有主唱，是那位穿着粉色沙滩裤、戴着棒球帽的吉他手，年华老去丝毫没影响他的自信，似乎年轻时女人和朋友的宠爱让他早积攒了足够的底气。台下的银发族显然把他们又拽回到了昔日的好时光，四位老男人唱着、弹着还扭起来、跳起来，开心得像四个活力四射的老男孩。"这边的听众好像表现最好，喜欢跟着唱。我爱你们！"

Come Monday, it'll be all right
Come Monday, I'll be holding you tight
…………

（星期一来吧，一切都会没事 / 星期一来吧，我会将你拥紧……）
…………

唱到一半，音乐戛然而止，他们和台下听众一起大声清唱着。每个人心中都有属于他的那个星期一！

我听着那整齐的和声，望着一张张动情的脸，莫名的感动，甚至，想落泪——谁没年轻过！谁能不老去！

"我想到前边去站着听。"格瑞说罢自顾自地起身往台子那边走去。我也跟米琪和杰伊打声招呼,脚步轻快地跟随上去。我们立在房屋廊下,靠着那巨大的青砖柱子,斜望着近在咫尺的乐队和在台下那小块空地上起舞的对对男女。

"你看那对老夫妻,跳得多好!"音乐太响,格瑞凑近我的耳朵大声说。

那是一对衣着和相貌都很体面的老人,目光温暖、笑容和蔼,他们互相挎着胳膊与其说是在跳舞,不如说是互相搀扶着随着鼓点晃动身体。我望着、听着,情不自禁地在心底感慨——年轻时尽情尽兴地爱过、痛过、活过,当青春不再,就从容放松地老去、死去。这样的人生,其实也真不坏。

It is five o'clock somewhere,没错,总有个地方现在是五点钟。

选自《上海文学》2023 年第 2 期

舞台、商场及原野

黄其龙

广西作家协会理事。散文发表于《美文》《民族文学》《星火》《广西文学》《黄河文学》等刊物,有作品被《散文海外版》转载,入选《原浆散文精选集》,曾获《广西文学》2021年度优秀作品新人奖。

舞台

舞台是水上舞台。

数百名观众围在舞台下观看舞台上的表演。我被挤在人群之中,浑身被挤出酸溜溜的臭汗,双脚几乎被架空成一对悬挂的火腿。

舞台上演的是一个王带领七八个武士与河妖抗衡的故事。王轩昂立于圆形舞台正中央,武士在四面转圈奔跑,随后迅速向王靠拢,用双手将王托举至半空。王集权力与巫气于一身,披着粗布风衣,身材魁梧奇伟,背负着黎民百姓的期盼。王将长杖刺向天空,使出一个霹雳打雷的动作,引来闪电震慑河妖。

王面露凶色,鼓着嘴腔向河妖喷出熊熊的大火。我身旁有一个扎着辫子的小女孩,她被吓得发愣,忽然回过身来埋进妈妈温暖的怀抱。妈妈立即用手捂住她的头,说:"不怕不怕。"小女孩却又转身将目光重新投向舞台,欢快地指着舞台上的王说:"妈妈,妖怪!妖怪!"小女孩与我当年一样,分不清谁是好人,谁是坏人。

河妖掀起巨浪,鬼一样狰狞的头部浮出水面,它张开血盆大口,欲要吞没过往船只和游人。王再次将长杖刺向高空,几道闪电劈入河妖嶙峋的脑门,河妖遁入水里。

这是流传于当地民间的一则传说。据说,这只是其中的一个剧情,往下的剧情还包括一对阿哥阿妹在王的庇佑下喜结连理，产下哭声洪亮的婴儿，打开鲜活的人间幕布。

舞台表演是热闹的，我爱往热闹里挤，爱舞台上漫卷的烟火，爱人间的传奇故事。有时候半夜做噩梦醒来，觉得人好不容易活着，我不能把自己往孤独和寂寞里赶，过着牢狱式的生活。一个人随时都可以在菜市场、大街、商城瞎逛，在街边餐馆、火锅店、烧烤摊就餐，在红白喜事的席间喧哗或悲恸，才算握住了最具烟火味的生活。

我真切地需要这样的热闹，白天帮助我度过昏昏沉沉的日常，夜晚助我抚平纷乱如麻的思绪。我看见除了小女孩之外，人们在舞台底下挨挨挤挤，他们和我一样，都在伸着脖子向舞台索取故事。我们立起脚尖，睁大双眸，绷紧着脸皮，呈现生命的每一处寂寞、惶惑和饥渴。我们大都过着黑白色的日常，那些具有饱满色彩的日常，需要我们出门去寻找，去到舞台、去到野外、去到海平面、去到高峰、去到丛林、去到人群、去到荒地、去到梦境、去到意识的边缘地带……

我们害怕孤独，极度渴望热闹。我知道我刚出生之时，肯定热热闹闹地哭过，向世界宣告生命的开端；在二三十岁的年纪，我奔赴一场热热闹闹的婚礼，开始走向人生的拐点；外祖母逝世的那一天，我看到一群人围在她的躯体周围热热闹闹地哭。人生的每个阶段都是舞台，它上演我们的出生、婚姻、死亡，以及善恶、美丑。它是如此贴近我们的一生。而我们一贯以为幽静是审美场域，更多的时候不愿意接纳热闹，认为热闹是俗气，是吵闹，是打搅，它破坏了美的氛围。

我和瑾已步入而立之年，然而我们的婚礼迟迟没有办成，母亲很着急，她已连续三年催着我和瑾办酒。父亲逝世后，母亲的寡妇"身份"使她在村里抬不起头，她需要我和瑾的婚礼来证明她这一生是热闹的，而非沉寂的，因为她培养了这么出色的儿子——她曾经向村里的人炫耀她的儿子在某某局机关担任重要工作。她还分别从大姑、大伯那里借来几万块钱，把老家的房屋装修了一番，体体面面地用来做我和瑾在农村的婚房。我们的婚礼能扫荡她过去十二年所受的委屈，成为她人生大放异彩的舞台，然而疫情没结束，我和瑾就没办法办酒。后来我想走折中的办法，提议简单办，只请几桌亲戚到场。母亲说："那怎么成？几桌人，那还叫办酒吗？"民间需要故事传说，落实到具体生命个体，则需要热闹。母亲年近六十，守寡十余年，我知道我终究拗不过她，她和那个小女孩一样，有向舞台索取热闹的权利。

商场

裹着浑身的汗臭味，夹着似散未散的烟味，我从人群中抽身离去，走上二楼的民宿房间。

离开餐桌时，还有半杯白酒立在我面前，一颗炒熟的花生米掉落在杯里，浮起一层泛光的油花。从下午四点喝到现在晚上十点多，我实在喝不动了。

民宿就在景区里头，设置了三十九间房，是睿哥呕心沥血经营的实体。我们连续两天在楼下的餐馆聚会，吃遍了他家几位烧菜师傅的拿手本地菜，酸粥鸭、芋头扣肉、白切猪手、牛尾巴汤、青竹鱼生……这会儿，几位文友还在餐馆包厢里饮酒，他们谈小说的开头与结尾、影视剧中的情节表现、哲学与宗教信仰、女人和女性主义。他们借助酒精的作用，涨红着脸极力构想自己的故事，出现不同观点时，氛围甚至转变成"耳赤的争论"，谁也不服谁。我从楼梯往下瞄一眼，看见睿哥坐C位（中央位置），忙着递酒点烟。

我很后悔喝下那么多的酒水。我知道第二天我会起得很晚，然后早餐和中餐一起将就着吃，喝点儿粥水解酒。

睿哥经营的民宿和餐馆，其时经历急流险滩。景区里的另一头设置了舞台，每天晚上都进行舞蹈表演，热热闹闹的，他这头的民宿和餐馆却出奇的冷清，生意全靠我们这些朋友关照。睿哥忍着没有和我们吐露他的艰难，只是在朋友圈里发些明暗交织的说说：

"做自己内行的事，外行的学费很贵。"（1月22日）

"'山雨欲来风满楼'（唐·许浑《咸阳城东楼》）。"（睿给这条说说配了一张衰败后的木槿花图。我见过木槿花，他家民宿墙沿就种养有一排，只是图片上的木槿花花体软塌塌的，陷入暗黄的恐慌。)

"咬牙再坚持。牙却要疼起来,深夜无眠。"(4月17日)

我们早已洞穿睿的慌乱、艰难、迷惘、疼痛,想到他胸中万状情绪,就像密闭容器里的蛊虫,纠缠着、撕咬着、扭拧着。后来得知他苦心经营的民宿和餐馆,是他与几位兄弟合作投资的项目,那几位兄弟开会选他做经理,他一人的成败牵扯到兄弟们的兴衰,因此他如履薄冰,长时间陷入失眠和恐慌的状态。此前睿哥有一份很不错的体制内工作,养活自己不成问题。

我的思绪像一块幕布,有时飘去很远的地方,有时又飘回头顶上悬着的灯,它并不能气定神闲地停靠在某一件事情上。或许电灯通了电才会发光,人生通了运才能发光吧。

房间摆放着一张书桌和一张椅子,书桌出去是一扇镂空格子的木窗。木窗是打开着的,它朝着清幽冷峻的明江。江水在夜幕笼罩之下,弥漫着神秘幽远的气息。星星在幻境似的天宇闪烁,我靠着窗户坐在实木圈椅上闭目,抖音里的"深空探索"忽然萦绕在脑子里:"我是旅行者1号,我在太空中孤独地旅行了45年,这一走就是229.8亿公里。我在无边的黑暗里见过木星的宏伟,也见过土星的耀眼,我已经接近太阳系的边缘,可以肯定的是,这是我最后一次和你们道别。我的旅程偏离了航道,从此飞向幽深黑暗的未知,还记得我给你们看的最后一张相片吗?照片上0.12像素的蓝色小点儿就是你们生活的地方。"我想趁着酒劲，把旅行者1号的这段告白念给睿哥听，或者编成一条信息，在他朋友圈说说的下方发表评论。然而这段配上电影《泰坦尼克号》主题曲《我心永恒》的告白，虽内透"渺小"和"卑微"的真理，却表现出强烈的悲观主义色调。

我能做什么呢？什么也不能。

他的说说，我并没有评论，商场是他的战场，他必须走过这段深邃的黑暗。

原野

《清明上河图》这样的长卷铺展在眼前，我通常极尽想象，把自己当成里头忍饥挨饿的落榜书生，穿过汴京城最热闹的商铺、街道、人群，蹚过彼此起伏的叫卖声，走上横跨汴水的虹桥（木拱廊桥），孤零零地去人迹稀疏的郊野——汴京城最边缘的地带。至于去郊野做什么，我也没有一个很好的打算，汴京城的郊野能让我自由散漫起来，不必接受来自现实的监视。

伫立于郊野春光，水雾漫卷、万物复苏，卑微的人拥有生命上的饱满气力，困厄的人实现心境上的清明豁达。

教外国文学的老师把我的这种情怀归到逃避型人格的一类。她摆出美国记者舒尔茨（普利策奖得主）批判《瓦尔登湖》的例子，舒尔茨认为梭罗身上沾满伪善、厌世、自恋。我并不接纳她的观点，原因是我非常讨厌把一个人在情感驱动之下好不容易培育而出的审美倾向放到道德的层面去烟熏火燎,就好比一个上了初中的男孩子开始对女性的乳房充满想象,表现出发育状态下的正常心理,母亲站在男孩子的面前大声训斥:"那个东西很污、很龌龊。"那次交谈后,我担心我的老师看过诸多西方文学评论著作后,对中国文学艺术最核心的内容丧失自己的判断。

我爱原野。我无法拒绝原野对我的召唤。倘若一周不去一趟原野,我坐立不安。

那日我和瑾驱车60多公里,去市外的峙内水库露营垂钓。水库落在数十座山的夹缝里,水面很像透亮的蓝宝石的断面,也像孩童清澈的眼眸。水库中间有座长满了灌木丛的孤岛。我和瑾刚把车停在坝头,管理员迎上来,递一张微信收款二维码到我们面前,说露营60元,钓鱼60元,总共120元。他身材粗矮,戴一顶暗黄色的草编遮阳帽。遮阳帽下面是他被太阳晒黑的圆脸。他身后有一间用木板拼架起来的简陋屋棚,屋棚只能挡风,雨要是下得大,会浇渗进去。那是他蛰居此地的居所。周边没有村子,没有人间烟火,只有崎岖延绵的山峡,他一个人白天黑夜地守着,正在过着梭罗在瓦尔登湖捕鱼般的生活,但他是否伪善、厌世、自恋,是否想逃离这个地方去市区生活,他和梭罗有本质上的区别。

我跟他说没问题,并指着水库中央的岛,向他提出想去岛上扎营的请求。

"我划竹筏送你们过去,但要加20元人工费。"他吧嗒着吸一口烟,黝黑的脸犹豫了片刻,随后扔掉烟蒂。

"离开之前把垃圾带走。"他同时向我们提出保护环境卫生的要求。

我和瑾还在竹筏上漂,蓦地发现对岸山脚下栖息着一群白鹭。我们能看见它们曲着修长的脖子,头往洁白的后腰埋去,用铁色长喙梳理身上的羽毛。它们如同偶然落入凡间的云,缥缈如雾,也如女子身上的轻纱,轻柔如肌。它们有高度的洁癖强迫症。

我已经多年没有遇到过白鹭。年少时见到白鹭在刚耕种过的水稻田里觅食黄鳝,我极为顽皮,握着一块石子朝白鹭远远打去,对白鹭没有半点儿敬畏之心。我只担心它们衔走祖母刚撒下的谷种。

白鹭并不挨着栖息,它们栖息在不同的灌木丛上,或同一株灌木的不同枝丫层。除洁癖强迫症外,它们还执着于孤僻,迷恋私人空间。忽有七八只白鹭"呱呱"叫了几下,蓦地从栖息的枝丫飞出来,舞蹈学院的女子一般,整好了衣装,妆好了头发,这会儿成群结队去参加露天舞会。它们在空中排成"V"字形阵仗,于山谷之中向东翻飞,后又向南回旋。我的头脑中只有它们娴静的模样,这样的感觉奇妙得很。倘若我也变成一只白鹭,仅以一只白鹭的意识,存活在这样特定的时间和空间里,那么我会不会获得最高尚的文明、最广阔的自由?

我有想过去对面的山脚，也就是白鹭的栖息地，去那头扎营垂钓。我完全可以将这个想法付诸实现，因为只要我回到刚才登岸的地方，冲着那破落的屋棚喊，那位黝黑肤色的管理员就会把竹筏划过来。我和瑾会和他商量价钱，请他将我们渡到对面山脚。等到去那头扎帐篷，我就可以像管理员那样，掌管山脚下的大片水域，而轻盈的白鹭就在我们头顶的枝丫上栖息——只要它们不嫌弃我们这对刚刚从城市逃出来的夫妻"邻居"。我仰头对白鹭说心里话——"我们需要在枝丫间栖息的本领。"

我盯着白鹭出神的时候，一只马陆经过瑾的脚跟。她忽然大叫一声，又突然伸出脚去，用鞋底将它戳压在草地上。那只马陆的外形像蜈蚣，只是比蜈蚣的个头要瘦小得多。它背部黝黑油亮，腹下长出密密的脚足，比蜈蚣的脚足要多得多。它在低矮的草丛中穿行，似乎要赶着去某个神秘的地方。

它几乎被压成肉酱，瘫死在地上一动不动，连尸体都不得以保全。我的鼻腔甚至闻到一股腐肉的味道，被熏得酸溜溜的。

"它要钻进我的裤脚！"瑾的脸上冒着些豆大的汗珠。其实她的裤脚与那只马陆，有十厘米左右的距离。

瑾一直很喜欢动物。她养过一只黑白相间色的兔子——"巴巴"。巴巴养在我们家有大半年，她好吃好喝伺候着，后来巴巴被一只突然挣脱绳栓的金毛犬咬到脖颈，头颅瞬间悬挂下来。她一边用手捂着兔子的头颅，一边转过身来厉声指责遛狗的肥胖女主人，眼泪从她眼里奔了出来。她把兔子装进一个油纸箱，让我跑去城乡接合部的一个菜市场买来一把锄头，驱车二十多公里到一条河的岸边将其掩埋。她还养过三只从农村带来的猫仔和一只葱绿色的鹦鹉，猫仔因为不适应城市生活环境纷纷从门缝中逃走，鹦鹉一直养在木色的吊笼里，她早上、中午和傍晚都在逗鹦鹉让其学问候语。我决不相信她有杀戮之心，只是马陆乍一看真像只长腿蜈蚣，蜈蚣有毒，内心的恐惧促使她本能自卫。人与动物无异，都是鲜活的生命，都有恐惧的时候。

她的失声叫喊，没有惊吓到灌木丛上的白鹭。白鹭还在优雅地使用长喙梳理羽毛，享受幽闭的秘密，迷恋孤僻的性格。我能想象，优秀的摄影家只能躲在隐秘的芦苇丛或灌木丛，忍受蚊子和蚂蚁的叮咬，借助长焦镜头才能欣赏到它们孤傲的身躯。

选自《美文》2023 年第 4 期

雪夜航班

陈登

古代文学研究生在读。作品见《散文海外版》《散文选刊》《诗选刊》等刊及选本,获徐志摩微诗歌奖、中国作家网 2022 年度文学之星、野草文学奖等。

通往机场的公路灯火灿烂，高于半座城市。南方夜晚湿润的风有韧性地在耳边拉扯出了磨砂质地的啸声。第一次夜航，二月二十八日，我从南昌起飞，前往兰州。

在被座椅和地心引力剑拔弩张地拉扯的缓慢几秒后，机舱无声地黑下来。舷窗外的灯火灿烂如星汉，渐次联结为网罗，一座城市无意裸露的夜晚，我贸然看清它繁复的骨架。夜云如边缘羽化的涂层，悄无声息地将大地掩埋。最终，脚踏密不透光的深紫，头顶层叠发黑的冥蓝，我们是航行其间的暗室。如同被铺在织机上的散线，短暂地被扎为一束，共享经纬以及一个密闭的船舱。

穿过舷窗的视线有一块浑浊。某任舱位持有者将额头轻轻抵上了这片玻璃，竭力地向外望去。这是常有的印痕，人类可以目见的雀跃残留。每每飞机抬升，低矮或高耸的楼房都渐次面目模糊。脚下是它们的集合体———一座闪亮的、庞大的、星罗棋布的、被丝缕云气覆盖的倾斜城市。离地面尚近时，人在世界的装置中被倒错，仿佛身穿降落伞，要像一杯酱油般被泼下去。

四年前，我也这样奋力凑近三层的冰冷窗户，要用眼睛的镇纸推平一处北方的城市。

敦煌飞兰州的行程，是我第一次踏足西北。天宽地阔，地球的茧阵和褶皱在冬季都趋于透明。微蓝的轻薄雪层覆盖深黑山峦，有交相辉映的金属质感，远处陡峭的地平线呈深蓝光泽，云流在机翼下慢慢浮动,舷窗上的划痕如反光的破碎蛛丝。推起遮光板的那刻,机舱被无人区的雪光簇拥,世界猛地与我彼此清白映照。一切辽阔于微小人类而言似乎只需一个臂展。北方真正的神圣、宏大和清净在那个白昼悄然露面,大音希声,轰然击中我半梦半醒的蒙昧胸膛。

那年的张掖,祁连山上。我走一阵,又弯腰抄起一把雪洗手,空气有棱有角地撞入鼻腔,肺如此滚烫。山脚雪野有佛寺和神殿安静沉睡,鹰从头顶飞过,五彩风马被雪擦得锃亮,经文在光里扑闪如鸟翅。

我心中空无一物,却在这样广大无垠的天地里边走边落泪,也许是因为劳累,或者说是遥远,太遥远了——远处的冰河与台地白到极致,平旷坦荡,像这个贲狂心脏上最纯净寒冷的祭台,不被切分的风阵缓缓滑过,从深山带出最平静稀有的大地回声。

生在西南,感受过的最辽阔的场景是冬天站在村庄丛路的中途远眺,天空被擦成厚厚的雾白,城市生活涌动的河流之外,我看见对岸的火车铁轨、工厂和烟囱喷出紫黄色的晚霞。前面是去无可去的微距远方,身后是谙熟的土地。而我这样小,如挂在树枝上摇晃的袖珍苦胆,在高处的寒冷与抛掷之外吸着通红的鼻子。我知道一座山外有另一座山,树林后是别的树林。蚊虫,雨水,土黄色的夕阳,湖泊和村庄密布。无尽当然有无尽的去处,但十八岁前直径两百公里的生活圈里,到处都是尽头。

尽管后来的俯瞰都布满荒芜与尘暴，只有那一刻的惊艳和钟情惬当无比，我由此甘愿成为常年周旋于北部机场的旅人。曾经敲开闭塞胸肋的辽远旷豁，站在脐带另一头。

二〇一八年，清明，乘坐只有三人的空空班机，我和朋友前往西宁。

青海湖高出地平线，盐晶和冰块在半解冻的青色湖块中遥遥望去如飘零的白鸽。停留黑马河看日出的前一晚，简陋的镇子忽有大风，夹带高密度沙砾扑面，所有人都用帽子和围巾周全地捂住口鼻，要是在风里对望，只能看见彼此的眼睛。

小小的宾馆全是粗糙平房，洗澡须得经过一段残破走廊，到薄木板搭起的卫生间去。女浴室的花洒滴滴答答，损坏已久。天色昏黄，四下无人，院落寂静，我和朋友勇敢地钻进无人的男浴室，占用了唯一相邻的两个洗澡板房。零下几度的天气拥有热水真是幸福的事。窘迫境况下，两个人仍然聊天唱歌，中途有人经过敲门，我们立刻闭嘴，抬头就是水汽蒙蒙，向单薄的屋顶升腾。

生命中最幸福的睡眠就是黑马河之夜，旅途中难得洁净，大家跳着脚钻进被窝。六人间尽是萍水相逢的人，窗外狂风啸鸣，间有石子凶悍地敲打屋顶，我严严实实地包裹身体，只露出脑袋。六个人偏安一隅，在青海湖边坐拥十五平方米的袖珍温暖人间。

巨量的寒冷是带有大静的。而今在闷热的狭窄宿舍回忆青海湖，时隔四年的凌厉、粗粝和真正令人惧怕的生命力又缓慢在肺腑中汹涌。原来我在荒凉的青海湖边驱赶过暗黄的羊群，天幕低垂，湖水澎湃，冰块还未解冻，垒出动人的山丘。

肮脏裤管结出坚硬盐块，我抱着双臂走在寒风里，被一些破碎的诗句撞倒：

"大静似鼓，擂我肚腹"

"羊群啃食石头上的阳光"

"啜饮一个冬天粗糙的表面"——

还有海子，无数个海子。想起"马鼻子下，湖泊含盐"，想起"青海湖上，我的孤独如天堂的马匹"，想起"只有五月生命的鸟群早已飞去，只有饮我宝石的头一只鸟早已飞去""只剩下青海湖，这宝石的尸体"……

水面暮色苍茫，千万次远眺被冬天翻新，又被冻得晶莹剔透。

被高原大陆性气候淘洗过后，人轻盈干燥。在返回西安相对静止的航程里，随手翻看航司杂志，草率地在随身笔记本上摘抄下两句话：

"人生的怀疑与相信同等重要。"

"黑夜给了我们黑色的眼睛，我们不该用它去相信琴声。"

成年后的节奏无非围绕几个机场，反复整理行装，反复穿针引线，将意义各异的地理方位串成粗细不均的珠链。升降，失重，擦肩千百种云层，与光棱相互映照，结伴一切短暂而对个人意义重大的改写，我们往往会在机场停留与航程相等的时间。

同样是二〇一八年，浓浓夜雾包裹长水机场，蠕动雾群在明黄灯盏下璀璨夺目。我懵懂地发出赞叹，站在路边反复深呼吸，不时举起相机。风里有颗粒感的水汽，清凉世界如此温柔，干净的潮湿附在人的颈发和胸膛，空荡漂亮的夜里，好像四面八方都有软和的未来在耐心等待。

当然，这是飞行经验欠缺的稚嫩想象。候机厅天花板高悬，浓雾致使航班延误的广播数次放送。人们聚集，排队，争吵，沸腾，对一次声势浩大的堵车毫无办法。航站楼好似一个臃肿的虫腹，蠕动又翻滚。混乱的临时延迟，使我第一次在机场周边滞留两天之久。

也曾在咸阳机场过夜。金属座椅单薄坚硬，令人无法入眠，我保持神经质的高度清醒。于是知道了有凌晨三点登机的旅游团，参团的老年人们扭头高呼着彼此确认时间。旅客们整个夜晚不间断地随机械的通知声分拨离开，而我座椅对面是一家三口，孩子太小，断断续续地哭喊，略微肥胖的年轻父亲穿着微黄背心发出微鼾，瘦削的妈妈头发蓬乱，数度蹲下哄慰孩子。

已不记得商店几点熄灯。整个机场半明半暗。我抱紧了双肩包蜷在黑暗里，这黑暗将强行扭过了的世界的涩意和拮据的背面送到我跟前，直到矿蓝色晨曦从玻璃外轻轻降临，再度在萧山机场航站楼遇到抱着孩子坐在航站楼门口号啕大哭的女人时，安保站在一旁手足无措，旅客们纷纷避开，我也只敢远远地看。拎着沉重的行李箱在托运处发呆，心想，原来人间烟火也是这样苦的。

许多年都是如此，我被不同的时区拉扯成一根弦，紧绷在大片深浅不一的南北航行里，甚少被弹响。生在西南，所有想象过的远方都是北方，机场如田字格，我手拿铅笔，在格子后的横线一字一句写着长长短短的稚嫩编年。偶有错字，便用橡皮擦得一塌糊涂。

二〇二一年后，我长居兰州。

黄河如同血管，兰州则是伴随血管的一段长长的增生，皮肉已经风干，只剩密匝的肋骨南北伸展，沙砾使之表面已然粗糙不堪。我曾于过去三四年里的冬天和春天离开甘肃，每次临行，总有飘雪相送。有时在张掖——去火车站的出租车上，窗外脉脉洒下碎雪。我一个人拖着行李箱站在马路边，交通信号灯的红与绿变换跳跃，暖黄色的车灯与落雪细腻铺开，一地柔光。呵气成霜的冬夜，火车站外不过几个行人，天空突然洒下雪来，车轮在新的白色上碾出长长的痕迹，我搓着手望了半晌，回头，"张掖站"三个鲜红灯字在雪里默默亮着，隔着风和灯光，一种笃定而软和的静谧。

也有兰州。去云南的航班总在凌晨，旅客早早被送至停机坪。那时的天是朦胧混沌的深蓝色，红蓝色的警示灯在远处闪烁，寒风呼呼迎面，登机前五分钟，机场忽然开始飘雪，盐般细碎的雪带着微小的冲力洒在睫毛上，我抬起手掌接住几粒，如同接住了一首诗的标点。

远古时代，我的祖先逐水草而居，昼夜不息，终生寻找温暖湿润的理想居住地。而因几片雪的情谊，我一厢情愿来到西北，置身春秋极短、披肝沥胆的莽莽荒芜之中，和祁连山脉结为七百公里的远亲。这里的风沙和桃花同时开放，所有云穿着同一身衣裳，在充斥着凋敝意象的长夜里发出低频的呜咽。我学会每日按时饮用热水，预防穿过人群时留下蜗牛黏液般的鼻腔气味。

二〇一八年冬天，我在嘉峪关车站等待去敦煌的列车，站台对着一座公园。零散的游人从湖边走过，干枯的柳枝微微摇晃如散乱笔画。不知是芦苇还是什么植物，浩浩荡荡地簇拥了一面闪闪发光的结冰湖泊。空旷的车站也被映得洁白崭新，一切如在梦中。我理所当然地以为，只要移居，就能坐拥整个冬天的温柔雪光。

然而没有雪，一片都没有。在我到兰州的第一个冬天，只有被大幅昼夜温差匀包裹的阴沉。满墙五叶地锦或凋谢，或红得陈旧悲哀，五米每秒的西北风终日盘旋，将梧桐叶贴地拖行。入夜后，公路旁的水果摊位各自撑一顶小帐，小而冷的红黄灯光挤在人群和车流之间，偶尔有鸟在未黑得彻底的夜空飞过。路人被苍老矮小的街景压缩得更加苍老矮小，只能呵着寒气，躲进厚厚的衣领中，抱肩踽踽。

我被一场大规模的水土不服重重袭击。也许来自季候，但更多的，源于心理。曾臆想自己与这片土地的熟谙。祁连山、冰冻的溪流、临行的雪、风筝和老年乐团……临松薤谷的某块干净雪地上，我的脚印曾与一只小羊的足迹并列；零下二十度的凌晨无人区，和青旅认识的姑娘在戈壁滩上撞了租来的车，只能停在哨所外听了半夜胡杨林里的虫鸣；某次赶夜里的火车，凑巧跟旅游包车的司机师傅一家五口在火锅店吃饭，玻璃窗蒙着雾气，他小小的外甥女兴奋地与我讲新疆见闻；而大佛寺的壁画上，千百个栩栩如生的信众那样温和且脉脉地，把我这淡季唯一的访客注视——七八次旅行，朝圣般，我一个人千里迢迢地来，只为与这片土地见上匆匆一面。自以为是地，认定这里一定记得我，甚或爱我。

直至进入深冬，兰州依然没有下雪。荒山脚的校舍正对高架，有时我会悄悄乘电梯从三楼到十五楼去，竭力想看到山的那边是什么。可由黄土堆积而成的山群如驼峰，拖着臃肿躯体死死拦住目光的去路，黑蓝色的夜色中，山脉本身的颜色比夜海更深。每每半夜洗漱，我站在窗台前，一边刷牙，一边看各式各样的货车随风声寂寞穿行，淡黄色的灯光呈粉末状空空地洒下，它们沉重地疾驰，转眼便溜进了山障背后，不见踪影。

荒芜不再是拓展边界的方式，终日朦胧的天空伴着灰尘驱逐人间枝叶，终于我蜷起来，慢慢地，缩进狭小的圆心。

转眼十二月。一个虚弱的夜晚，我倏然脱力，离开图书馆，想四处走一走。园囿中的植物们渐次枯萎，不再容纳任何抒情，留下最缄默简练的姿态熬此长冬。满耳梧桐叶破碎的声音。边漫无目的地游走，边低头翻阅手机页面，冻红的手指在屏幕上麻木地乱点。

冬天太长了。我第一次产生了这样的想法。

忽然，额头有一瞬的冰凉触感。我一吓，猛地抬头，便看见无数雪花闪亮温柔地飘飘荡荡、缠缠绵绵涌来。

我看雪的经历不多，但如果把过去的每一场雪攒起来重新放下，不论多么隆重洁白，都不会比那一刻震撼。

大群雪片以灯为单位一朵又一朵，连绵曲折地追赶我的方向。就像一位蓦地想起遗失已久的女儿的母亲般转过身来，轻抚着哭泣的孩子的额头。入冬后，查看天气预报已成习惯，但这次没有任何征兆。我独自走在雪里，看见花坛中的银杏叶被雪一点一点埋藏，忍不住掉下眼泪。

第一次登祁连山流泪的记忆呈抛物线状重临，被世界安慰的、相似的动容，前后跨越了三年，原来卒章显志在这里。

熟悉的寒冷拥我入怀，祁连山携带雪讯的、宽敞的风拂过，将那个久远壮阔的下午，再次逐字逐句地念给我听。

雪在第二天日出前便消失殆尽，仿佛从未存在。也许我可以自私一点儿，理直气壮地说，这是我一个人的雪，夹带着无数次虔诚仰望换来的余温。它是西北和我共有的、神迹般的秘密。

随后的寒假,我返回云南。无意间,我拥有了候鸟的人生:相似的迁徙路径,一年两次跨过八百毫米等降水量线。不记得是第几次相同的航班,窗外变幻的地形展览令人麻木。不再执着于地理方位变换的意义,我学会选择临近过道的边位,头脑发木地昏睡半途。

再次回到曾视为乡土根脉的村庄,小小的七线城市竟也下起雪来。我站在承载数次远眺的起点,铁轨、工厂和烟囱依然。听妹妹说,这道铁轨仍有火车在深夜驶过,远远抛来如哀戚绵远的汽笛声。也许是长高的缘故,南方湿润的寒气中,我发现城市的碗碟这样浅,致使孩子们太容易翻墙而出,承受别的严寒。

整个下午,一盏不甚明亮的白炽灯下,我陪外公外婆围坐在炭火边,细小的雪粒纷纷坠下来,转眼便融化。晚饭前,我穿过半个村庄,去山上的寺庙看了看。

这是座年轻的庙宇。曾经大年三十的夜晚,上至外婆,下到我和表姊妹,全都要到这来。那时所有人都年轻且簇新,疾病、颠沛与罅隙尚在门外。我们打起手电筒,相互手挽手穿过村里漫水的小路,在水坑与水坑之间辨别月亮的影子,屋檐外是大山的连绵乌影,它们拱着轮廓清晰的巨大脊背。寺庙烟雾缭绕,香案金黄,荷花状油灯排在台阶上一盏盏闪烁。高处的清寒悄悄裹住佛像金身，暖灯下的人们低头填名册，山下则是小小的山城，有烟花从楼房间迅疾地蹿起迸裂。万象更新，好似所有新年胜旧年的愿望都会被神灵听见。

如今它红门紧闭，滑溜溜的琉璃瓦不断有雪滑下。寺庙外静悄悄，四下无人，只有雪块砸碎在石阶上。一旁山林中低低的棚户里，一尊深色的菩萨塑像静立。万物都透出沉入冬眠的枯寂和冰冷。

呵出一团霜气，于庙前寂寞的铜香鼎前立定，我当然知道，在目不能及的远处，仍有无数蛰伏的北方正悄无声息地缓慢攒动，它们袖中藏着晦暗不明的雪意，只等我收拾行装，提足踏上下一趟雪夜班机——再度开始未知的、折旧的漂泊与飞行。

而此刻，只有脚下村中人家的炊烟轻轻地、静静地飘起来。

选自《草原》2023年第5期

他乡且旧居

韩浩月

上海电影节传媒大奖、上海电视节白玉兰奖、华鼎奖等影视奖项选片人，媒体评委。中国电影评论学会理事。出版"故乡三部曲"、《我要从所有天空夺回你》、《世间的陀螺》、《错认他乡》等20余种。获第十八届百花文学奖散文奖。

一

老旧小区改造，物业通知要我们回去配合，工人拆掉了旧窗户，新的还未装上，站在失去了窗户的阳台上，挺直腰杆儿，顿觉开阔爽朗，二十年前种的槐树，今夏已经长到四层楼高，槐花开得正盛，香味被夏日的风送到室内，满屋槐花香。

我怔怔地站在阳台上，久久不愿离去，人生难得有惬意时刻，得到了就要抓住它，好好体会。不曾知道，一所老房子居然可以给人带来如此宁静的感受。二十年来，在此做饭、洗漱、睡眠、会友，晨晨昏昏，来来回回，不知道多少次锁上或打开房门。收房时的四面白墙，被孩子用各色画笔涂满，装修时，几桶乳胶漆用大刷子刷上去又是一片洁白，没承想十年后又一个孩子出生，白墙又成画布……往事种种，如电影画面，在脑海中明明暗暗了一番，一生中最珍贵、最值得努力的二十年，已成过去。

作为七十年代出生的人，对房子没有什么概念，又兼及年轻时有个漂泊梦，把四海为家当作理想，更是对拥有一套房子嗤之以鼻——蜗牛要不是背着沉重的壳，说不定它早成马路上奔跑的兔子了，房子就是一个人身上重重的壳。但人总是容易被改变的，男人容易被女人和婚姻改变，女人需要一间小小的房子，男人就要去为之奋斗，这间房子来之不易，有了它之后便知道，心安了。

做饭炒菜时散发的蒸汽、油烟，那些未来得及被油烟机排走的部分，留在了房子里。厚厚的窗帘布，因为沾满了土显得更重。种植过的花，在枯萎之后被拔走扔掉，剩下几个空空的花盆，堆在厨房的角落中。外出露营时的帐篷和躺椅，落上了一层厚厚的灰尘。一辆硕大的遥控玩具汽车，倒车镜和轮胎均有破损。碗盏杯盘用过的痕迹，被时间划了一道又一道，看样子已经洗不出来了……叹息一声，开始收拾旧房子，把该扔不该扔的全部扔掉，扔掉之前，用目光巡视一遍，大小每个物件，都串着一串回忆。

用装着神奇的化学制剂的喷壶，喷一喷橱柜底下、地板表面，然后用湿抹布一擦，顽固的污渍就消失了，这鼓舞了人的打扫积极性。奋战了三天，等新窗户重新装回到原位置的时候，老房子也被彻底打扫了一遍，它像是被洁癖患者"拯救"了一般，几乎是一尘不染，到处都被擦得明晃晃的，阳光透过新窗户的玻璃照进来，更是显得这洁净有点儿不真实，戴着艳黄色的厨房用手套，站在老房子的中央，内心充满成就感的同时，也有些恍惚。

杜甫在《得家书》中写道："今日知消息，他乡且旧居"，诗风沉郁惆怅。"旧居"一词因沾染了杜甫的情绪，自带氛围，每每被提到或被想到，也总让人感怀。"他乡"与"旧居"的组合使用，更是因为一份临时感而给人以一种无法安定的仓皇印象。要不然怎么说旧居可以有多个，故居只能有一处呢？不少人分不清旧居与故居的说法，对比旧居，故居的含义显然更丰富，故居可以被理解为——（去世者）最后住过的房子；出生以及成长阶段住过的房子；居住时间最长的房子；在故乡的房子……而旧居的定义就简单多了——在世者过去住过的房子。

故居是永久的，旧居是临时的、暂时的、过渡的。可为什么还是有那么多人，对旧居念念不忘，重逢时仍然流连不已，甚至又产生了想重新在此生活的冲动呢？

二

杜甫的诗成了"旧居"一词的出处。他一生颠沛流离，旧居无数，但他的故居通常被认为是成都的杜甫草堂。杜甫草堂并非杜甫的出生地，也非杜甫的故去之地，杜甫只在那里居住过四年，虽然写出来包括《茅屋为秋风所破歌》在内诸多脍炙人口的代表作，但严格来讲，草堂不能算是杜甫的故居，而是旧居。

我曾去过成都的杜甫草堂两次，每次去都会在大门口拍照留念，是的，这儿已经是一个旅游景点，更像是一个大型文化公园，每逢节假日人满为患。按照现在的规模，杜甫草堂堪称杜甫唯一的"大宅"了，可按过去的描述与记载，杜甫草堂真是一间普普通通的茅草屋。想想如此伟大的诗人，栖身于一阵大风就能把屋顶掀翻的草屋里，令人忍不住唏嘘。

如果从出生地的层面去理解故居，那么杜甫的故居是在河南省巩义市站街镇南瑶湾村，这个小院子，是杜甫的曾祖父杜依艺从襄阳来巩县（今巩义市）当县令时所建，杜甫不但出生在这里，童年和少年时期也是在这里度过的。杜甫写故乡的诗句有许多，比如"露从今夜白，月是故乡明""烽火连三月，家书抵万金""白日放歌须纵酒，青春作伴好还乡"，这些诗虽然写作时间、地点、情境不一，但诗句中的故乡指向，往往会被默认为巩县。以苏武牧羊为代表，古代文人心目中的故乡只有一个，对于故乡的忠诚，也会被当成一个人好品质的构成部分。

如果从去世地的层面去理解故居，那么杜甫的故居很可能是一艘佚名之舟——是的，杜甫生命的最后两三年，很多时光是在船上度过的。他在陆地上的容身之所只能是一间茅草屋，有的时候连一间茅草屋也寻觅不到，所以，以船为家对他而言，也并不算简陋。况且，由一艘船换到另外一艘船，漂泊于江河之上，虽无奈，却也颇为符合杜甫的性情。杜甫之死，据说就发生在一条船上，一个说法是杜甫到长沙访友不得，为躲避叛乱，于是从长沙南下郴州，想要投奔他在郴州的舅舅，结果船行至耒阳时遇到洪水，不幸身亡。另有说法是杜甫暂居耒阳时穷困潦倒，三餐难以保障，于是写信给聂姓县令求助，聂县令崇敬杜甫的名气，于是请他去船上吃顿大餐，没承想杜甫喝不了高度酒，醉后跌落河中，又因当晚河水暴涨，尸体不知去处。

杜甫最后在陆地上的居所，很有可能是位于耒阳的一处旅馆，但这一旅馆，肯定早已无迹可寻了，不但这个旅馆找不到，就是杜甫究竟埋骨何处，相关学者也曾争论过一段时间，河南巩县和偃师、湖南耒阳和平江、陕西富县和华阴、四川成都、湖北襄樊这八个地方都有杜甫墓祠。后来几经论证，位于洛阳市偃师区首阳山下前杜楼村北的杜甫墓，被认为是杜甫的埋骨之地，这儿是杜甫的祖居地，他的祖先都埋在这儿，他的儿子也埋在这儿，依据传统文化中"叶落归根"的概念，杜甫埋这儿名正言顺。

人们拜谒古代名人的墓地，大多还是希望能找到正确的地方，把思悼之情用对地方，虽然无法与古人穿越时空对话，但一草一木皆有情，人在一种无形气场的感染下，才会被激发出真正的感怀。出于旅游目的修建的古代名人墓祠，虽然够排场，但那种故意做旧的印象，总是让人走神，无法沉浸其中。有一年到秦岭深处的蓝田县辋川镇拜谒王维墓，那儿一片荒凉，仅余一块墓碑，墓碑前没有任何围挡，如不是上面刻着"王维墓"三个字，谁也不会认为这是唐代大诗人的长眠之地。

对比之下，杜甫在后世得到的待遇，要比王维隆重多了，凡有杜甫行迹的地方，都被画了个圈标记了出来，大兴土木，让杜甫尽享哀荣。在甘肃天水，有个东柯谷，杜甫的侄子杜佐在此有座草堂，"安史之乱"后，杜甫为了糊口，受邀来到侄子口中的这个"瓜果丰盛之地"，在东柯谷住了三个多月，于是，杜佐的草堂也成为杜甫的旧居了，杜甫在这里一共写了一百一十七首诗,创作灵感大爆发。天水人把杜甫旧居利用得很好,把当地的白水涧更名为"子美泉",在草堂遗址旁办了所"子美小学",把附近的一棵槐树命名为"子美树"。

杜甫走到哪儿,便会给哪儿写诗,不知道是他居住的地方景色美,还是他的诗更美,反正一些地方因为被杜甫的诗描绘过,就拥有了一笔无形而巨大的财富。杜甫一生对故乡有很浓的概念,但对于居所的观念却很淡薄,其实这不奇怪,你让一位一生中有很多时间住在茅草屋中的诗人,如何有居所、大宅、别墅的想法呢?

天下没有不漏雨的茅草屋,杜甫的愁绪,有不少来自屋顶的雨滴吧?那些雨滴穿过茅草,落在打扫干净的纯土地面上,不一会儿,就会滴出一个小水坑,着实让人抓狂。现代人有居所概念,也就是这二三十年来的事情,感谢贷款买房政策,让无数人拥有了居民楼或者公寓楼中的一间房子作为住处,受益于钢筋水泥,雨倒是不怎么会漏了,愁绪大抵也多来自每月的房贷,现代人的愁和杜甫的愁,于是也有了那么一些相通之处。

英剧《神秘博士》第五季第十集中,凡·高穿越到了当代的一家博物馆,当他看到自己沥尽心血完成的画作被精心装裱后挂在墙上,博物馆馆长介绍他的作品艺术价值的同时也说出这些画作的天价时,凡·高哭得像个孩子,那一刻,他那曾千疮百孔的心被治愈了。我想,如果杜甫能够穿越回来,重走自己当年的漂泊路线,看见人们蜂拥而来在他的旧居地徜徉、讨论、怀念他时，不知他是否会像凡·高那样哭出声来。杜甫一生多磨难，没住过一所好房子，要是他穿越回来，给他在公园安个家吧，就安在成都杜甫草堂公园里，没有钱的话，咱们众筹。

三

从县汽车站下了长途汽车，沿着人民路走，拐向建设路，走到自来水公司丁字路口那儿，向左转弯往里再走几百米，是我居住县城时的家。在长达十多年的时间里，每逢春节，我都会从外省沿着这条路线返乡回家，在一排排建造得一模一样的水泥平房中，曾有我的一间房子。

那套房子是用爷爷摆书摊、我和六叔杀猪挣来的钱建造的，在一九九二年建成。房子一共有四间，外加一处偏房，住了七八口人。院子的角落，支起了一口硕大的铁锅，每天凌晨五点前后，爷爷、奶奶起床把杀猪锅里的水烧至滚烫，然后叫醒六叔和我，把前一天从乡下收来的生猪杀掉，烫水，刮毛，分割，把肉送到街上卖。

我厌恶又依赖这所房子。厌恶的原因是，一年到头这小小的院子里弥漫着猪屎的臭气，以及猪毛被热水烫过之后散发出的温热气息。这所房子与前后左右邻居们的房子完全不一样，他们的院子里摆满绿植和鲜花，而我们的院子则时常遍地污浊。

依赖这所房子的原因是，我们这个家庭久居乡下，那里更加贫穷和脏乱差，好不容易来到县城，有了一处安身之所，已经很不容易，所以分外珍惜。

我把属于自己的那间屋子布置得与众不同，除了把屋子打扫得干干净净外，最大的不同是，我从百里之外的市里，买回来一大卷红色地毯，在房间里摊平了，仔细地铺到每一个角落，其他叔叔家的孩子们，最喜欢到我的房间的地面上嬉戏打滚，每次被我看到，我都会作势用脚踢他们。很早我就学着在一个困顿的大环境里营造一个较为舒适的小环境，这已经紧紧跟随我成为一个习惯。夏夜我会在房顶铺一张席子，带上收音机和蒲扇躺在席子上仰望星空，后来为了满足自己拥有一间阁楼的愿望，我又在屋顶加盖了一层有坡度的阁楼，没事儿藏在那里读书。

刚住进房子的那年为了解决用水的问题，请人过来在院子里打井，谁知钻头刚下地没多深，就再也打不下去了，工人认为遇到了岩石，换了几个地方仍然打不下去，于是他们开始深挖打算看个究竟，结果几天挖下去，发现院子下面有座古墓，挖不动的那几块地方，是石棺。这事惊动了县文物局，立即有人过来在院里拉起了禁止入内的警戒线，文保单位的十几个人在警戒线内工作了十几天，说是发现了一座汉墓，但墓内空空，早些年被盗墓贼光顾过多次，里面已经一无所有了。

那些个夜晚全家人都在惊惶中度过，毕竟没有多少人能承受居住之地有一座墓洞开着。我睡在房间里,半夜有时会惊醒,外面月光如洗,终于有一晚我没忍住走出房间,静静地站在墓洞口往里面看,那个幽深的洞口,散发着潮湿泥土的腐败气息,不知终点通向哪里。从开始时的惊骇不已,到逐渐平静,再到淡然处之,我终于夺回了对这所房子的"拥有权",是的,这儿属于我,谁也不会把它夺走。后来那个洞口被填死了,填了一车又一车的沙子,买沙子的钱足以让爷爷紧皱眉头,院子里打了一层厚厚的水泥,水泥抹平凝固之后,用水冲刷干净,地面有着令人愉悦的反光,从此地下的事与地面上的烟火生活再无关系。

我二十三岁那年在这所房子里举办了婚礼,亲朋好友把不大的院子挤得满满当当。一年后,孩子出生,孩子三个月的时候,我离家外出谋生。十多年后,城区改造,那片房子被铲车全部铲平,取而代之的是一片十几层楼的小区。铲车莅临的时候,我不在现场,在千里之外想象铲车所向无敌的样子,居然没有惋惜的心情,反而有如释重负的感觉——我居住时间很长的那所房子,从此在这个世界上彻底消失了,仿佛我也可以与那段生活永远作别。

四

去过天津许多次,但一次也没有去李叔同的故居看过,这有点儿不应该,下次再去天津,一定要去那儿看看。从相关的传记书中了解到,李叔同故居有房六十余间,占地一千四百平方米,是座豪宅,李叔同在出家成为弘一法师之前,在这里住了十六年,享尽了"衣来伸手,饭来张口"的公子哥儿的日子。

  想看李叔同故居的愿望不甚强烈,是因为看多了弘一法师的旧居。而弘一法师旧居之地最多的地方是泉州,每次去泉州,都能看到一个不一样的弘一法师旧居。在华表山南麓的草庵,弘一法师曾在这里短居,喜欢题字的弘一法师,他足迹与笔迹所到之处,无不成为他的主场,他的字气场太强大,在草庵,弘一法师的手迹以雕刻在摩尼佛雕像前的两根石柱上的对联最为显眼:"草积不除,便觉眼前生意满;庵门常掩,勿忘世上苦人多。"

  在位于泉州老城的"小山丛竹",有一间大小不过几平方米的简陋房子,据说是按照弘一法师圆寂前的居室原样复制的"晚晴室"。那是一间小小的卧室,仅有一张床、一张小桌子、一个凳子、一个箱子,简朴到令人动容。想想李叔同出家前春风得意的翩翩才子形象,再看看眼前的"萧条而枯素,寂寞而荒寒",很是能让人内心安静。我在那所旧居门前久久站立,不愿离去,觉得整个人正处于一个无形的时间瀑布当中,接受了一番洗礼。

  黄永玉讲过他青年时偶遇弘一法师的故事,他们发生过这样一次对话——"哎!你摘花干什么呀?""老子高兴,要摘就摘！"这次对话就发生在弘一法师居住过的开元寺，好像黄永玉还对正在写书法的弘一法师做出过评价——"写得还行"，并当场讨要，哪知黄永玉事后没有守约在四天后去取，八天后拿到字时才知道写字的僧人是弘一法师，当场拜倒，号啕大哭。我去开元寺的时候，正好玉兰树开花，黄永玉翻墙要摘的，恐怕就是这玉兰花吧，想到这一老一少曾在这儿有过如此交集，额外有了一些亲切感。

据不完全统计，弘一法师在泉州，先后住过雪峰寺、开元寺、承天寺、铜佛寺、弥陀岩、碧霄岩、清源洞、草庵、净峰寺、普济寺、福林寺等数十座寺院，这些都是他的旧居，如果逐一驻足拜访，恐怕得去几十次泉州才行。弘一法师离开故乡天津后，就再也未回去过，与他关系并不亲近的父亲去世，他没有回，他所依赖并深爱的母亲去世，他也没有回，只是在寺庙抄写经书悼念母亲。所谓故乡与故居，有时候是一个人的伤心之地，哪怕超凡如弘一法师，也无法心无旁骛地再度踏上故土。

弘一法师在他的居所里，主要做三件事情：一是抄经，抄《金刚般若波罗蜜经》《佛说阿弥陀经》《药师琉璃光如来本愿功德经》等；二是写信，给师友写，给学生写，给日本妻子写；三是写毛笔字，写好的字，遇到有前来拜访的人，随手就送了。我时常想，弘一法师其实并不孤独，当然他也不忙碌，他只是一个把居住之地良好利用的人，房间对他来说如同洞穴，打开房门,他要面对滚滚红尘,关上房门,他拥有一个独享的宇宙。

什么时候,才能到达弘一法师境界的十之一二呢?我在家里,时常心浮气躁,想要出去,有多远走多远,可刚离开家到河边散步一两个小时,就累得急急忙忙要回来,窝在书房里发呆,呆够了又烦。可能人就是这样,房子无论新旧,都是长在身上的壳,旧的壳蜕掉了,回忆起来空空荡荡,正在用的房子是长在身上的新壳,一旦强行脱离,就会生疼。

五

一位作家回到了故乡,看见自己童年住过的房子被夷为平地,她流泪了。那座房子其实十多年前就不再住人了,房子失去了人气的浸润,就会破败得特别快,这十多年来,那座房子有目共睹地一年比一年"老去",就像人会变老一样,房子也会逐渐萎缩、呆滞、倒塌……

之所以知道这座房子的状况,是因为这位作家朋友每次回乡,都会发一张旧居的照片到朋友圈,顺带简单讲几句与旧居有关的人或事,时间久了,她的那所旧居,仿佛成了朋友们共同的旧居,朋友们有时会开玩笑说,让她快组织一次"故乡行",好让大家去看看她住过的房子和以前生活过的村庄。

还没来得及去她的村庄,她的房子就没了。在她最后一次发布的旧居照片上,只能依稀看到点儿地基的样貌,俨然废墟,比这一小片废墟更让人触目惊心的是旁边的一洼脏水，那水面上的倒影，破碎而恍惚。她说她看着这个画面哭了很久，哭得很伤心，像是亲人去世了一般。有那个破房子在，她在故乡还有个家。后来她没再发布与故乡有关的文字。再后来，她去了国外，在国外，她只会有新居，永远不会有旧居了。

由这位作家朋友，我想到了张爱玲。张爱玲在美国住了四十年，晚年定居于洛杉矶，一九九五年九月八日去世于洛杉矶西木区罗彻斯特大道一幢五层公寓的 206 号房间，这个房间因此被当作张爱玲的故居，但有人若要去访问，极有可能吃闭门羹，因为张爱玲只是租客，公寓现有其他人居住，想要登门，必须经过现租客的同意才行。

张爱玲恐怕是全世界拥有旧居最多的一个名人，她在美国搬过一百八十次家（另有一说是搬过两百三十次家），有一段时间，平均每个星期她都要搬家一次，按照只要住过都算旧居的说法，张爱玲的旧居可谓星罗棋布，可能正是因为如此，那些到达洛杉矶想要拜访张爱玲旧居的人，会无从寻找。想要拜谒张爱玲墓的人，也无迹可寻，因为她的骨灰撒进了太平洋，太平洋底成了她的长眠之地。

有一年，我在上海静安区街道上闲逛，抬头遇见一处楼房颇有特色，仔细观察时，在一块牌匾上看见了"常德公寓，常德路 195 号"字样，才知道这儿是张爱玲旧居。常德公寓原名爱林登公寓，始建于一九三三年，张爱玲曾在此生活了六年，写出了《倾城之恋》《沉香屑:第一炉香》《金锁记》《封锁》等作品。这儿的张爱玲旧居,也是不能进去参观的,好在一楼有家书店,橱窗张贴的海报上写着"旧家是张爱玲文字的原乡",推门进去,书店的张爱玲元素浓厚,这儿恐怕是全世界能够最近距离接触张爱玲的一个地方了吧。

还有一次也是在上海,路过同样别致的一处公寓,同行者不经意地说了一句,"张爱玲在这儿住过",时间是傍晚,夕阳的余晖正洒满长街,我不禁回头又多看了几眼,看楼顶,看窗户,看灯光,恍惚间仿佛看见了某个窗户内张爱玲的影子一闪而过。后来知道,这儿是原来的上海开纳路的开纳公寓,现为武定西路1375号武定公寓,张爱玲在这座公寓里开启了她的"女性公寓生活"。后来我再去上海,还一直想去开纳公寓看看,不只是看看公寓,还想体会第一次看到公寓时,那瞬间的心荡神驰。

如何看待自己居住过的房子,也会因人而异吧,但普遍看来,居住越久的房子,越是让人牵挂得深。行走在大城市的老胡同里,两侧都是拥挤破落的房子,从舒适和卫生的角度考虑,都符合不宜居的标准,早晨我看见过有人在门口刷牙,夜晚看见过有人在门口泡脚,游客从他们眼前经过,不免好奇地四处打量,而他们则视不断走过的陌生人为空气,丝毫不影响他们的生活节奏。在胡同的中间或者尽头,总会有一棵令人惊讶的参天大树,它像座巨大的挂钟一般,记录着时间和历史,看见这些树的时候,往往便理解了那些不愿意离开胡同的人,他们的生活已经和胡同深度地绑定在了一起,那些砖瓦,青石板路面,一抬头就能看见的大树,早已深深地写进他们的生命里。

　　如此,更彰显那些离开故乡、旧居去远方的人的勇气,他们中的每一个人,在决定连根拔起要远走他乡的时候,都要忍受分割般的痛楚吧,他们在他乡暂居的房子,无论住多久,都因为缺失了童年与少年的成长记忆,而缺少一份温情与温度。"他乡且旧居",杜甫这句诗写得直白、平淡,但确实让人感慨万千。等意识到这句话的万般滋味时,一个人的心,恐怕也足够苍老了。

选自《湖南文学》2023年第7期

遗失了些什么在万寿寺

孙郁

本名孙毅,现任中国人民大学文学院教授。著有《鲁迅与周作人》《走不出的门》《往者难追》等。曾获第十二届华语文学传媒大奖年度批评家奖、朱自清散文奖、丁玲文学奖等。

一

我对北京学界的了解,是从万寿寺开始的。

1986年暑假,师姐李玲告诉我,北京有个文学讲习班,可以去听听。我那时候新婚不久,便与妻子商定一起到北京去,顺便看看外面的世界。

讲习班设在海淀区的万寿寺,中国现代文学馆筹备处就在这里。这个地方很古老,数间老屋形成几个院落,还有一块开阔之地。万寿寺建于明朝万历年间,每个朝代都经历过大修。据说,乾隆皇帝多次在这里为母亲祝寿,多年后,这里成了慈禧太后的行宫,皇家之人到颐和园时要在此歇脚。我们第一次到此,就被建筑物所吸引,它们精致而厚重,只是略显沧桑,有一点儿清寂的感觉。我与妻子住在一间大房子里,夏天虽热,这里却很凉快。老北京的建筑神奇得很,人在上百年的老屋里,好像呼吸到了丝丝古风。

来这里听课的都是全国各地的硕士生。师姐带着丈夫也来了,他们住在我们隔壁。大家白天听课,晚上闲聊,感到天地忽地大起来。四川大学有位同学是研究冯至的,他外语很好,听他谈自己在北京搜寻材料之苦,感到他治学态度的严谨。在会上,我见到长春来的李兄,我们过去见过面,他很爽朗,有学问,喜欢踢足球,典型的东北人性格。我与他一见如故,话题无非关于先锋小说、康德主义、域外诗歌等。那时候我们感慨，青年喜读新出来的作品、关心国家命运、勤于思考改革的路径。虽然众人是学习现代文学的，但兴奋点多少与当下的社会思潮有关。

万寿寺的位置有点儿偏，但因为离几所高校近，所以请来的老师也很多。几天下来，我认识了多位不同年龄的学者，知道了一些学界的动态。严家炎讲的是海派小说，他讲课"一板一眼"，无一字无来处，我被他的朴学风格吓住了，才知道什么是学院派的特点。林非授课的题目是"论现代观念"，他有南方人的飘逸感，授课主旨透出浓郁的鲁迅思想，谈吐中有点儿散文家的气质。黄侯兴主要介绍郭沫若研究的动态，他手中有许多别人不知道的资料，听起来还是有趣的。那时候的学生喜欢看的是中青年学者的文章，比如钱理群、赵园、吴福辉，他们的文字里有老学者没有的鲜活感。

巧的是，这几位也遇见了。钱理群胖胖的，个子不高，眼睛亮亮的，讲话声音很大，激情四射。吴福辉是南人北相，高高的个子，他的眼睛似乎不好，但说话中气十足。赵园是最安静的一位，她好像不太喜欢热闹，在公众面前话很少。同学们很希望赵园能够登台授课，但这次文学讲习班没有安排。在那时候的青年眼里，王瑶的弟子是引领学术风气的。

中国现代文学馆筹备处人才济济，并非学院派的天下，这和馆长杨犁的风格有关。杨犁是一个和善的老人，对业务十分熟悉。杨犁似乎觉得，文学馆不仅要有文学，还得有人懂博物馆学，人员自然杂一点儿为好。舒乙好像是他调来的，给馆里带来不少人脉。舒乙是老舍的儿子，他那时正值壮年，那几天一直和我们这些学员在一起，对大家有所照顾。有一次，一位讲课老师家里有事不能到场，他便临时登台救场，讲的是老舍与北京，课题不是从书本讲起，而是从北京的地理说到气候，涉及风俗、语言和建筑，老舍的形象仿佛从那语调里慢慢走了出来。

二

万寿寺这个地方看似荒凉，其实也有点儿文气。东面有条古道，古道旁残留着几块古碑，字迹已经模糊了。北边新建的中国剧院很漂亮，晚上总有一些节目在剧院上演。记得我与爱人一起去那里听过一次巴洛克乐队的演出。那是我们首次现场感受外国人的演奏，旋律间跳跃的意象唤起观众不少幽思。我对西洋音乐感到神奇，可惜没有什么知识储备。我师姐入学前是歌舞团拉小提琴的，她的丈夫是音乐学院的钢琴家，他们是音乐通。靠着他们的介绍，我才对西洋音乐的情况了解一二。

没有想到，两年后我们来京工作，妻子单位宿舍在香格里拉饭店对面，我们就住在万寿寺旁。

我偶尔到中国现代文学馆筹备处看看，还参加过多次会议。那里平时没什么人，好像是个被人遗忘的地方。许多人路过这里，并不知道这是什么单位，有一点儿神秘感。有一次我去借书，正赶上下雪，走在院子里满眼都是白色。房顶上见到几只野猫，它们发出的声音有点儿古怪，显出上苍的空幻。记得我的一位同事曾画过万寿寺的冬景图，他将背景画得很幽深，仿佛里面藏着许多的秘密。这个地方易让人产生一些联想，王小波后来写过一篇小说《万寿寺》，题旨颇为怪诞。他的想象力大概受到卡尔维诺的影响，翩翩飞动中神意纷纷。同样一个地方，带给人的意象不同，说起来颇有意思。

中国现代文学研究会有本刊物，每期编前会都在万寿寺举行。到会最多的是严家炎、王信、钱理群、王富仁、吴福辉、王中忱、李今、刘慧英、高远东、刘勇、解志熙、王培元等。因为专业的原因，我也被拉到编委会中，与大家渐渐成了朋友。天气暖和的时候，大家围坐在一棵老树下讨论每一篇稿件。微风吹来，茶叶飘香，氛围是热的。钱理群每每发现学术新人就兴奋不已，也由此选出许多佳作；吴福辉似乎最懂得学术江湖，谈论编稿与选稿时能够照顾各地区的学者，也因此要费口舌说服大家；高远东善于改标题，对于论文题旨与表达方式常常会提出各种修改意见；令我印象最深的是王信，他永远微笑着，并不多说话，只是大家争论不休的时候他才插话谈谈看法，大家最终都统一到他的思路里去了。二十世纪八九十年代，学术杂志经费紧张，也无编辑费用，大家编刊都是义务的。然而，众人还是乐此不疲。

三

我在中国现代文学馆筹备处最熟悉的人是舒乙和吴福辉，其中舒乙与我的关系比较特别。舒乙早年留学苏联，学的是林产化学专业。他转行到中国现代文学馆筹备处工作，是十分卖力的。我觉得在各种称号中，说他是社会活动家也是不错的。他善于和学者、作家、官员打交道。他说话的声音与老舍很像，听他们父子的录音，有时候无法分辨彼此。印象中他对于小说写作没有什么经验，但他的散文别具一格，满篇京味儿的氛围。因了他特殊的人脉，文学馆征集到不少文物。这座文学馆初创时期之所以有声有色，与他的背景有点儿关系。

我记不清去过多少次万寿寺了，有个时期，它是北京作家与学者常常聚会的地方，凡有重要的活动，舒乙都会通知我去。有一次召开聂绀弩纪念会，黄苗子、尹瘦石、吴祖光、舒芜都在，会议因舒乙的主持显得十分活跃。听各位长辈回忆与聂绀弩的交往，我神往之余增长了不少见识。舒乙和京派、海派还有延安派的作家都有不少联系，因此他看文学史的眼光自然不同于从象牙塔里走出去的人。说他身上折射着活的现代文学意味，一点儿也不为过。多年间，他帮过我许多忙，比如有一次我参与主编了一套丛书，他替我请了巴金、冰心等人当顾问，那些文化老人是很信任他的。但凡开会讨论作家作品，只要有他在，就会热闹起来，因为他善于讲遗闻轶事，且他娓娓道来，过去的风云仿佛历历在目,显得形象而逼真。多年后,他做了中国现代文学馆新馆的馆长,我成了鲁迅博物馆的负责人,我们搞过多次合作,我竟然被他拉到老舍基金会里挂了常务理事之名,此是后话了。

四

万寿寺旁的新建筑一直不多,曾经建过一所幼儿园,我女儿就是在那里第一次过上了集体生活。过了不久,幼儿园的房子就被拆除了。老北京人能够保留下这个地方,很不容易。它的周围,可发思古之幽情的地方不少,比如旁边有一条河清澈而美丽,这条河是通船的,船可以直接划到颐和园。春天一到,河水清清,两边的柳树摇曳多姿,像一幅古代的水乡图。

我在河边住了三年,最难忘的是夏天,可以在河边游泳。我的水性一般,但跳进水里爽快极了。北京的河水不像我老家的河水那么急和凉,很温和的样子,大地的气味与水的味道杂糅着,游起来令人兴奋。现在这条河已经不准野泳,成了供人观光的水渠。当年的野趣已经不多,这里成了城市里的精致风景。

万寿寺的第一代学者,有多位已离开世间。有时候,我想起舒乙与吴福辉生前的样子,不禁感慨良多,许多旧影久久难忘。记得中国现代文学馆搬到新址前,舒乙与吴福辉请我和几位朋友在万寿寺聚过一次。大家都舍不得这个地方，好像有什么东西遗失在了那里。新建的文学馆位于朝阳区，像一栋栋别墅，有点儿摩登的味道。据说因为巴金老人的推动，才有了这个新去处。

  如今，这里规模可观，大概是世界上最大的文学博物馆吧。这座新馆的出现，舒乙等人出力甚多，功不可没。不过，我还是怀念万寿寺那个筹备处，我觉得作家的手稿放在那样有文脉的地方，与老北京的味道是相符的。在古朴的地方想象历史，好像可以闻到远去的时光深处的气息。物与神合，人与文近，感觉总还是不同的。

    选自《朝花时文》（微信公众号）2023年7月7日

三片落叶

蒋蓝

诗人，散文家，思想随笔作家，田野考察者。中国作家协会散文委员会委员，四川省作家协会副主席。已出版《苏东坡辞典》《成都传》《蜀人记：当代四川奇人录》等专著多部。散文、随笔、诗歌、评论入选上百部当代选集。

堆在南山高坡上的光

2023年1月21日，大年三十。

中午时分，我驾车抵达老家自流井。回家路上，母亲给我打了好几次电话，问我到了哪里。我一一回答，她不停地发出笑声，"那就快到了"。

保姆吃过早餐就放假回家了，桌子上什么也没有。我说："妈妈你看电视，我来做饭。"她笑盈盈地看电视，没有说话。看得出，由于老年性疾病的不断发作，她大脑有些发木了，她什么也没准备，也不知道今天是什么日子。我提醒她，"今天是大年三十啊！"她笑盈盈继续看电视，没有说话。

等我买菜回来再把年饭做好，已是下午4点了。她只喝了一碗鸡汤，说："儿子能干，鸡汤真好喝。"然后，她就看着我吃。

我说："妈妈，你这一阵也没有出过门，我们下午去看看父亲。"

她脸上出现了犹豫的表情，说："我怕，爬不上那个高坡……"

我说："你上得去的。儿子在！"

开车来到市郊的南山公墓已近6点了。夕光四散，在数千块花岗岩的墓碑上点燃了十万根烛火。我买了两束菊花，搀扶母亲往南山高坡上走。

祭扫的时令已过,偌大的墓区只有声声鸟鸣。鸟鸣山更幽,但鸟鸣中的墓碑,正在被声音一点点放大。

一个穿银灰色套装的女人走在我们前面,西王母式的贵妇头,她手里的菊花非常大,显然不是本地品种。她的身段摇晃在树荫的间隙,一会儿银光漫过了人影,一会儿灰色大面积地覆盖了她的腰身。她凝重地走在前面,我猜不出她的年龄与模样。连她悄无声息的高跟鞋,也是银色闪烁,仿佛大西王张献忠沉在岷江江口五百年的银锭,突然与阳光对视。

母亲说:"前面这个人,也是来扫墓的?"

我说:"妈妈,歇息一下。"其实我们仅仅上升了五六米。母亲脸色潮红,连皱纹也舒张开了,喘得很厉害,我听得见她的肺叶剧烈的运动声,那些气流在鼻腔里发出怪响,就像一只蛰伏的昆虫醒过来了。

我们再走。她的脚在颤抖。拐杖在石头上发出急促的叩击。由于这一段台阶没有扶手,我紧紧抓住了她的胳膊。隔着羽绒服和毛衣,她的手臂好细啊!就像我抓着三四岁的女儿时那种感觉。

母亲大口喘气,鼻腔里的那只"昆虫"发出的声音更为响亮了,几乎是在鸣叫,有翅膀扑打树叶的声音,有羽翅撕裂的声音,也有昆虫把鸣叫器干脆倒翻出来的那种声音。最后的五六米,她实在是走不动了。我夹住她,几乎是用一只手提着她走。她不重,至多80斤。

来到最高处的平台，母亲的脸就像一张被水浸泡过的红纸。汗珠从稀疏的白发间流下来，我赶紧用餐巾纸给她擦拭。我才注意到，我的手心全是汗水，那是透过她的羽绒服渗透出来的。

我给母亲点了一支烟。这是母亲的嗜好，也是唯一的嗜好。她发乌的嘴唇颤抖着，布满干裂的细纹。她猛抽了几口。

通往父亲墓地的甬道两侧，有两株蜡梅花树。花朵半开半闭，毫无香气。显然，这是拒绝吐香的梅花。梅花树上的黄叶片还没有落尽，也许它们还沉浸在深秋的长梦里难以返回深冬，或者找不到回来的路，抑或将香气提前吹往一场更为遥远的回忆。我伸手触碰头顶的梅枝。花瓣纷飞，带来了一场"细雪"。呵呵，这棵梅树终于松口了，我闻到了几丝幽香。三尺之外，迎风即匿。恍若花树缝隙间露出的美人之腰，一弯一曲，融于灯火与黑夜交织的间隙，徒剩一团淡雾。淡青色的砂岩石板，在松枝与柏树的簇拥下，山风打扫了上面的所有落叶。

通往父亲墓地的道路，我陪母亲走了16年，每年来两次。

以前每次来，母亲总会带几个水果和糕点作为祭品。现在，金属拐杖在石板上发出毫无节制的叩击声，她的腿抖得很凶。母亲说："酒呢？"我把一瓶酒缓缓倒完。酒香四溢，酒在干燥的大理石上乱走，画出了一幅奇异的图像。

这个墓穴是20年前父母买下的合葬墓，并不大。记得16年前安葬父亲时，在管理处刻制墓碑，按习俗，父亲的名字排在上面,下面预留母亲名字的位置,当时母亲明显就不高兴。我立即说父亲的名字就正列,就不预留母亲名字的位置了。这一说,母亲的表情就自然了。

母亲弯着腰,突然说:"蒋寿昶,我很快就要进来与你见面了。儿子,你每年肯定会来看我们的。"

我怔了一下,说:"妈妈,你喜欢甜食,我都会带来的。"

她说:"水果就不要带了。可以带些桃片糕!"

一步一步下山,天光顺山势向高空斜照,就像一场露天电影,喜怒哀乐都在天上幻灭。我抓住母亲的胳膊,一步一步走向深水区。燕子、蝙蝠以及白鹭在山踝一线起起落落,不断把暗处的线条高抛起来,一旦进入夕光的边际就迅疾被溶解了,成为暖光的同盟。就连那些蓝花楹的顶端,似乎也被浸染成红枫。

那个穿银灰色套装的女人,毫无声息地跪在一个墓前,双膝前垫了一张毛巾。她双手捂脸,我看不清她的模样。她挺直上身,像一个学生那样全神贯注。听到母亲拐杖扣地的声音,她很快起身拐进了下山的甬道。她每走一步,高跟鞋就会抛起两片银箔的翅膀。银光从来就是拒绝透视的。昏暗的暮色里,她的气韵透露出来的不屈不挠,似乎比身影更为坚硬,焕发出白蜡虫的底色。

夕阳已彻底落山了,但西天倒映着一抹红霞,这是一幅描红作业,为上空堆积的大片暗云镀上了一层暖色蕾丝,在等候一个神奇的图景降临。看上去，云与天光和谐统一。

灰色的回忆之云，让顶上的光照继续徘徊。在一再抗拒的过程里，灰色逐渐被光渗透，从内部颠覆，逼出了东躲西藏的一根根亮丝。这样，逐渐在铅灰色的色泽上落定。而光在继续涌入，并与云达成了深度和解，在空中就铺成了跃动的银灰色，宛若一袭大氅，独自空飞。

银归银，灰归灰。银子如人参、如地精在浸入的视觉里不断奔跃、不断异形换位。灰色是银拉长的影子。银是什么，是母亲散乱而稀疏的白发。

广场上的刺桐与蓝花楹

2023年1月22日，大年初一。

一早我清理了她必须服用的药，餐前、餐后有12种。

买早餐回来，发现母亲在看书。这十几年来她只读了几本书，全是我的作品：《成都笔记》《蜀地笔记》《锦官城笔记》……她读得最熟的是我写亲情的散文集《至情笔记》，她可以复述全部细节。《至情笔记》里写了父亲，写了姐姐，写了青青，没有单独写她。

母亲说："我们家开设有大糖坊，都是你外公、外婆亲自动手，家里糖遍地都是，堆成山。家里还有电话……"

母亲的出生地是银山，属资中县辖镇。隋朝置银山县，宋朝废县设银山镇。1911年改银山乡，1951年复置镇。银山位于沱江之畔，历来是蔗糖的主产区。记得几年前我带母亲、姐姐、女儿一道回银山镇探访。

老宅宛在，几百平方米的大庭院曾经用作县粮食局的仓库，现在改做幼儿园。今天是周末，我们得以进入。母亲站在庭院里，没有说话。她看着两棵老桂花树，良久，才说："我记得离开老家到成都去读书，那是1952年吧。我和一个女同学结伴走了两天才到华西坝……"

姐姐问："那时外公外出拉纤，死在三峡。你们一大家子怎么办？"

母亲说："那时候正在修公路，碎石可以卖钱。敲碎石有很多窍门，初摸此路的外婆，带着我几个兄弟，她就认为有力气，还打不烂一块石头？他们举起锤子就敲，光秃秃的石头一滑，正好砸到腿上，立即痛得龇牙咧嘴！后来他们熟练了，都用一个草绳编的绳圈，或者草袋子，把石头四周箍住，用锤子猛敲，碎裂的石子就不会四处乱跳。鹅卵石、石灰岩十分坚硬，要加快碎石的速度并非易事，很熟练的人，从天蒙蒙亮干到天黑，很多人在碎石工地吃两个红薯，顶多也只能完成一个立方……"

我们来到江边，江边还有卵石场，但都是碎石机在操作，看不到铁锤在卵石上碰出的火星，那个黑乎乎的吞口里发出惊天动地的碎裂声，那是石头的叫喊……

中午我们在街头一家小店吃沱江鱼，一个老人对老板说：

"六小姐回来了！菜整好哈。"说完笑笑就出去了。结账时老板优惠了不少，说是他父亲的意思。

…………

我说："今天天气好，我们出去散步吧。"

来到汇东停车场，附近有一个不大的广场，因早已禁止燃放鞭炮，所以广场上甚是整洁，几排座位成了落叶与鸟儿的栖身之地。我们坐下来，母亲微笑，不说话。

母亲熟悉这个小广场，这也是附近唯一的广场。18年前女儿青青出生，我在成都工作，经济并不宽裕，只好请求年迈的父母代为照顾。他们没有多话，我放下几个月大的女儿就走了。记得是夏季的一个下午，我回到家乡，直奔汇东小广场而来。

我看到父亲、母亲正拧着青青在学步。父亲心细，用几条软毛巾结成一根绳子，缠在青青腰背上，这样就不会勒着柔嫩的身体。父亲用力提着，母亲在青青身前，手舞足蹈。

父母看到了我，指给青青看，说："这是谁呀？"

两个月不见，青青静静地看我，然后跌跌撞撞地朝我走来……倒在我怀里。"爸，爸。"

记得去年母亲病重了，我带女儿几次回自流井。也是一个早晨，我带女儿来到广场，坐在同一把长椅上。女儿身高1.75米了，还是一个孩子。青青说："真的，我记得你来看我的时候！那时你的头发很长、很浓……你给了我一把酸酸糖。"

我转过身，打量母亲。她眼光低垂，地面瓷砖的缝隙笔直，她的思绪似乎从这里出走了,而且游走到了一个陌生的所在,几个拐弯后,找不到回来的路了。

我说:"西汉时期,蜀地大文人司马相如对四川人有一句评语,非常之人做非常之事立非常之功。什么意思呢?"我准备自问自答。

母亲说:"不是一般人,做的就不是一般事!"

见她舒缓了,我才说:"我正在写一本苏东坡的书,准备去湖北黄冈市考察……"

她反应极快,说:"你什么时候走?"

我有点儿嗫嚅,说:"要不就今天下午动身,我早点儿回来。来回刚好3000公里。"

回家路上见到几棵蓝花楹,绿树婆娑,可惜没到开花的季节。我说:"你要记住这种树的名字。"母亲随身背着一个小包,里面装的除了手机就是一个小笔记本,那还是我几年前给她准备的。凡事,有意用笔记录一次,这是抵抗记忆力衰退的办法。她本能地掏出笔,我写上了。

我计算了下时间,还是决定下午出发。

母亲坚持送我,这是多年来形成的习惯。来到地下车库,我本准备跟她挥手。我突然决定,"妈妈,你上车!到了出口你再步行几步回家"。

母亲一听,很高兴。从地下车库到出口,二三百米的距离,我突然产生了一种预感:这是她最后一次乘坐我的车了。

停车，为她开门。她没力气独自从座位上站起身了。

"你路上慢点儿！你是非常之人。"母亲说。

后视镜里，母亲扶着拐杖，挎着小包，戴着羊毛软帽，雪白的头发在帽檐下欲飞，她还是那个银山镇镇长的六小姐！她向我挥手。她的嘴唇在蠕动，似乎在说什么。

是在重复"非常之人"吗？

直到汽车拐弯，看到母亲还站在原地，手已放下了，正对我的方向。

天黑了，我要休息了

2023年1月25日，大年初四。

站在黄冈遗爱湖畔，尽管是零度，但湖水深碧而微澜，明丽的阳光散落在偌大的湖面上，恍得人有些睁不开眼。看到家乡表哥的来电，我就估计不妙。

他说母亲今早起不了床了！但人很清醒。

我决定中断考察，立即返程。我原来准备过完春节，送她再回到成都那家医养结合的医院。那个地方去年母亲住了一个月，但闹着坚决要出院，她给每一个亲戚打电话发牢骚，说死不算什么！我实在没办法，才把她接出来……现在，我又跟这家医院联系好了床位。

我26日深夜12点抵达成都。翌日中午到达自流井。

见我匆匆走近，母亲笑起来。她的手支撑身体，她想坐起来，但没有成功。脸很红，呼吸急促，肺部应该有炎症。我背她下楼。

临出门，她问："我的书呢？"

她说的是我的那几本书，无论多少次在成都与老家之间折返，书总是随身而走。

一上车，我从倒车镜里就发现她的异常。她在拼命扭动拐杖。表哥问："姑姑，你在干啥？"母亲笑了一下，欲言又止，但停止了扭动。

我心急如焚，车开得很快。天光渐渐暗下来了。

母亲说："天黑了，我要休息了！"这是她说的最后一句清醒之语。

5天之后的深夜，母亲病逝。重症监护室的医生对我说："你母亲是核酸阳性，加上老年性疾病并发……"这一个月里，妈妈的家族走了3个人。

现在，母亲的骨灰盒就在书房里，距离我2米。记得完成《苏东坡辞典》时，恰是清明节。我在"后记"里说："我没有时间，我也没有心情，因为我来不及去悲痛了……处理完母亲的后事，我开始全力以赴地写作。但母亲派发的落叶，在我眼前摇摆起伏，成了本书叙事时断时续、文情阴晴突变的唯一原因。母亲的骨灰盒一直放在书房里，每每写到卡顿之际，我常站在她面前凝望，上面镶嵌着她青春时节的照片……"

我写的过去都是风雨的字迹，一不小心就碎在窗户上，散成了灯火阑珊的回忆。今年是往年的折射，梅花依然飘香，蓝花楹注定会绽放。透过玻璃，叠床架屋的图景可以让玻璃成为一面镜子。由此，我看见无尽的长日其实只是一日。

你和你自己谈话，一地听不见的词语都涌入镜中，都破碎了。

我和我自己谈话，满是听得见的词语都涌入笔端，都装满了。

我和你说的碎语，道得明、听得清，是诀别，而不是再见。

选自《人民文学》2023年第8期

让我们活在电影里

李广宇

现供职于大连广播电视台。出版有《大山深处——一个青年志愿者的手记》《山里山外——一个支教志愿者与他学生们的十年》等纪实文学作品，在《青年文学》《北京文学》等杂志发表过中短篇小说，并有作品被《小说选刊》《中篇小说选刊》等转载。

曾经有五年时间我放弃写作，跑去拍电影，当时很多人都在怀疑我的选择，而我却在一次次打击之后，最终坚持下来，于是有了剧组，有了摄影、主演、灯光、录音，甚至是路人甲乙丙。这个过程里有太多的苦和累，但到最后才发现，只要想做，一切皆有可能，和年龄无关，和能力无关，只在于你内心的那个梦有多大。

电影里是编造的故事，而电影之外却是真实的人生。

写剧本的老孙

认识老孙已经超过十年，那时他还被喊作小孙。我在报社的时候，他在某部门当公务员，等我退职以后，他还像图钉一样扎在那里，除了被喊成老孙外，其他什么都没有变化。老孙平常的工作就是给单位写材料，那种干巴巴的文字写得腻烦了，他也写点儿散文，只当一种调剂。

等我开始拍电影时，他突然来了兴致，非要给我写剧本，我问：你能写什么？他就掰着手指跟我说：官场剧、穿越剧、爱情剧，哪个我都可以写啊！我笑，说：那你先写写看。当时只是随口一句玩笑话，没想到老孙却当真了，几天后就给我发来一个剧本。剧本很糙。我不知怎么答复他，便放下去忙别的，当时跟剧组，经常不开手机，等打开手机，总有老孙发来的短信，追问剧本的事，实在令我不胜其烦。

写剧本，看着很简单，其实挺不容易的，不但有结构上的技巧，还有对故事内涵的挖掘和深化，常写公文的老孙实在不适合写剧本。这话却不好直接说，我退回了他的剧本，只说，再试试。之后，他不断发来长长短短的剧本，无一例外都没法儿拍摄。有一次他急了，电话里跟我吵，说了很多气话。放下电话，我松了口气，以为老孙会就此罢休，谁料那天晚上他就跑来我家，非要请我吃饭，赔礼道歉，还要拜我为师。

　　算起来老孙跟我差不多年纪，却还这般执拗于一事，真令我感动。拍电影和写剧本对我们这些中年大叔来说，都仿佛重新开始的人生，追求的执念里，满含的是对庸常生活的不满足，以及和平凡人生的角力。

　　那一次，喝多了酒，我说了很多体己话，也算是鼓励他。看他一脸茫然，我内心不忍，直接给他指定了下一个剧本的内容，我说：你只要把这个故事写出来就行，我帮你改。

　　约好三天以后交剧本，谁知老孙那边一直没动静，我打电话过去，是老孙妻子接的，说老孙受伤住院了。我去医院看他，他腿上绑了绷带，人却有精神，跟我说他设计了一个特别棒的剧情——男主角站在奔驰的火车旁边，仰天大哭。他比画着，我打断他，问：你怎么受伤的？他有点儿不好意思，说：去火车站找灵感来着，不小心从站台上摔了下去。我笑，说：写剧本也没必要这么拼啊。他却认真，说：不去现场怎么会有感觉？怎么知道列车呼啸而过的那种感觉！老孙瞪大了眼睛的表情有些孩子气。

老孙的剧本拍成了一个十分钟的短片,片名为《遥远的站台》。拍摄那几天,老孙一瘸一拐地跟剧组,一句台词一句台词跟演员较真儿,比我还上心。短片剪好了,我第一个发给他,等深夜给我打电话,他带着哭腔问我:这真的是我写的故事吗?我很肯定地说:是的。顿了一下,我又说:写得非常好。

以前老孙跟我们喝酒,难免抱怨单位领导的种种,比如他们领导不喜欢老孙写散文、写小说,阻止的理由竟然是要保密。那时老孙总想请长假去西藏旅行,他们领导却让他连续加班,只因为他是单位里毫无背景的一个。那时我们都劝他忍耐,何必为了写作或者一时兴起的旅行而失去了稳定的工作呢!这么劝了很多年,直到我们都变老了。

人这一生总是面临很多选择,适合与不适合只有在时间的长河里才见得最终,只是短暂的生命由不得我们迟疑,就好像老孙,如果他真的执着写作,会是很好的作家,真的执意旅行,会有更美好的人生解读,但他都放弃了,错失人生种种际遇,该是一种怎样的遗憾。

"如果站台真的那么遥远,不如我们今天就出发。"这是老孙剧本里的一句台词,很好,我喜欢。

像在电影里一样活着

那天我和摄影师一起往回走,他背着摄影机,提着器材箱,我扛着三脚架。天寒地冻的,两个人都不想说话。上午的场景在海边儿,太冷了,管道具的小张在海边生了篝火,一场戏断断续续地拍,主演是个又瘦又高的女人,换了裙子,来来回回走了半个多小时,冻得鼻涕一把泪一把,听我说要再来一次,人就疯了一样地骂,发誓再不干这种没钱又遭罪的活儿了。起初我们都劝她,直到我火极了,狠训了她几句。

我们拍的是一个挺文艺的短片,没钱,只有梦想,只有激情,可一遇到挫折的时候,每个人心里的怒气就会被激发。分手的时候,摄影师小心翼翼地问我怎么办,我说:还得继续拍。他看我的眼神都变了,分明感觉不可思议。

那天晚上我去找女主角,当面道歉,请她一起吃饭,她喝多了,毫不留情地骂我,其实她跟我拍了好几部长长短短的电影了,一直很默契。她骂的话我都默默地听着,心里是真的觉得很抱歉。

那时候,在我们生活的城市里,与我们一样在拍电影的人很多,每次参加圈子里搞的电影节,我们这个团队的平均年龄最大。大家都是拖家带口的人,忙里偷闲聚在一起,只因为一份对电影的爱——谁也不知道未来会怎么样,谁也不去想着还有什么未来,大家只是埋头去做一点儿事儿,这和年轻时追求的成功很不一样,那时焦急万分,如今心平气和却一直在默默努力。

过了几天,女主角给我打电话,说在医院里,得了很重的肺炎。我放下别的事情去看她,在病房里遇到她的丈夫。她丈夫和我很熟,也支持妻子的拍摄,有时需要服装,还都是他帮忙买的。这一次见我却皱了眉头,一声不吭。女主角见我,却笑,说她没事,只是拍摄要拖延一段时间。等我出来的时候,她丈夫跟我来到医院院子的花坛边,递给我一支烟,我们两个人就凑在一起抽烟,到最后也没说别的。

离开医院没多久,女主角给我打电话,问我,那天她老公说了什么。我说:什么也没说啊。她就笑,说:他说了什么那都是他说的,反正我还会给你当女主角。听这话,我的眼泪差点儿掉下来。

记得更久以前,我们拍片,用过好几个女主角,那时选人看的是脸蛋,这个很不靠谱,记得有一次拍恐怖片,弄了一大盆新鲜猪血,剧情里要浇在女主角身上,可当时那个女孩死活不同意,说多了,还摔门而去。就在我一筹莫展的时候,现在的这个女主角站了出来,那时她当剧务,跑前跑后的,谁也没太在意她。

每个人都希望自己的人生有那么一点点的意外和曲折,就好像电影里的人生一样,或悲或喜,都有着与众不同的曾经。以前学电影编剧的时候,老师就讲,电影是一个梦,拍电影是在制造一个梦。那时还不理解,等自己写了故事,拍了电影,才知道电影里的梦是多么美丽,它令我们忘却现实生活里的琐碎、庸常和卑微,让我们在另一个世界里扮演自己,舒展人生,并成为传奇。

像在电影里一样活着,该是多么美好的期待。

永远的路人甲

老赵去北京的前夜,我们几个给他送行。他有点儿激动,话都说不完整,我们也不打断他,他想说什么就说什么。以前大家凑在一起拍电影的时候,老赵从来都是路人甲,连一句台词都没有的那种,到了现在,我们都想给他一次当主角的机会。

老赵不是我们这个圈子里的人,只是偶然才和我们混在一起的。那时候,我们几个中年哥们儿百无聊赖,又不甘心就此成为沉默的大多数,于是商量拍电影。老赵是送朋友过来的,一起吃饭,听我们山呼海啸地聊,他一声不吭,等饭局结束,他低声问我:你看我能不能演点儿什么?我说:没问题。

老赵人长得糙,虽然他在日企里当副经理,但换下工作服,就像地道的农民,所以他能演的角色差不多都是形象很差、面目狰狞的那种,打手、赌徒、催债人或者假土豪,老赵却拍得认真,从来不觉得自己可有可无。有一次拍恐怖片,饰演看门人的老赵要从楼梯上滚下来,看老赵也不年轻了,我打算改剧本，老赵却不同意，说：没事儿，我受得了。那天老赵摔得鼻青脸肿。

一开始拍电影没钱，有时还要自己掏钱买盒饭，每次老赵都会抢着出钱，我们过意不去，他却摇头，说：这钱大家一起喝酒是花，大家一起做事也是花，价值不一样。他的话让我们特别感动。时间久了，其他几个朋友就怂恿我，让老赵当回男主角。

后来真有了一个机会，拍《火车，火车》的时候，我让老赵当男主角，可一进画面，我就知道他不合适。呆板、木讷又紧张，像块木头一样。拍到一半儿，我终于忍不住发了脾气，老赵就那么站着，小学生一样委屈得快要掉眼泪了。

老赵跟我说过，他喜欢黄渤，喜欢王宝强，他们演的电影他都看过，还拷进电脑里，一格一格地看、研究。他说：我以后要是真的演电影，就演他们那种类型的。但我心里却觉得老赵并不适合演电影，虽然他那么热爱演戏。

秋天以后，拍电影的几个朋友又聚到一起，喊了老赵，才知道他已经辞掉了工作，说是要去北京学习，问他学什么，他兴奋地说学表演。原来他报名参加了一个表演班，要在北京待一年。老赵说：那个班和大导演都有联系，我可以去当群众演员。

人过中年的老赵为了演电影而去当"北漂"，换在别人是多么想不通的一件事儿。但对我们这些了解他的朋友来说，却只有实实在在地佩服与祝福——我们都是中年以后才想起心里还有一点儿梦想，那一点儿梦想便再次燃起了全心投入的激情，这种被唤醒的快乐真是很难用言语来描述。

放大到人生里，哪个人甘心一辈子做路人甲？只是庸常的生活，常常令我们内心的怯懦和懒惰泛滥，令我们甘愿忍受没有梦想、没有追求的庸庸碌碌。见多了拿"为了别人如何如何"作借口的中年男女，他们藏身安逸、拒绝改变，这种状态本身就是对自己成为人生主角的放弃——同在一个美丽的世界里，要么成为自己生活的主角，要么努力证明你曾经为成为主角而努力过。

送别那天老赵喝得多了一点儿，兀自站起来，说要给大家表演一段，大家静下来，老赵跳上椅子，开始大段背着《火车，火车》里的台词。那一场离别之宴上，他成了唯一的男主角。那真是一个人的好戏啊。

一天到晚游泳的鱼

那天拍最后一个镜头时，老蒋的号啕大哭惊呆了我们所有的人。当时我只想让老蒋表现出一点儿绝望而已，没想到他哭得那么伤心，剧组里，他的年纪最大，年轻演员都有点儿怕他，没人上前劝，他就那么哭了很久。

老蒋是我多年的朋友，拍短片找不到更合适的演员时，就喊他来临时帮忙，开始还怕他拒绝，没想到他很爽快地答应了。角色很小，一个被逼卖肾的赌徒，要求枯瘦，形容落魄，他几乎是最适合的人选。和他讲这个人物时，他听着，眉头紧锁，说：哪里有那么多卖肾的人。老蒋就这么认真，从来不会扭转角度看待一件事儿，我也懒得解释，问他：你卖不卖吧？他大笑，说：卖，卖。

二十多岁时认识老蒋，到现在却一直弄不清他具体在忙些什么。当年从我们一起工作过的外企辞职后，老蒋换了很多工作——带民工给高楼擦玻璃、四处推销酒店用品，然后是做传销、卖海参，最新的职业似乎是在卖蜂花粉。那几年为数不多的见面中，总是他一个人和我们这一群朋友在吵，为他直销的产品，为他四处奔波的生活，还有他的前妻和他的女儿。

后来我们再见面，谁也不说这些了，只是淡淡地聊天，他也很识趣，不再提他正做的工作，有时他无意中说起什么，我们就说：不要多说，东西拿来，我们买。其实总是他在送我们东西，比如各种各样的保健品。

进剧组以后，年轻人私下里都喊他"卖肾的"，他听了，也不计较，跟着笑。第一次拍戏，他很紧张，反复几次，他的表演更僵硬了。我生气了，大声训斥了他几句，他就涨红了脸，问我：你到底要我怎么做？我脱口而出：我要你哭出来！

其实让老蒋演电影有点儿难为他了，在现实里，他或许从不曾哭过，我记得那时一家酒店欠他的钱，不给也就算了，还找人追打他。在医院里只见他咬牙切齿，却见不到他落过一滴眼泪，于他来说，即便流落街头，即便真的为生活所迫卖肾，也不过是人生的一种选择，毫无伤感可言。然而在我的镜头之下，老蒋要成为那样一个人：一个穿着破旧、蓬头垢面，一个必须为自己犯下的错误负责而向强人低头，甚至走投无路时，不得不卖肾求生的中年男人。

于老蒋，电影和现实仿佛他人生的两个极端，他或许并不理解这种对立的背后，其实就是人生的两个侧面，我们需要坚强地面对，也需要勇敢地妥协——哭，不一定因为失败，相反，哭也是一种人生的表达。老蒋终于哭完了，站起来，抹一把眼泪，问我：可以了吗？我点头，觉得那是这一天的拍摄中最精彩的一个镜头。

有时和老蒋聚会后，会去 KTV 唱歌，老蒋喜欢给我们唱《一天到晚游泳的鱼》，那时还真听不出这歌里到底藏着什么用意，直到拍摄那天老蒋哭完，我才感受到他内心里对于自己生活的某种寄望，那是我们这些活在所谓主流社会中的人所难以想象和了解的。

鱼是不会哭的，哭也不会让你看到。

…………

没有梦想的人生该是多么空洞和无聊，直到我们遇到了电影，才发现我们可以用影像留住我们的向往、留住我们的渴望、留住我们真正想要的那种生活。电影给了我们一种重新开始的勇气，哪怕只有短短的十几分钟，我们依然可以自由地穿越时空，进入到另一种完全不同的人生体验当中。

以前听汪峰的《春天里》，最感动的就是那句"请把我留在春天里"。对于大多数普通人来说，春天是一种模糊的意象，空洞而难以触摸，相反，在电影里留下人生的片段，才更具体而现实，如果活着是我们的幸运，那么请把我们留在电影里，让我们活得更美好、更有希望。

选自《海燕》2023年第9期

大地的角落·稼穑

周荣池

中国作家协会会员。江苏省扬州市作家协会主席。著有散文集《一个人的平原》《村庄的真相》《草木故园》《村庄对我守口如瓶》等十多部,曾获百花文学奖散文奖、紫金山文学奖散文奖、丰子恺散文奖、三毛散文奖。

庄稼并不全是粮食，耕种和收获也并非全为果腹，也有一言难尽的滋味。尽管稻麦占据着平原的大多数空间，但生活是由更多貌似平凡的角色支撑着。那些生长在"十边地"的草木有它们自己的果实，有些也试图成为主角而最终未能如愿。但它们仍是村庄里的一部分，不管是离开了还是依旧生机勃勃地站在田野的角落。

一

油菜花开得很突然。平原上一夜之间被花朵分割成无数的独立王国。从来没有一种色彩这么霸道，铺天盖地般把土地遮盖了起来，除了村庄和麦地，油菜花和河流一起在那十数天尽情铺张。

就像信风一样到来的放蜂人，在村庄的边缘安营扎寨。他们一定也见过很多珍贵的花事，但平原的花海有自己的格调。油菜是很少种在大田里的，田头路边以及所有能到达的空白地，都可以让人发挥想象。这里有很多被水隔绝的地，叫作垛田。垛田上装着人们的想象力和创造力。他们把大片平坦的土地交给口粮，其余的每一处间隙都用油菜花装点起来。因为油菜的播种和收割都是手工的，所以人们并不畏惧零碎与散漫。油菜也不计较什么，阳春一到便拼命地开放，就像妇人放肆地大笑。

我喜欢奔走在花丛里，让黄色的花粉沾满朴素的衣裳。其中有一种很美妙的情绪。是执拗和倔强,在浓密的花窠里奔走。这并不是爱美的样子。但村庄里是不需要美的。譬如你要是和一个农人说这些花美,他只会说:这些花开疯掉了。花是会疯人心的。那种密集的纯黄在大地上铺陈,一直萦绕在脑海里,让人有透不过来气的感觉。所以便要奔跑,要深入,要逃脱。我不害怕父亲的指责。他可能也觉得村里的孩子不应该是那种体面的样子。他总是这样反问计较的邻居:不顽皮的怎么能叫孩子呢?

我感觉到叶下沉积的阴凉,叶片上残余的露水,还有花瓣撞在脸上的轻柔。无边的花香令人眩晕,所以我想不停地奔走。日后回想一切如同梦呓。但这些滋味是不能说出口的,否则村庄就会笑话我煽情与蠢笨。油菜的花时很短,也似乎是一瞬间它们就会消失得无影无踪,留下几只掉队的蜜蜂在其间无聊地嗡嗡作响。放蜂人已经走了。他留给队长半斤蜂蜜,此外没有卖掉一滴。这里的村庄不信任过于甜蜜的东西,人们觉得不真实可靠。他走后还留下蜂箱压过土地的印记以及做饭时候滴下的油污。只要一场雨洒下来,这些会和花事一样突然消失。这里毕竟不是他的村庄,所以不需要留什么证据。他的村落在路上,在花瓣里才对。

收菜籽是一件辛苦的农务。一刀刀地割下来,就像是一次次耐心的谈话。植物里那些细小的种子就像心思一样绵密。在改良的种子没有进入村庄之前,油菜的收成十分艰难。一切与这贫瘠的土地境况相像，瘦弱的本地种子榨不出多少油水。人们也并不计较什么且还嫌弃新来的种子并不香，打算卖给城里人去吃。村庄里很长一段时间有这种习惯——把本地的种子单独留着自己吃，又把那些轻易得到的品种都卖到城里去。其实他们大概忘记了，那些在城里扎根的人们，也曾经是老家土地里长出的种子。

每一棵庄稼都是辛苦的。棉花是从另外一个遥远的村庄引进的。每一个村庄大概都有自己的特色，因为水土不同且人的秉性各异。村庄从外面新引进一种植物，有着新老更替的悲情意味。人们被一如既往的辛苦折磨得疲惫不堪。他们也并没有完全指望新来的植物会带来翻天覆地的改善。种地总是被觉得是一种无奈的办法。棉花种植的过程要比粮食种植更为繁复，一道道手工程序在人们的忍耐中与时光周旋。农民甘心在日复一日中等待：浸种、制钵、育苗、移植、锄草、施肥、打枝、摘花、晾晒及至装袋，最后等待的是收花站里的定级。最辛苦的还有最后一道程序，要在秋风中把那些棉秆拔上来。其时它们已经一无是处，可还要一棵棵拔出来，把土地还给季节。父母们手上起了水泡，粗线白手套里有十指连心的疼。他们咬着牙，就像在努力地拔除穷根。

可是贫困是扎了根的，比任何植物都顽强。桑本是早就长在村庄里的。它们轻薄的叶片常被掳来喂鱼。除此之外，还有几枚初夏时候瘦弱的紫色果子受孩子们的青睐。长得像样的桑树会被用来制成扁担。它们也害怕承受太多的负担,所以一般都是随心所欲地生长。这是一种明哲保身的方法。看起来没有什么志气,但默默地保全了自己,可能是一种古老的智慧。后来湖桑进了村庄,人们养起蚕来。养蚕也并不是新近的事情,平原上早就有这种营生。秦家垛出生的秦少游一定是干过这种辛苦生计的。他写出了《蚕书》,又好像和他风流才子的气质不符合。农民认为会读书算是有才华,没有人把会务农当作有才气。后来他的子孙有一支迁到了附近的东角墩,却又做起打渔的营生,虽远近闻名,但也没有被认为是有才华。

好日子当然也不是养蚕人过的。那些精致的茧子后来成了城里的衣裳。湖桑老了之后,叶子也就不那么精神。人们就放弃了那些肥胖的虫子。那些树就被遗忘在远处,和村里的野树一样,不再值得被提起。这大概就是这些外来植物的必然命运,因为人们始终还是信赖粮食。薄荷也曾热闹过好一阵子。那时候每个生产队都有巨大的炉灶,林立的烟囱让人误以为是城里的工厂。薄荷占据了部分良田,村庄里到处都是清凉古怪的味道,连河流里的水都变了滋味。可城里人突然降低了价格,让辛勤的人们绝望起来——最后将那些清香的植物斩草除根,没有留下任何一点儿念想。

庄稼不能固守自己的村庄,是充满着险情的。

二

因为经济作物总是显得不可靠，人们就认命地回想起能充饥的植物。粮食不管行情如何艰难，总是可以留着果腹的。山芋就是这种实诚的植物。集市上买回来的藤苗，就着雨水栽在垄子上便不必理会，它们会自己默默地生长。要是长得太欢快了，人们就会不满意地打了茎叶去喂猪。村庄里是忌惮过多快乐的，长得太欢就像孩子太闹腾，需要板起脸来教育。在农人的内心，默默无闻地生长才像个样子。茎叶长得欢天喜地，长在根上的力气就少去很多，一些无用的欲望就要被镰刀镇压。

山芋还没有长大的时候，孩子们就迫不及待地去用手扒。这是放学路上最常见的事情。饥肠辘辘的一天快要过去了，脑子里全是对于食物的渴望。沾满铅笔灰的手，插到干巴巴的泥缝里。手指的倒刺被泥块擦出血来也全然不顾。那些染了血的土非常冷漠，总不愿慷慨地拿出什么像样子的东西来。直到寒凉的深秋，农闲的人们才来理会这些野蛮的生长。在草木已经枯黄的时刻，泥土里和盘托出的一切，给了生活莫大的安慰。那些长得笨拙的块根被挖出来，成为见证一茬生长的证据，也是季节中一道附加的得分题。

山芋是一种万能的庄稼。可以生食，也可以入菜，与粥煮更有清香。人们害怕流年不利，就把它们切片晒干了装在网袋里挂在墙头，以备需要的时刻取用。山芋干煮粥似乎是一种通行的办法。有一次到达某个遥远的海边村庄，那个地方出产一种很有名气的菜刀。主人送了每人一把，嘴里说的却是："到我们村里来别的没有，山芋干粥菜饭紧吃。"看来这种吃食已经有了代表平常事物的意思。"平常"这个词对于村庄来说极端重要。平凡或者平庸并不可怕，只要是常有，日子就能生生不息地接续起来。山芋也似乎能证实和担当这种接续。它们又会被做成山芋粉。山芋的浆汁在水缸里沉淀之后，父亲用刀切成方块，像豆腐一样放在门口的被面上晒。阳光耐心地一照，那些粉就会坍塌成细小的碎块，抓在手上就像用来育苗的酥土。

山芋粉装在布袋里。清明、中元和冬至的时候祭祖，必有一道烧山芋粉。人们平时也吃，所以做了亡人之后，还愿意歆享。至于用来做肉丸的辅料，那是不可多得的机会。

人们还学着种花生，尽管知道里下河的黏土并不适合这种植物。但空白的土地有时也会生出些有趣的想法。种子也不知道哪代传下来的，反正没有断过。花生出苗的时候就显得并不蓬勃，那些瘦弱的叶子好像起了思乡之情。可是人们倔强地让它停留下来。它就像被拐卖的小媳妇，满肚子的不如意。秋后收起来晒干了，那些干瘪的种子真是令人担心。到年节来的时候，便掺了沙子在铁锅中炒。沙子也是外来的，是砌墙多余了遗在路边的，是那种粗粝的品种。它好像也不满意自己的遭遇，在锅里毫不情愿地和高温周旋。最后还是炒煳了，但闻着很香，足以用来应付时节。

外来的东西到底心里是隔膜的,这是没有出过远门的南角墩人难以理解的。

玉米和土豆也是远来的。玉米在村里就叫棒头,长得和本地的芦稷相像。芦稷并不刻意去多种,人们收来它的穗头制成扫帚。这是一种很繁复的手艺。芦稷的秆有甜味,孩子们折了在嘴里嚼,模拟出甘蔗一样的滋味。玉米进入村庄之后,也有孩子嚼秆子的,但秆子粗糙少汁水。玉米还没有长成就有人惦记。掰开来那须上有清甜的味道,还不饱满的玉米粒生食很甜嫩。煮食之外,老了就不食,掰下来喂鸡鸭。对于这种作为副食的庄稼,人们似乎并没有什么热情。土豆也不是什么重要的菜蔬,地里的产出也不饱满,谓之"洋山芋"。人们对这些庄稼缺乏热情,似乎也懒得对它们发挥什么想象。日后我想到城里把土豆做成那么多样式,觉得村庄是轻视了这种可以作为主食的庄稼。说到底,人们对这些庄稼是有态度的——南角墩的人认为种稻麦才是正事。土豆作为菜蔬,多和豇豆去烧。农忙的时候买了肥白的肉一起下锅,那是款待帮工的好菜。一个人家的菜好不好,也是一种态度,人们心里是有盘算的。

当然有时候人们也会突发奇想,种植一些奇怪的作物。比如父亲就曾经种过一丛甘蔗。甘蔗种是从另外一个生产队讨来的,也不知道它的老家究竟在哪里。父亲先把它窖在田头,到了开春的时候埋进土地里。庄上人对此并不看好,好像这片土地上就不可能长出甜蜜的东西。即便其他生产队也种出了甘蔗,但这似乎也并不能成为可靠的证据。人们看他忙碌着,轻轻念叨说:"还是吃些死粥死饭安心。"但那甘蔗倒也和父亲一样倔强,不消多久就真的抽出新苗来,硬是长成了田野之中的异数。在平坦的田野上,这一丛甘蔗显得很突兀,就像是一篇平静的文章,贸然地出现了一个叹号。父亲也并不管理它们,倒是我常去关注那红皮植物的生长。

到了秋后,父亲用割完稻子的刀割了一根,站在地里就咬了一口,满意地说:"谁说这地里就长不出好东西呢?"他把甘蔗砍回来佐酒,端着碗大口地痛饮。不知道那到底是什么滋味。母亲看桌上实在有些寡淡,把新收的花生抓给他一把,他摇着头说:"生花生吃了会耳朵聋。"

那些甘蔗断断续续地在这个地点长了好几年。我有时候连稍子都认真嚼完——它比芦稷或者玉米秆甜多了。

三

村庄里有许多低洼的水田,像一种别扭的情绪,总是无精打采的样子。人们是通过抓阄分割田地的,抓到了那些水田也只有跺脚认命。人们也有自己无奈的办法。他们去北乡马棚湾买回来慈姑和荸荠种。马棚湾这个地方在运河边,是洪水冲出来的大湾。据说某处潭水深至七斤七两麻线也沉不到底。这个地方粮食总是绝收,但慈姑、荸荠长得好。"马棚大慈姑"几乎是一种固定的称呼,还暗指一个人的夯。慈姑顶芽便可作种。这一段也是慈姑味道特别的地方,乡间桌上常闹笑着"以形补形"让男人吃。荸荠作为种子似乎更娇惯点儿,要用药拌了土防虫。关于慈姑、荸荠,在田头专门有一块秧池育种,出苗后移栽至大田繁衍铺陈开去。

慈姑常种一大片,荸荠不过捎带几棵。荸荠其时是没有太大市场的。慈姑可以卖到城里甚至外地。荸荠好像是零食,这是村庄不在意的事情。只种几棵给孩子"杀馋"。慈姑叶子有庄稼的端庄模样,箭头一样的叶片茂密地覆盖着水田,只有青蛙的叫声可以透出来。荸荠叶子是简洁的圆柱形,一簇荸荠的叶子像土地庙插上的一炷香,很有些特别的意境,但缺少朴素的扎实。收获的时候很辛苦,慈姑都是妇女们用手扒。村里有俚语说"人之初,扒慈姑"。荸荠则更狡猾一点儿,要赤脚去"崴",和采藕一般。

慈姑装满了船舱,用河水淘干净了,就装到城里去卖。有些人家为了得个好价钱,一直撑船送到下河的盐城。那个地方村里人都嫌弃,"到兴化心就慌,到了盐城不像家"。日后我去盐城,人问到从哪里来,一说对方就念叨:"那个地方出马棚大慈姑。"慈姑做汤奶白,和咸肉红烧或者切片炒,虽然味苦但清口得很。父辈们怨恨慈姑,一年饿极的时候每天都是烀着吃。到了年三十家里也不见一点儿肉丁。末了,要吃汤圆应应时节,无奈又把慈姑削皮煮熟,圆滚滚的就算汤圆打发日子。荸荠久贮干瘪了更甜，但等不到多少时日就被消耗殆尽。母亲们总骂"好吃不留种"。稻子收获了后耕田时，拖拉机后就跟着嬉闹的孩子，巴望着稻田里有些"懒棵子"的荸荠。湿润的土地被掀开来，就如翻开了书发现难得的秘密，是件很甜美的事情。耕田的二叔见我抢不过别人，低头拾起一两个扔过来，如拿到两个大苹果一样令人兴奋。不用回家洗了再吃，上手就去了泥土咬起来，很甜。

　　这些零散的庄稼帮衬着人们度过很多艰难的日子。人们也并非完全不想有更多的营生，只是膀子上就那么一点儿力气。也有人种菜，种大白菜或者大青菜，挑到城里去卖进陌生的厨房。村子里叫大白菜为"黄芽菜"，叫青菜为"大白菜"。青菜是有些市场的，因为各家入秋之后都要腌制咸菜。咸菜有春冬两季。春天用野生的麻菜腌。野菜在河岸的护坡上很常见，往往是漫山遍野的形势，它们会欺负懦弱的野草。麻菜要在开花之前掐来，雨水足时三两日就新长一茬，但也极易开花。花一开叶片就失了滋味，大概气力都着在花事上了。切碎的麻菜吸足了盐分，不几日就丢掉轻微的麻味。挑出来淋几滴麻油即可食，喷香。入冬后腌咸菜场面更壮观一点儿，每家门口都挂着待入缸的青菜。从集市买回来的海盐味道最好。一层层码在水缸里，最后压上一桶水，只等着熟了。

　　平原上有专门的村庄种菜，它们多在城市近郊的菜园。至于其他的村庄，间或也种一些但不成气候。特别像父亲这种暴躁脾性的，受不了城里人的脸色，也不会讨价还价地争辩，只能恨自己吃不了这碗饭。他也是和菜园子打过交道的。有几年他在三荡河做护林员，两岸的芦竹都由他来收割抵作工钱。收好的芦竹用船运到菜园去卖。先前说好的价格总是要扯皮，货到地头死，一咬牙就算了——都是地里长的东西，不值钱的。由此他就认为菜园子的人狡猾，自己学不来这种营生。他还种过一些黄芽菜。入冬后收了用草绳捆起来，放在朝阳的猪圈窝里。过两天就跳进去拿一棵出来烧咸肉吃。被吃的猪也曾是在这圈里生长的。

　　庄稼是饱暖也是滋味，日子就靠这些辛苦的植物得以延续。它们生长在泥土里，也生长在锅碗瓢盆的滋味里。比如一棵菜好像已经在盐水里失去了生机，其实它又是在另一个世界里开始生长。村庄有很多的办法保护这种生长。当咸菜在卤水里有了怨气，长出了酸臭的霉点，人们会把它们煮熟了，再请回到阳光下暴晒。阳光就像当初爱护它的青苗一样，继续给它们以耐心和气力。梅干菜切断又回到了幽暗的坛子里，它们还能生长出很多的岁月。

　　这就是那些顽强的庄稼，在稼穑之中保我们的命。

选自《湖南文学》2023年第10期

沙上的井

王国华

中国作家协会会员、中国散文学会理事,"城愁"散文的倡导者和书写者,已出版《街巷志:行走与书写》《街巷志:深圳已然是故乡》《街巷志:拥挤的影子》等 20 余部著作。

沙井

沙井原为深圳一镇，一度以产蚝（北方称"海蛎子"）著称。乡镇又改成街道，招商引资，工厂林立，常住人口最多时达一百三十万。后一分为二，一名沙井，一名新桥。"沙井"二字之得来，非常直接：此地原为入海河道，掘井时屡屡见沙，故称"沙井"。今日深圳，高楼广厦，人流密集，快递小哥紧贴着你的脚边，"嗖"一下掠过去了。汽车你来我往，找停车位全凭运气。一万个事物迎面扑来，视野里挤得满满的。谁能知道，在这一派浮躁的景象下，还暗藏着几十个、几百个水井呢。它们有的躲在城中村的墙边，像被墙体踩在了脚下；有的大大咧咧站在路中央，仿佛在挑衅路人；有的安卧于一圈儿建筑物中间，似盆地之"眼"，那圈儿建筑物却面目模糊，房不像房，楼不像楼，毫无章法地拥在一起，难以描述。

还有人留意这些大地的窟窿吗？它们在如何，不在又如何？

有几年时间，志鹏和几个同伴开始了寻井之旅，走遍一条条巷子、一座座宗祠、一个个城中村，每发现一口井，便测量它们的周长、深度、记录它们的材质，打听与其相关的故事，做了很多记录。深圳颇有一些这样的年轻人，做一些看似无用之事。问其原因，答案只有两个字：喜欢。

周边

志鹏带我看了许多口井。

单独打量任何一口井,都是一个完整的、丰满的事物。拆开来,每一个细部亦具完整之美。

蕨类植物。一般都长在井口,碧绿细长的羽状叶片像一个手掌,根须插入两块砖头中间那一点儿缝隙。缝隙里一定还有什么东西,紧紧拽住了它。蕨类植物永远斜着身子,永远潮湿。在它周围,一些更浓、更绿、更细小的苔藓,成片地铺于井口,以手触之,毛茸茸的,若用力,手指会沾上星星点点的绿。

井中常见的活物是青蛙。坐井观天嘛。哪里是坐着呢,应该是漂在水面上,或者扒住滑溜溜的石块,仰望烧饼大小的星空。那个姿势,想想也够累的,没准要得颈椎病。它们能看到星星吗?我们在这么广阔的空间里都看不到,它们的眼睛还能比人的眼睛看得更远?但也不好说。在狭小之地长时间打坐,冥思苦想,总能参透点儿什么,捎带着身体上也跟着基因突变,视觉、听觉、体感都不同于地面青蛙了。另一种活物:一只小小的蜥蜴,皮肤苍褐。掀开井盖,它在井壁上慌张地爬来爬去,迷失了方向。此物可能从一出生就一直在井中捉蚊子吃,不知世上还有其他活物。乍一见人,如人见鬼。自此心灵上留下伤痕,跟其他同类聊起来,同类既不感其伤,也没甚兴趣。蜥蜴注定要孤独后半生。

水面上漂着糖纸或者塑料袋。

偶尔一群蚊子在井边飞起。偏僻太久，会寂寞。一群静静地簇成一团的蚊子，连翅膀摩擦空气这种本能都丢掉了（也许，它们的世界里原就没有这种本能，所以也无所谓丢失），并无嗡嗡声。

不知是否还有其他活物，比如说，蛇；比如说，微小的病毒……

它们全部隐没于这些废弃的井中，过世外桃源的生活。上面闷上一个盖子，材质分别为木板、铁板、石板等。最易损坏的其实是铁板，有的已经被锈穿，中间翘起的铁片随时可能刮破人手。木板被湿气越浸越重，滑溜溜，抬起时容易砸脚面。石板最沉，也最残酷，它一盖上去，里面的一些动物就死掉了，不过同时也许会衍生一些新的生物。生生死死，总有轮回。

救命

沙井临海，海风都带着盐味，时间长了，房子腐蚀严重。挖井常出咸水。有人推断，此地原来一定有山，山泉渗透，为深井提供了可用水源。今日此地已难见山峦，工业社会的强大机器，削掉了一个个山头，但康熙年间的《新安县志·地理志》中"井泉"条记载："云林仙井，在参里山侧。成化间，布政陈选爱其清冽。"嘉庆版《新安县志》中亦有"慈云寺在新桥尖峰顶山，内有石洞，洞中有石，如神像，旧传仙石于一夕飞来"，都提到了山，堪为佐证。此外，沙井多河多雨，也可供水井一时之需。天地造化，损有余以补不足。沿时光回溯，当年挖井的那些人，趴在地上侧耳倾听，小心地铲开地面，拈起一点儿土，放在嘴里嚼一嚼，探听地下的信息。焦渴的人们，对甜水几近崇拜。挖好一口井，地下的水喷涌而出，人们舀出一碗，一饮而尽，由此与深处的事物建立了直接联系。

一口井为一个坐标，井井连接，勾出一个地方的基本架构。当年的沙井成为繁华之地，与这一口口井不无关系。在农耕时代，这就是巨大的财富。吾乡华北平原，多年以前（其实也不算远，距今不过三四十年），多次见证井水战争。一旦天旱，人们凌晨起床，在暗无星光的夜色中跑到井边排队，扁担把肩膀压出红肿的印子，一点儿也没诗意。水筲碰着水筲，叮叮当当。碰撞声越来越响，叮当当，叮当当，终于发展为人和人的战斗。没办法，那一抔浑黄的泥汤（回家澄上一天，才能稍微变清）终归有限，抢到的人才能活命。这样说并不夸张，抢不到水，即便没渴死，也会因为干渴大大削弱劳动能力，逐渐走向衰亡。不同的村庄之间，同一村庄里的不同家族，甚至同一个家族的人也会为水反目，大打出手。井水充足的地方，人心安泰。虽然今日沙井的水井几乎都已死去，但井的主人们曾经的富足，还是让我羡慕。和志鹏并肩走在一个个巷子里，计数一个个水井，呼吸着潮湿的水汽，我暗暗对比：几十年、几百年前的沙井，和我的老家相比，简直一个天上一个地下啊。人家，比我们幸福多了。

残喘

需要说一说井的生死。活着的井有一个共同特点：流动。一个井挖好，不断地有人站在井边打水，落几个汗珠在井中，碰撞的声音被青砖没收。汗珠被井水吸收，井就丰满了一点儿。青砖后面和下面的水源源不断地钻出来，无声地翻滚、无形地搅动，井更丰满。郁积的水在井口内多待几天就要发霉，需尽快逃离深井，更深处的水还在往外挤。人用辘轳一桶一桶将其摇上地面，随后它进入人的身体、狗的身体、驴子骡马的身体，在里面转一圈儿，通过皮肤或者排泄器官重新落在地上，渗透到地下，或者蒸发后变成雨水，回到井里。水井是个节点，不断进入水，输出水。一旦憋住，井就死了。

我看到，那些用石块或者砖块垒出的井壁上常有一些凹槽。早些年，主人要定期踩着凹槽下到井中，淘尽积水以及逐渐沉淀在下面的泥，仿佛搓掉皮肤上的皴，让深处的水可以更轻快地冒出来。一个个小水珠迅疾地连缀成一股清泉，成为坦坦荡荡的新的井水。多好啊，被使用才是生命力的象征。

今天的井其实还没有死透，它们的废掉，仅指不再成为饮用水井。很多井通过各种方式苟延残喘，或曰半死不活。

我在沙井的上寮社区看到一口井，附近放着很多铁盆和水桶，里面泡着衣服、蔬菜，井壁上挂了好几条白色的水管，一直连接到附近的好几个楼层。我问，这水可以喝吗？答曰，这里工厂很多，地下可能有污染，所以不怎么喝。他说得犹犹豫豫，我忍不住要尝试一下。喝了一口，又喝了一口，甜丝丝的，口感不错。我想，其实他们可能也喝这水，烧开即可。但大家都以"讲卫生"为由，故不方便说出来。他们吃的那些蔬菜，农药残留超标，奶茶里暗藏添加剂，哪个比井水更卫生呢？房东悄悄告诉我们，井水可以让附近的住户每月省下一二百元水费。大家还是在乎这些小钱。我看到水井周边的房子和人，也相信了这个说法。

名字

沙井老街中有一口井，名"全胜井"。多年前井边住一户人家，主人名为肖全胜，热情好客。每每看到井旁排起长队，他便招呼等水的村民到自家坐，泡泡茶，聊聊天。日子一天天过去，村民全都认识了全胜。街巷没有门牌号，一声"全胜井"，是大家的心照不宣。另一井，位于新桥大庙四巷，徐志鹏等人踏勘时发现井口有两行小楷："人和风清井水甜，晨暖园静花草鲜。"并不出奇的两句，对于枯燥的水井来说已是难得。徐志鹏团队的人遂称之为"诗井"。永兴桥附近的小巷中有一口井,一个来自湖南的家族住在小院中,以做扫把为生。井边总是堆着一捆捆扫把,志鹏团队将其称为"扫把井"。上寮大道路中间有一口井,正正当当,不偏不倚,像一个肚脐眼。早先不仅可供取水,还是本地村民的风水井。修路时,村民坚决不同意将井填埋,一度在井旁专门立了一个红绿灯,故名"红绿灯井"……

这些名字并不具有普遍性,比如"诗井"和"扫把井",只是一个寻访者的信口一说,而在路人乙心里或另有其名。但这些名字让面目趋同的水井们有了区别。更多的水井则如同农家养的鸡,谁有闲心一只只给它们起名字?都是羽毛和鸡头、鸡翅、鸡腿的综合体。这些幸运的水井,不但有了名字,还附带了传说。一个名字有一个传说,有一个悲欢离合的故事。你顺着名字的纹理往里面走,可以看见血泪和呼喊,看见一个个房间里睡着的人。

如今这个寻井团队已各奔东西。做扫把的家族不知所终,水井被困于铁栅栏内。"全胜井"淹没在一堆杂物中,扒拉半天才能找到。"红绿灯井"旁的红绿灯已经撤掉,井周围加设了围栏,并被盖上了一个沉重的井盖……有一天,它们总会全部消失,那些单薄而孤独的传说也不会再流传下去。

其实,我对所谓的传说并不感兴趣。那么多的故事,虚弱、缥缈,点点滴滴,没有一个能超越我的想象,没有一个跟得上我的趣味。我甚至决绝地想,所有的传说,都配不上水,污染了水。此地此水此砖此石，一说，便俗了。

命名者"拥有"过水井，发现了弃井，有资格赋予其传说，增强它们的传播效果，延长其存在，但也因此令水井深陷市井生活，无法自拔。一群群的人来了又去，去了又来，绕着水井发生点儿这个，发生点儿那个，让水井不得安宁。尽管水井正在无可避免地逐个消失，但如果将剩下的串联起来，互相之间依然有严密的逻辑关系。而水井一旦诞生，就不应该只是为人提供水源这种无聊的物事。它是造物的尝试，是造物在天空画下一个圆，然后落在了地上。

向下或向内

坐在井边，头靠近井口，停留几秒，感觉一股凉气蔓延上来。随手扔下一颗石子，沉闷的声音传上来，是"咚"的一声，还是"轰"的一声？这个拟声词让我纠结了一小会儿。它打开了一个通道，暗示井或许无底，一直往下，往下，再往下。

人类的两个动作：仰望和俯视，一个向上，一个向下。（也可理解为向外与向内。天空是外，深井是内。）此为真理的两极。显然，向外（向上）更轻松些，那里是敞开的，大朵云彩后面还有建筑或者故事，终究一览无余，实在不行就用望远镜，高倍望远镜。而向下是闭合的，探索之，相当于闭着眼摸黑走路。别用单薄的"泥土"两字来概括一路遇到的事物，它们有着无限的可能：名目繁多的岩层、涌动的岩浆、微生物、洞穴、沉静的水……站在井边，总隐隐有跳下去的冲动。井越深、越黑，冲动往往越显著。这种生物本能，就源于井的神秘力量。

当年苏联要探索地下世界，在科拉半岛邻近挪威国界的地区开始科学钻探。这个被钻出的洞深达一万两千多米，名为"科拉深孔"。有人将录音器材送到最下面，录制的声音播放出来，竟似浩大的惨叫声，此起彼伏，凄厉恐怖，人们称其为"地狱的声音"。后又有人证明，那个声音实系造假，来自一部电影。我从不相信一个地狱存在。即使有，也不应该在地下而该在天上（所谓的天堂的隔壁），也不是现在我们想象的这种境况，人类所能感受到的一点儿痛苦，便是地狱了？笑话。哪有这么简单的表达？时下的人们拥有的恐惧，还是地面上的，非常表面化的，与天高之处和地下深处的情绪迥异。"天高地厚"这四个字，需要掰开了揉碎了去理解。

井，是通向未知世界的一个路径，名义上由农人挖成，为了那一点儿水。实际上，它们一旦建立，便成了一个路径、一个向往。水井到了一定深度，就不是人类所能掌控的了，井自己会往深处走，走啊走。那些水中的鱼、边沿的蚂蚁和蜥蜴、簇成一团的蚊子，都比人类要敏感。它们已经看到了什么，却无法跟人类交流。它们会在自己的世界里传播这些信息，只有极少的人能听懂这些信息，并在水井中突然发现另一个自己。

那些井边的细节，都是滚滚大江中的一滴水，荒漠中的一粒沙，被时光碾压，被宇宙湮没。它们存在的意义，便是陪伴同样渺小的人类，以免彼此太过孤单。它们被填埋、损毁或以其他方式消失，亦非我们理解的那种"死去"。它们，去了更多的地方。

选自《散文》2023年第11期

段医生家的墓葬

蒋殊

太原市作家协会副主席。著有《阳光下的蜀葵》《重回1937》等作品10部。多篇作品被收入中国年度散文年选、初高中语文试卷及语文读本。曾获赵树理文学奖、《小说选刊》年度大奖、连续三届长征文艺奖。

对于墓葬，我并不陌生。

早在2014年，就与母亲一同回乡，看过她与父亲催着早早砌好的墓葬。

深秋的地头，与走向暮年的人一样，散发着庄稼收割之后的淡淡悲凉。偶见一些农人在收拾残局，三两只喜鹊立在树梢，预报着人类并不关注的信息。天空也一样，铺满与人间无关的瓦蓝。

人生第一次，走向墓葬，我的内心布满悲凉。

墓葬所在的地头，狭长。远远地，即将大功告成的掘墓工用铁锹支着下巴立在那一头，脸上是完成了一件浩大工程的松弛与满足。他笑盈盈一双眼望过来。我才知道，墓地的交流，可以不忧伤。

"嗨！"

"嗨！"

我努力像他一样，愉悦地回应。

"下去看看，哪里不合适！"他直入主题，我无法接茬。倒是母亲，笑着答一声"哎——"，便迫不及待地顺坡而下。此刻，腰腿不好的母亲身手很是敏捷，我努力从后面拉着她的衣服，跟着下滑。

经历过许多亲人的死亡，比如爷爷、奶奶与叔叔，但从未下过墓葬。里面的格局，就如小时候的地窖，并不深，已用青砖砌好，窑洞一样的形状，只是高度无法站直身子。空空的墓葬，母亲却半蹲着这里看看，那里瞧瞧，再用手摸摸那些青砖。

不知道母亲的想法，不想问母亲的想法。就那样沉默跟着，在墓葬里细细看了十几分钟。

"嗨！没东西没人，有啥看头？"掘墓工的声音吼下来，依然玩笑的语气里，满是催促。

"就上，就上啊——"母亲一边应着往出口走，一边回头对我说，"以后就在这里了啊！"

一句话，说出我一直憋在心里的一把泪，哗啦啦滚进脚下那片土里。

8年之后，我行走在山西稷山宋金墓中，却想到那一次的母亲。

那一次的母亲，也永久定格成记忆。

这是完全无法比较的两种墓葬。眼前的宋金墓，叫"马村砖雕墓"，因为墓葬内最大的看点就是华丽的砖雕，来自840多年前的金大定二十一年（1181），高大宏阔，占地1.8万平方米。

与其说是一座墓葬，不如说是一座从地上移到地下的宏伟院落。

只是，缺了阳光。我告诉自己，缺了阳光的院落，不在人间。

继而就想，墓葬建成之时，主人们是不是也像当年的母亲一样，淡然下去细细看过？这样的规模，要看上多久？每一个人，是不是要提出自己的诉求与建议？

是不是，有人想看戏，有人想赏花，有人说必须有酒？他们一定是热热闹闹、嘻嘻哈哈、七嘴八舌之后，才在一瞬间想到墓葬的归途，才突然间闭了口，在凝重的空气里独自安抚内心涌上的落寞。

实在是，这样风格的墓葬，很容易让人忘记它的用途。

在有限的生命里，亲手给自己建造一座死后的世界，都像母亲一样坦然吗？我知道，母亲坦然的背后，必然是无奈的忧伤。她在墓葬内的十几分钟时间里，一定无数次在内心涌上曾经的青春，以及她亲手送进墓葬的——她的母亲。

不复返的青春与亲情憋在心里，一滴滴化为哀伤。

谁能不走这一步？那么，给自己建造一座考究的墓葬，以便死后还能如活着时一样生活娱乐一应俱全，是不是对短暂生命最好的告慰？

毕竟，死后便成为永久。

无人以经验告诉我们，那个世界，有没有光？

马村，一个普普通通的村庄名字，距离稷山县城仅有4公里。我们或许可以想象出，840多年前一个普通乡村是什么模样，也可以想象出马村每一户人家在修建房屋时是什么样子，但难以想象一个村庄在大兴一座墓葬时的盛大场景。需要用几年时间选择一块好地吗？需要请一位资历高深的先生择一个好日子吗？需要一个华丽的开工仪式吗？需要一场浩大的鼓乐阵势吗？需要外村的亲戚与本村的乡民前来祝贺吗？需要一碗一碗的大酒吗？需要一声一声呐喊的号子吗？

多少作物，从此完成了使命，不再涉足那片土地。

在一群喜鹊的见证下，一位德高望重的长者将通往那个世界的第一镢深深刨入土里。

一项浩大的工程，轰轰烈烈启幕。

可以想象出的是，每到饭时，在地下忙碌的工匠与工人就会从地下转入地上，甩着尘土飞扬的身子鱼贯走进一座院子。那里，有一锅一锅庞大的饭菜阵容在热气腾腾列队迎候他们。而他们，则在酣畅而快速补充体力后，又鱼贯出得院子，消失在地面之下。

一张张手工图纸，在细碎的泥土中精细布局。

那是一场漫长的体力劳动，也是匠人们精美的艺术历程。当地下的空间掘到足够广阔，一块块精心烧制、精挑细选的青砖便整齐列队，像战士般昂首进入，开启了它们的另一种征程。它们都是经过严格"体检"的，它们必须要经得住没有阳光的浸润，耐得住永久没有人声的寂寞，还要承受刀刻的疼痛。

这是有理想、有抱负的一群青砖啊，它们将在匠人的手里涅槃重生，为此它们甘愿承受匠人们一双又一双眼睛的挑剔，一道又一道工序的筛选。握在手里，它们强健的身躯，忠诚的姿态，让艺术家们露出满意与欣赏的笑容。

当锐利的刀锋在它们身体上划下第一痕，便有了曾经的同类仰望的身份,从此跃上同类无法企及的新高度。

工匠们亦然,此刻他们就是艺术家,将要在一块块青砖上开启他们的艺术旅程。他们的目标,是把墓主人死后的生活设计得有滋有味,打磨得璀璨出彩。他们中间一定有不少人,遗憾自己一双巧手只能给别人构筑这样华丽的殿堂。

那段时间,通往地下的那个入口,一定是村人眼中的神秘之所。当年,一定有好奇的小孩子要争相下去一探究竟,却被紧随而来的大人吆喝着制止。

大功告成之日,是什么样的季节?是花儿初开,小麦正黄,还是落叶遍地?经主家权威人士集体验收过后的一座华丽墓葬,像一座地下宫殿,成为小小马村及方圆数百里村头巷尾议论的热点。

这座不同寻常的墓葬,在地下至少沉默了几百年。它的发掘,源自1973年冬天的一场暴雪。一场暴雪,降临在马村的大地上。雪或许是一夜之间下来的,或许又接连下了一个白天,总之是一场少见的暴雪,让房头,树枝,院落,小道,山梁……都化为白茫茫的世界。白茫茫的大雪,掩盖了地面的无序,包括柴火,包括各种动物粪便。

在村庄,这样一场暴雪落下,能积聚一个冬天不化。

可是,马村有一片神秘的土丘,像以往一样竟然在两天左右便不见了积雪。光秃秃的一处山坡,在雪的世界里散发着怪异的气息。

一定有村民叹，"呀，瞧那个怪坡！"

一定有村民答，"嗨，真是个怪坡！"

周围树上，有喜鹊喳喳叫，或许还有乌鸦在寒风中奔走呼号。

村庄的雪后太美，也太忙碌，以至于村人根本无暇顾及这个怪怪的土丘，然而有一个人却坐不住了。他姓李，这茫茫大雪中独一处融化的土丘让他动起心思：这片土地下面，到底有着怎样的能量辐射，让此地不受外界温度影响，寸草不生，大雪不留？

当然，李姓人不是搞研究。许是他之前就有过类似经历，许是他多次动过这个念头，他隐隐觉得，来了发财机会。

今天，不得不叹服他眼光的毒辣，足以抵得上考古人员。

今天，我们也需要感谢他用尽心机的这一歪心思，让一个神秘的世界浮出地面。

打定主意后，他悄然开始了向神秘的土丘挺进。一个又一个夜深人静之时，他独自在野外向下掘进，像当初的工人一样。只是，当年是一支庞大的战队，头顶有艳阳高照。而今独有他寂然一人，唯有星空注视。一寸一寸，一尺一尺，从无月到有月，从弯月到月圆。寂静的村庄暗夜里，只有风声，只有虫鸣，只有他急促的呼吸声，以及汗水悄然滴落的声音。空旷的田野，偶尔会有什么动物的声音传来，他一惊，再一定。如果心思纯正，他绝对称得上是一个优秀的发现者、发掘者。他摒弃各种恐惧与杂念，他一定还不住口地祈求着菩萨神灵的护佑，刨呀刨，挖呀挖，一日日满含希望的深掘过后，眼前的世界豁然开朗。

他当然不知道，自己打开了一扇绝世的墓葬之门。幽深的洞口像一道光，如愿出现在他眼前，他压住心脏的强烈跳动。

他多想给自己开一场盛大的庆功宴，以将他强于这片土地上所有人的聪慧与远见公之于众。他多想让马村所有人为他欢呼，为他喝彩。

可是，他不能，他只能悄然享用这一成果，他也只想独自享用无数次想象过的那些宝藏。他一定以墓葬的思维猜测与审视这个世界，他一定以为那个世界的主人们在沉睡。于是蹑手蹑脚，或许嘴里还乞求着墓主人的原谅，向想象中的宝藏迈进。

他一步一步，向墓葬深处摸去。

"吱——呀——"，他听到推门声了吗？对，一声尖利的、好奇的、欣喜的、探寻的推门声，就在那个时候刺耳地响起，打破墓葬内怕人的静寂。

一束明晃晃的电光中，一位红衣女子迎他而来。

不知道他当时发出了怎样的惊叫，不知道他失魂而去时有没有摔跤，总之，他想象中的惊喜万千被失魂落魄取代。

那个晚上，有月亮吗？他逃离那个世界之后，或许连瘫坐在墓地的力气也失去了，跌跌撞撞、魂飞魄散地回到家。

那夜他的梦里，一定是一个红衣女子，只有一个红衣女子。

49年之后，我下到由他开掘出的这处墓葬。他惊慌失措的足迹，已经被一批批游客踩得没了踪影；他最初掘出的通道，已经被修整得更加精致，恢复了840多年前工人们精心修筑的样子。弯腰，低头，不大的2号墓室出现在眼前，顾不得看四周精美的砖雕，顾不得望望顶棚上的两层斗拱，也顾不得看看上层的屋檐出檐多深多高，只呆呆注视着迎面那名红衣女子。这就是当初把李姓人吓退的女子吗？她是那么端庄，华贵，从容。

这个女子，让这个墓葬更显绝世惊艳。

女子淡然啊，右脚轻抬将踏向门槛，右手轻扶左侧门边，兰花小指娇翘着，半个身子微微探出，发髻精致，衣裙飘飘。她无视众人的穿越围观，从门楼上鲜红色的彩绘门中优雅探身张望。

一座青砖的世界，独一扇鲜红的大门，独一位绝美的红衣女子，惊艳了这座墓葬，惊艳了这个世界，惊艳了时空。

她在望什么？有专家解读：她在替主人打探对面戏台上的戏是否开场，因为她的对面，就是一座戏台。戏台上，就是一场即将上演的好戏。当然也会有其他可能，比如她是不是刚刚送别一位客人？比如她是不是怀着欣喜的心情打探那位说好要上门看望她的意中人？

她绝没想到，有一天会有一位大活人穿越时空而来。此人举止猥琐啊，完全不似她的意中人。她也不知道，时光已经到了1973年。冒险进入墓室的李姓村民本就惴惴不安，一片漆黑中一位女子以血红的形象站在眼前，未待对方开口，一颗惊喜的心早已被摧毁到崩塌！

与母亲看过墓葬之后的8年间，我经历了父亲与母亲的相继离世，也几次下到那个简洁的墓葬。曾经空空的一个墓葬，先是有了父亲，5年后又有了母亲，墓葬里什么都没有，两座棺椁与青砖互为装饰，静静伴着父母，他们二人以另一种方式继续在那个空间相依相偎……

同样是一块一块的青砖，却无一丝修饰。父母的世界，是不是太清寡了？他们的一天又一天，是不是只能互相聊聊天？

稷山马村的这座墓葬就大不同，每一处墓室都是一个风格不同的四合院落，想必是依墓主人的身份与喜好而设计。那些仿木质的枓、拱、枊、杪、枋、橡，精美绝伦。房屋，餐厅，戏台；主人，佣人，孩童；花鸟，猫狗，酒茶；盆栽，瓶插，墙绘；帐幔卷帘、屏风桌椅、杯盘茶酒；戏中人，佛门中人，行军人；盛开的牡丹，奔跑的小羊，入迷的观戏人……整体画面集建筑、艺术、生活、美学、信仰于一体。

一个永久居住的世界，确实需要铺陈出繁华热闹的舞台，也需要辟出清心雅静的空间。一方方精致的砖雕，是墓主人的生活，也是一个斑斓的艺术世界。这就是让人敬佩之处，墓葬的繁华仅仅限于青砖之上，仅仅止于艺术呈现，不仅最早发现的李姓村民没有在墓葬内寻到珍稀古物，就是之后的考古发掘，也仅见少量瓷碗、瓷枕、瓷灯盏等简单用具。

就连墓主人，也是直接"睡"在青砖砌的炕头上。

一切，都是活着的模样，简洁，却有烟火气。

墓葬主人，追求的只是精神生活，寻常日子。或者说，他们只是换了一处地方生活，他们还要看戏，要下棋，要赏花，要宴饮，要狩猎，怎么能把自己装进沉闷的棺椁里？

也因此，行走在其间，总是恍若尘世。

那个下午，若不是偶有胆小者一声"等等我，不敢一个人走"的声音传来，我便时时忘记自己行走在另一个世界。一来眼前总有父母的影子，二来这建筑何尝不是一处古院落，以至于我在众人远去后独自拐入另一条通道，就是想看看另一处墓室主人过着怎样的生活。

每一处墓室主人的生活，都让人无限好奇。

这极其考究却又无比简约的墓主人，是谁？

据说是随着7号墓的出现，墓主人才终于低调现身。7号墓内，考古人员发现一段并不起眼的《段楫预修墓记》，"夫天生万物，至灵者人也，贵贱贤愚而各异，生死轮回止一……"

一段话中，出现了"大耶（爷）讳先"的字样。

段先，这个名字浮出水面。他是谁？寻遍马村，无人得知。当年兴旺无比的大户人家，是官，还是商？去了哪里？

墓葬现世，主人现身。神秘的氛围，却在马村的土地上继续笼罩了31年。

直到 2004 年，稷山县东 4 公里涧东村的段登科闻讯进入墓葬，才彻底将谜底揭开，也解了他家族几代人的谜团。他终于知道，《段楫预修墓记》中的"段先"，与他家中世代珍存的两块方砖上的"段先"，是同一个人。

段家几代人寻寻觅觅的先祖，原来近在咫尺。

段家人小心取出珍藏了几百年的方砖，果然如此："据父传曰，上祖先，嫡字讳先……"

墓葬中的段先，方砖上的段先，合二为一，拼接出 800 多年前的墓主身世。

医学养生世家——稷山段医生家，重回马村。

1181 年便注定要惊艳世人的马村，重现三晋大地。

人们奔走相告，包括墓葬中生活了 700 多年的段家先人们，他们一定在那个世界欢欣鼓舞，在一座又一座戏台上拉开了一场又一场精彩庆贺大戏的帷幕。

看啊，舞楼启幕，舞厅开场，大鼓、腰鼓、笛、拍板跃跃欲试，元杂剧演员正在上妆……那左手执笏的官员已经坐定，模样儿端庄的女主人手执茶碗闪动着期待的眼神，顽皮的小孩也已经被佣人按定。

只是，1973 年立了大功的李姓人，却只能以仓皇而逃的方式被载入史册。

段医生家族从何处去到马村，无从得知，只知在马村辉煌了 300 年。而在这座墓葬建成的几十年之后，却永久消失于此。

是段医生家族的命数,也是马村的命数。段医生家族从马村的消失,堪称悲壮。

那一天在墓葬中,我突然听到清晰的马蹄声,由远而近。

就如当年的马村人,也是突然之间,被急骤而来的马蹄声惊醒,这马蹄声撕裂了村庄的宁静。

蒙古人入侵了,他们趁着收复河北的东风,越过太行山,带着风,带着雨,带着刀,带着战车,带着杀气,一路攻入山西。

那是1218年。《元史·木华黎传》明确记载:"戊寅,自西京由太和岭入河东,攻太原、忻、代、泽、潞、汾、霍等州,悉降之。遂徇平阳,金守臣弃城遁。"

金军节节败退,蒙古军一路攻一路胜。一年时间,大蒙古开国名将木华黎率队几乎扫遍整个山西。当然,也扫到稷山。

这段历史,1994年出版的《稷山县志》一书中也有记载:"蒙古木华黎率兵进犯稷山,部分村落遭劫。"

无疑,马村就是遭劫的部分村落中的主要村落。《元史·木华黎传》又记,1219年,木华黎派兵沿山西西部南下,一路攻城略地,拿下了平阳以西的重镇绛州。

1219年的稷山县,便属绛州范围,也因此可以推断,木华黎的蒙古大军,就在这一年攻占了稷山。

这一年的稷山,烽烟滚滚。

这一年的稷山，民生多灾。

当然，过程中，蒙古军队并非战无不胜，比如许多战士出现了水土不服的症状，于是很快有人推荐了大名鼎鼎的段家。

没想到，段家人耿气，不给入侵者治病！

好风骨啊！即便840多年之后，这霸气的拒绝声依然如雷贯耳，让人忍不住要大声喝彩！

段家大胆！木华黎大怒！

诛杀！诛杀！诛杀！

段医生家代代相传的治病良方，却无法保全自家人性命。面对蒙古大军无情又愤恨的大刀，悬壶济世几代的段医生家族，死伤无数，东奔西逃，就此从马村消失。

木华黎赢了。

可他没想到，4年之后的元太祖十八年（1223）春，他却在渡黄河至山西闻喜途中病逝，年仅54岁。

这，也是一代蒙古名将的命数，要将生命终结在山西这片他屠杀过无数生命的大地上。

大好年华的木华黎，葬送了大好年华的段氏家族。

只留下这座墓葬。好在，有这座墓葬。

那么，段家人在1219年逃离马村之时，是把墓葬入口封了吗？还是随着时间的推移被掩埋？以至于几百年沉默在地下世界。从墓葬中《段楫预修墓记》中得知，从段楫的曾祖父开始，几十年时间内这里安葬了段氏四代家族。

四代段家人，必定是一个庞大的数字，他们延续着生前的信仰与习惯，和睦相处，自上而下生活在 14 座墓室中，安然来到 1973 年，直到那位李姓人出现。

带进阳光，带进空气，连通了两个世界，却终结了地下的安宁。

医学世家段氏家族，该是长寿的吧。后人段登科手中的两块方砖上，赫然刻言："……上祖先，嫡字讳先，著有《贯通食补方》一册，上行宋太宗年间，救人济世，康人益寿，方圆数百里妇孺皆知也……"

原来，2004 年寻进墓葬的段家后人段登科手里的两块方砖上除了记有先祖姓名，还刻有方圆数百里妇孺皆知的养生良方，是《贯通食补汤方》《贯通宴锅汤方》和《贯通妇疾汤方》几个看上去似乎很平常的药膳秘方，却是段家几代人辉煌的秘诀。只是段家先祖当初不会想到，有一天会遭到劫难。

命可丢，良方不能毁啊，于是仓促之下，段家先祖含泪刻下，"孰料贯通如饵，官索夷掠，实难保之。故刻砖四块，择方于其上，分付二子，预留后人继之矣"。

段登科，无疑是其中一子之后。另一子保存的两块方砖，何在？

从今天的结局看，当初两个儿子一定是在乱世中各奔东西，此后再无会面，也便无法延续段家 300 年之后的再辉煌。

辗转几百年留下的两方青砖，成了段家最后的绝笔。

除药膳方之外，方砖上还刻有《段祖医铭》："万物有吉亦有凶，万物有凶亦有吉，万药养人亦伤人，万药救人亦毒人，人食五谷染百病，世间万物可疗疾。"

几代段家人，把药学上升到哲学境界。

两块方砖上，又见《段祖善铭》："孝养家，食养生，戏养神。"

也因此，在这座墓葬内，才有二十四孝图，才有一桌桌的美食，才有那么多的好戏，才有那个像戏中人一样的红衣女子。

1219年的马村，马蹄声声，鲜血遍地，哀号不止。家中佣人与弟子们催促逃命声声紧急！段家先祖却依旧不慌不忙，用颤抖的手最后刻下《段祖伦铭》："和家，睦邻，容人。"

"人"字落笔，放下方砖，热泪长流！

几代人的心血，交代在四块方砖上。

四块方砖，承载了段家祖辈的希冀。

读过段医生家的"三铭"，便必然能够理解1181年建造的这座墓葬，为何几无名贵物品陪葬，只是一座华丽的艺术世界。

万物有吉也有凶，万物有凶也有吉。谁能说得清，另外两块刻着段家养生秘方的青砖，不会像这座墓葬于1973年的一天一样，哗然现世？

出得墓葬，夕阳正西下，染红了墓葬广场上几位老人的笑脸。

走过去问，"是姓段吗？"

有人点头笑过来,"有空再来看"。

恍然,我并非从谁家串门归来,而是走出了段医生家的墓葬。

选自《作品》2023年第11期

桑

张抗抗

1979年起从事专业文学创作至今。国家一级作家；第七届、八届、九届中国作家协会副主席；第十届、十一届、十二届全国政协委员；2009—2020年被聘为国务院参事。2023年出版《张抗抗文集》10卷本。曾获全国多种奖项。

我家院子里有一棵桑树。

周围的树，槭树、栎树、元宝枫，都不是桑树。只有这棵桑树。

桑树高达八九米，超过了二楼屋顶。树干在一米左右分叉，伸出四根树杈，分别向上伸展，再分叉，再伸展，长成一株"小径分岔"的大树，树龄起码有几十年了。树叶稀疏凌乱，犹似一只披着绿色羽毛的大鸟。十年前，桑树刚来我家的时候，已经具有大树的雏形。树干修长，细枝繁多，在树叶里若隐若现，有如折叠伞的骨架，一截一截盘桓错接，没有修剪的痕迹。

缘起那年春天，路口停了一辆皮卡，有人在出售一棵树，一连三日，晾晒于骄阳之下。这棵树不知道从哪里挖来，无人识得是什么树，卖树的人，也不知其名，只说这树结一种小果子，酸甜好吃。刚好我家院里需要种一棵大树，这棵野树奇特的树形，吸引了我们的目光。

于是，果断买下了这棵价格不菲的无名之树，也存有怜惜之心，只怕它再晒下去，就要被风干了。再把大树费力地运进小区，动用吊车翻越栏杆把树在院里种下。一株来历不明的野树，在河边当空立起。当即给其灌了大量的清水，没几天，蔫蔫的树叶挺起来，树叶呈桃形，在风中轻轻拍起巴掌，质地薄软干爽。总觉得这树眼熟，似曾相识，却仍然无法想起它是什么树。

一直到五月中旬，树叶一天天浓密丰满，形成一团巨大的冠盖，投下阔绰的树荫，枝叶繁茂，未见开花。有一日，从叶片背后的贴梗间，钻出了一簇簇小米粒样的果实，白色粉色青绿色，五彩夹杂。隔几日再看，发现有几簇小果子已变成了紫色。浓浓的深紫色，饱含汁水，采一簇放进嘴里，酸酸甜甜。一抬头，叶片下躲藏着无数的小果子，密密麻麻紧紧簇拥。

那个瞬间，记忆全都回来了：桑葚！——原来，这是一棵桑树啊！果实泄露了桑树的秘密，以果识树，从此它以"桑"的名义在此安居。

幼时，坐船沿着大运河，去杭嘉湖水乡的外婆家。蚕桑之地，桑林密布。两岸的河堤，全都种桑，桑的河堤顺水蜿蜒。到了冬季，桑叶落尽，露出修剪得矮墩墩、齐整整的桑树干，像是河堤上一队队壮实的卫兵。二十世纪六十年代末，我也曾是采桑女，在德清东衡里蚕种场采过桑叶。初夏的桑林密不透风，一片片采下翠玉般的桑叶，轻轻放进背篓，背篓满了才能钻出桑林透气。只盼着能遇上一棵桑树，挂着又大又紫的新鲜桑果子，解渴又解馋。每日坚持采桑，其实只为桑葚，那是我吃过最甜的桑葚。然后把桑叶背回去，清爽的桑叶在蚕房外晾干，倒入宽大的竹匾，胖嘟嘟的蚕宝宝们，齐刷刷地趴在桑叶上沙沙啜叶。

多年前，曾在颐和园一座石桥下见过一株桑树，捡过几粒瘦弱的桑葚。没想到，如今它竟然悄悄潜入了我家。

桑葚成熟的季节，是我家的桑葚节。晨起，树下洒落一地熟透的小果，湿漉漉紫莹莹。弯腰蹲下一粒粒捡起，轻轻放在盆里。盆满，拿回家清水冲洗，即食。不似超市卖的桑葚，人工培育大如拇指。野桑果形小粒多，汁多新鲜，散发出树林的气息。每一个桑葚上都嵌满了细密的"米粒"。偶见半个桑葚，留着小鸟啄过的印痕。若是拌上酸奶，一大口一大口，吃得过瘾。碗里残留的奶汁，染成了黏稠的粉红。桑葚节可持续一月，眼看着树上青白色的米粒一天天变大变红变紫，陆陆续续成熟，又陆陆续续掉落，挂满桑葚的枝条沉沉垂下。每天都有桑葚可捡，余果分于亲邻，皆大欢喜。若是临时来客，未备桑葚，那么就直接走到桑树下去，晃动树枝，顷刻间，熟透的桑葚如雨落下，噼里啪啦掉了一地。不小心砸在衣服上，留下炸裂的紫色汁水痕迹。桑葚节前后一月，桑果子没完没了，不忍弃之，便煮桑葚加冰糖，做成桑葚果酱，留待冬季涂抹面包，据说还可酿成桑葚酒。

　　一年一年，这株野桑，在我家野蛮生长。大风来袭，树枝狂摇刮到屋角，不得不"截肢"。第二年，它的枝条又伸向另一个方向，继续自由生长。

　　自从确认了桑树的身份，凡有客来，兴冲冲带去院里参见大树，郑重说明这是一棵桑树。来客惊呼：好大的一棵桑树！好高的一棵桑树！

　　北方人不识桑树，情有可原。而我来自江南，何以不识桑树？

却原来，幼年在江南见过的桑树，是为养蚕，桑叶是蚕的食粮，植株高矮等人，伸手可及便于采桑。而我家这棵桑树似乎属于观赏植物，需要抬头仰望。

桑葚节进入尾声，桑树底下米黄色的石板上，出现了一幅大画。斑斑点点的紫色，洇染开去，残存桑葚的形状，犹似大理石图纹或是一幅点彩派作品。

桑，把自己的枝条作为画笔，在地面上任意涂鸦。

桑果子落完，已是满树浓密的绿叶，进入了桑树的全盛时期。一层压一层的桑叶，全都闲来无事，在树上招摇。不由得慨叹：如此巨量的桑叶，能养活多少蚕宝宝啊？想起幼时在杭州上小学，劳动课要求同学们学习养蚕。搞来十几粒菜籽般的蚕种，放在纸盒里，孵化出小小的蚕婴。然后把干净的桑叶放进去，叶片第二天就不见，留下叶梗残渣。小蚕很快长大，宝贵的桑叶一片难求，寻找桑叶成为我们每日的业余劳动。杭州城里密密的街巷，会有几家人种桑呢？拥有桑叶的同学很牛，需要用连环画、糖纸、橡皮去交换，那是我人生首次以物易物。蚕宝宝最后只活了三条，总算千辛万苦地养大了，浑身变得通体通明，它们不再吃桑叶，安静地匍匐等待。妈妈说蚕宝宝就要结茧子了，为我找来一只高筒套鞋的盒子，用几把稻草缠成草束塞在里面。过了几天，打开盒子，蚕宝宝不见了，变成了三只胖胖的白茧子，悬空在稻捆里。用一只轻巧的杭州小篮子，装了三只蚕茧交给老师。还有一年，家里的蚕茧破壳了，蚕宝宝变成了蛾子飞出来……

望着院子里这些无所事事的桑叶，心里涌上了发展家庭养蚕业的冲动——采桑喂蚕，然后收获许多许多蚕茧，自己亲自缫丝、绷成丝套，做成一床丝棉被也说不定。或可出售蚕茧，送去丝厂织成美丽的丝绸……可是，我能把蚕茧卖给谁呢？曾经是传统经济支柱的丝绸业逐年萎缩，即使在江南，桑树蚕房丝厂都已很少见了……只能打消了养蚕的念头，任凭桑叶疯长，因而也对"沧海桑田"那个成语有了别样的体验，桑树也成为我的精神情感寄托。

不过这株独树一帜的桑树，其桑叶除了观赏，并非一无所用。桑叶刚刚发芽，采撷些许嫩桑叶，洗净晾干切碎，蛋清面糊细盐搅拌，用平底锅做成一个个薄薄的桑叶饼，金黄色的桑叶饼夹杂着桑叶末的淡绿色，咬一口，桑叶在齿下嘎吱嘎吱的响，韧韧的，有嚼劲，满嘴清香，喷吐出春天自然的气息。让我怀疑自己会不会变成蚕宝宝。

曾有一次好奇地询问德清外婆家的亲友：为啥江南人从不食桑？德清人笑我无知：当年蚕业兴盛，每一片桑叶都矜贵得不得了，只能用来喂养蚕宝宝，哪里轮得到人吃呢！近年我再去德清，在洛舍大桥头鱼庄，服务员竟然送来一盆"炸桑叶"，整片整片的桑叶，绿莹莹香喷喷，十分诱人。一抢而空，再来一份！江南水乡的人，也开始食用桑叶了，没有蚕食了，桑叶供人解馋。

秋天的桑叶耐冷，寒流袭来，桑叶面不改色，不黄不蜷。药典记载，经霜后的桑叶煮水，可降血糖。我采下一大包桑叶给父亲寄去，父亲告诉我，中药店就有卖干桑叶的，桑叶可药用，功效多多……

如此说来，桑树浑身是宝，各有其用。难怪以桑养蚕，吐出雪白的蚕丝。蚕花娘子、蚕花仙女，竟也魔幻！

桑树是落叶乔木。直到深秋，干爽的桑叶才慢慢变黄，在风中发出窸窸窣窣的响声。一树金黄色的桑叶，悠悠旋转飘落，依依惜别，连续多日举行庄重的告别仪式，直到树下落满厚厚一层黄叶……

等到桑树把它的羽毛全都褪尽，剩下一株光秃秃的桑树干，这棵桑树的高光时刻终于来临——明艳的秋阳下，粗壮粗粝的树干上，露出了高耸的光滑树枝。枝条曲里拐弯，旁支斜逸，一根一节往上扭动，似乎每根都接反了，就像蓝天下划过的闪电，让人想起凡·高的《日落时柳树》《树根与树干》的画面。或是一座精心塑造的现代雕塑艺术品。没想到，桑树最美的形态，竟然是寒冬没有桑叶遮蔽的"裸体"，坦荡而天真无邪。

有一年去中亚，我曾在路边见到过几棵桑树，树叶落满尘土，显得疲惫不堪。

桑原产我国中部，土壤适应性很强，根系发达，已有约四千年的栽培史，从南到北都有种植，树龄可达数百年。我国的桑树种质，分属15个桑种3个变种，是世界上桑种最多的国家。其中有鲁桑、白桑、广东桑、瑞穗桑；野生桑种有长穗桑、长果桑、黑桑、华桑、细齿桑、蒙桑、山桑、川桑、滇桑……还有一些古老稀有的桑种。

可惜无处查问，我家院里这棵野桑，有没有学名？属于哪一种桑？

有人说，自家宅院不能种桑。桑与"丧""伤""殇"同音，理应避讳。然而，种桑的人家，人生记忆中已经存储了太多伤痛，还须面对时时传来各种令人心酸的信息。那么，种一棵桑树又何妨！院子东侧的那株桑树，有如一座四季运行的警钟，无论冬夏，时时刻刻提醒人间的苦难。

2023年8月

选自《万松浦》2023年第6期